Le Pourquoi du Comment 2

Daniel Lacotte

LE POURQUOI DU COMMENT 2

Albin Michel

Au fil de la lecture, vous constaterez que nous vous renvoyons à l'ouvrage de Daniel Lacotte, *Le Pourquoi du Comment,* publié en 2004. Pour des raisons de lisibilité, nous avons choisi de le nommer *Le Pourquoi du Comment,* tome 1.

Pour Dominique,
Guillaume et Mathilde.

« Le premier degré de la folie
est de se croire savant. »

Fernando de Rojas (1465-1541)

Sommaire

Combattre l'obscurantisme 13

Vie quotidienne 21

Espace 147

Sciences 209

Index thématique 285

Table générale 297

COMBATTRE L'OBSCURANTISME

Le tome II de ce *Pourquoi du Comment* vise toujours le même objectif : éveiller (ou réveiller) la soif d'apprendre et de comprendre. Avec le doute chevillé au corps, une notion essentielle à celui qui veut progresser en toute humilité sur le chemin des connaissances. Cette attitude volontariste refuse à l'évidence les embrigadements de toute sorte, ceux qui sous-tendent de sournoises manipulations. En effet, le savoir ne s'accommodera jamais des superstitions, idolâtries, doctrines, fétichismes, rumeurs, racontars, suppositions et à-peu-près. Ni de « la » vérité révélée.

Pourtant, en ce début de XXIe siècle, devins, magiciens et gourous de tout poil continuent de proliférer en parfaite impunité. Ces charlatans patentés exploitent et monnaient au prix fort l'ignorance. Pis, ils l'encouragent astucieusement auprès des plus faibles, donc des plus vulnérables, avec l'insidieuse volonté d'entretenir l'obscurantisme, source de peur et de soumission. Deux notions fondamentales au développement du florissant fonds de commerce de tous ces aigrefins qui ont souvent l'outrecuidance d'appeler à la rescousse de ronflantes pseudo-sciences fabriquées de toutes pièces dans leurs arrière-boutiques nauséabondes pour maintenir l'humanité sous la sujétion de vaines croyances moyenâgeuses.

Face à une telle démission de l'intelligence, les authentiques chercheurs, toutes disciplines confondues, doivent se mobiliser d'urgence s'ils veulent éviter que leurs futures générations de confrères ne redeviennent un jour de dangereux suspects promis à de nouveaux bûchers. Qu'ils se souviennent que les empêcheurs de penser en rond ont toujours été persécutés. Et tous ceux qui mesurent chaque jour davantage l'étendue des dégâts savent qu'il nous reste un colossal travail pédagogique à accomplir pour sortir de cette oppressante situation qui glorifie la bêtise, la passivité, le mystère, le paranormal ou les « sciences » occultes. Pour s'en convaincre, il suffit de rappeler que le créationnisme retrouve une vigueur malsaine. Notamment aux États-Unis, mais aussi en Europe et en France où quelques thuriféraires provocateurs n'hésitent pas à relayer ces thèses absurdes.

Halte au délire sectaire !

À l'aube du troisième millénaire, songez que les créationnistes s'arc-boutent encore sur la Bible, plus précisément sur le Livre de la Genèse, pour promouvoir leur théorie. En effet, ce dangereux gang d'illuminés persiste à insulter Charles Darwin (1809-1882) et les actuels défenseurs de la théorie de l'évolution biologique qu'ils qualifient de « scientistes » ou de « rationalistes bornés », tandis que leurs chafouins adeptes zélés osent toujours prétendre que la Terre, Adam et Ève – mais aussi les dinosaures ! – apparurent comme dans un rêve éthéré il y a tout juste six mille ans. Pourtant, personne n'a jamais relevé la moindre allusion à de quelconques dinosaures (qui ont vécu entre - 230 et - 65 millions d'années) dans la Bible. Les créationnistes font fi de l'existence de fossiles antérieurs au Néolithique et de quelques autres broutilles subalternes. Du même coup, ils résolvent l'énigme de la disparition des dinosaures : anéantis par le Déluge, faute de n'avoir pu embarquer sur l'Arche de Noé !

Nous sommes évidemment là dans un délire sectaire absolu qui n'a rigoureusement rien à voir avec une réflexion philosophique sur la notion de croyance en un principe divin. Franchement, tout cela ferait rire de bon cœur si nous n'étions confrontés à des mouvements fort bien organisés qui parviennent à s'immiscer jusque dans le système éducatif américain. Voire à exiger, procès retentissants à l'appui, que la thèse créationniste soit enseignée comme une « science » véritable, au même chapitre que le darwinisme. Fort logiquement interdit de cursus scolaire par la justice d'outre-Atlantique en 1987, l'ancien mouvement créationniste classique refait donc actuellement surface sous les atours rénovés de l'*Intelligent Design* (Dessein intelligent). Et il sert une nouvelle soupe plus « technique » pour repartir à l'assaut de la démarche scientifique. Comme s'il voulait à tout prix contrecarrer les avancées de la recherche et interdire à l'esprit humain de s'interroger sur les lois qui gouvernent l'Univers.

En fait, le créationnisme s'attache à figer les consciences dans le fixisme. Cette thèse défendue par Carl von Linné au milieu du XVIIIe siècle prône notamment l'invariabilité des espèces issues de la création divine. À l'évidence, il y a chez les adeptes de cette théorie de l'immobilisme la crainte de comprendre, de chercher et de découvrir. Ils se complaisent finalement dans le confort douillet du refus de tout chambardement de leurs schémas archaïques. Par peur bien sûr, mais aussi pour entretenir sciemment l'angoisse autour d'eux et pour maintenir sournoisement l'humanité dans l'ignorance. Comme s'il fallait l'empêcher d'avancer vers la liberté de conscience et d'action. C'est-à-dire vers une conception du monde qui dérange pas mal de petits pouvoirs réels ou mesquins qui régissent l'organisation de la société civile et des religions.

Aussi convient-il de relever le défi de la connaissance. En toute modestie, mais avec une détermination sans faille. Ainsi, ce livre n'a pas d'autre ambition que d'accompagner le lecteur dans la compréhension de quelques notions fondamentales, qu'il s'agisse d'histoire, de civilisation, d'espace ou de sciences. Une approche qui encourage chacun à approfondir tel ou tel domaine en fonction de ses propres centres d'intérêt. Car les pages qui suivent ne proposent pas l'arrogant étalage d'un hypothétique savoir. Bien au contraire !

Il suffit d'ailleurs de commencer à chercher des réponses à de banales questions pour se ranger immédiatement aux côtés de ceux que la modestie grandit et pour fuir les cuistres infatués. Car, face aux multiples facettes de la connaissance, aussi bien que devant les insoupçonnables champs inexploités qui restent encore à déchiffrer, il n'y a aucune place pour les mirliflores bouffis de suffisance qui ne se plaisent qu'à pérorer. À l'inverse, la seule attitude authentique se nourrit aux sources du doute et de l'humilité. Car un cerveau humain en éveil ne s'emmure jamais dans de stériles convictions. Il s'enrichit de nouvelles analyses et peut potentiellement accepter l'idée que l'autre a peut-être raison. C'est un adepte gagné au camp de la tolérance. Dans ces conditions, il pourrait sembler légitime de laisser l'humain assouvir son appétit de connaissances. Pourtant, certains apprentis sorciers ont toujours pensé qu'il convenait plutôt de le laisser croupir dans l'ignorance. Pour mieux l'asservir. Pour le réduire à l'esclavage, puis à la domesticité.

Certes, en ce début de XXIe siècle, la raison, le savoir et la logique commencent à avancer. Pas à pas, ces notions pénètrent les rouages de l'esprit humain et contribuent à atténuer les comportements superstitieux. Il n'en reste pas moins vrai que peurs, croyances et angoisses collectives empoisonnent encore les différents aspects de la vie quotidienne, qu'il s'agisse des relations sociales, professionnelles ou familiales. Tout se passe comme si les avancées du génie humain ne parvenaient toujours pas à anéantir des craintes venues de la nuit des temps. Tout simplement parce que les suppôts de l'obscurantisme s'évertuent sans relâche à barrer la route aux humanistes qui prêchent le libre accès du plus grand nombre à la culture et à l'éducation.

En fait, trop d'humains ont peur du lendemain. Car ils fuient la remise en question de leurs certitudes et évitent de confronter leurs convictions à de nouvelles hypothèses. Ils vivent en vase clos. Dans le confort d'une prétendue vérité, unique, entière, indivisible, imposée et immuable. Mais si jamais un paramètre vient troubler ce fragile équilibre, plutôt que de chercher des explications solides, ils s'en remettent aux mains des illusionnistes. Quelles que soient leurs fringantes parures, ces dangereux mentors se disent porteurs d'une solution ; voire détenteurs d'infaillibles secrets qui les hissent au rang de médiateurs entre le vivant et le surnaturel. Et, comme tous ces serviteurs d'un impénétrable au-delà promettent un lointain paradis ou laissent habilement pointer une lueur d'espérance susceptible de résoudre les difficultés de l'instant, ces escrocs ne manquent évidemment pas d'adeptes fanatisés.

Le juteux marché de la supercherie

Magiciens de l'Antiquité, mais aussi sorciers devins ou guérisseurs du Moyen Âge, vendaient des miettes de plaisir, de joie ou de bonheur, selon le degré de l'extase intimement recherchée par une clientèle fidèle et charmée. À l'aube du troisième millénaire, rien n'a changé. Les naïfs chalands ne manquent toujours pas. Ils continuent de se repaître de platitudes, de paillettes, d'exubérances, de boniments, de discours abscons, de promesses frauduleuses, de logorrhées flatteuses... Angoissés et désespérés, ils se jettent docilement dans les bras des nouveaux marchands du Temple qui s'empressent, par exemple, de vendre aux plus crédules le hasard et le mystère d'une force supérieure susceptible de leur transmettre la chance, l'amour ou la fortune. D'autres vantent impunément les mérites de leurs crèmes et méthodes amincissantes, de leurs gélules aphrodisiaques et autres produits miracles contre le vieillissement. Remèdes qui firent les beaux jours des plus anodins aspects de la magie blanche du Moyen Âge.

Quant à l'éternel et universel besoin de connaître l'avenir, il n'en finit pas de faire recette. Au point de s'affirmer, de décennie en décennie, comme l'un des plus opulents marchés de la supercherie. Astrologues, numérologues, voyants, marabouts, cartomanciennes et chiromanciennes ne se contentent même plus de consulter par téléphone. Ils conjuguent sans scrupule le virtuel au surnaturel et recrutent désormais sur le réseau Internet. Ni vu ni connu ! Trois clics et quelques dizaines d'euros plus tard suffisent à ces perfides gougnafiers pour générer un salmigondis de lieux communs qui défie le plus élémentaire bon sens.

Aujourd'hui, Lucifer et ses bandes d'audacieuses ballerines sardoniques ne donnent plus de sabbats les soirs de pleine lune ! Toutefois, malgré les progrès de la science et de la médecine, les postures superstitieuses persistent. Jeteurs de sorts, radiesthésistes, Nostradamus d'opérette (en quête de reconnaissance universitaire), rebouteux de bacs à sable et guérisseurs en tout genre exercent toujours leurs lucratives turpitudes en plumant promptement les gogos de leurs grigris. Fondée hier sur le terreau de l'illettrisme, leur indécente activité continue de prospérer en flattant la naïveté et en propageant la bêtise.

Il faut donc combattre toutes ces formes d'endoctrinement, toutes ces chimères qui se tapissent ici ou là dans l'occultisme, la divination, le spiritisme, l'envoûtement, l'incantation, l'ésotérisme, les gesticulations, le mystère et les dogmes. Pour chasser ces importuns, une seule solution : promouvoir par tous les moyens l'éducation et le savoir, sous toutes les formes possibles, existantes et à inventer. Seul l'accès à la connaissance permettra effectivement à l'humanité de progresser. Car commencer à apprendre débouche invariablement sur d'inédites questions et sur d'inconnus territoires qu'il faudra s'employer demain à conquérir et à défricher.

Certes, pour comprendre les bribes d'un sujet, pour appréhender son histoire et ses acteurs, il faut parfois accepter de marcher d'un pied hésitant. Avec l'humilité qui sied au vrai curieux et rarement en droite ligne. Mais cet apprentissage qui ouvre les yeux sur d'innombrables rivages inexplorés conduit obligatoirement vers l'émerveillement. Plus possible de renoncer. Le goût d'apprendre devient jubilation, le besoin de transmettre et d'échanger s'installe. Dès que le bonheur simple de la découverte l'emporte, confusion et idées reçues refluent aussitôt. À condition que la vigilance sache aussi rester de mise à chaque instant. Y compris face à ceux qui pourraient pourtant bénéficier d'emblée d'un inaltérable crédit de sympathie spontanée.

Chacun l'aura compris, le dessein de ce nouvel ouvrage peut se résumer en une inextinguible volonté de promouvoir les vertus de la raison, de la démarche scientifique et du savoir. De simplissimes notions qui sauront peut-être sauver l'humanité dans la mesure où elles enfantent beaucoup d'autres bienfaits. Et n'oublions jamais que tout individu qui prend conscience de son ignorance fait déjà un grand pas en direction du savoir. Cherchez, découvrez, apprenez et transmettez... Il en restera toujours quelque chose d'utile.

Vie quotidienne

QUELLE EST L'ORIGINE DU CARACTÈRE @ ?

Symbole de la modernité, de la mondialisation et de la communication banalisée, le curieux symbole @ participe subrepticement à l'élaboration des adresses qui accompagnent les milliards de courriers électroniques qui voyagent chaque jour d'un bout à l'autre du globe. Et chacun utilise machinalement le célèbre arobase sans se douter des passionnants débats que ce caractère (l'un des plus employés sur l'ensemble de la planète) suscite toujours au sein de la communauté linguistique.

Une première hypothèse nous conduit au Moyen Âge, époque où les moines copistes utilisent des raccourcis connus sous le nom de « ligatures ». La démarche consiste à fusionner deux lettres successives en un seul signe plus facile à façonner dans l'élan de l'écriture manuscrite. Objectif : aller plus vite et gagner un peu de place. Ainsi, à propos du caractère @, l'attention se porte sur le mot latin *ad* qui signifie à ou vers. À l'époque, le d ne se calligraphie pas en utilisant un trait vertical. Il s'écrit d'un seul jet, avec une sorte de dos rond qui se termine vers la gauche (une sorte de 6 retourné). Et ce d recourbé aurait donc finalement absorbé le a. Les deux lettres auraient ainsi fusionné pour produire l'arobase : @. Cette explication très séduisante vient de surcroît renforcer l'appellation américaine de l'arobase. En effet, Anglais et Américains disent *at* pour désigner le caractère @. Or *at* est la traduction littérale du *ad* latin.

Tout serait donc pour le mieux dans le meilleur des mondes copistes possible. Sauf qu'aucun chercheur n'a pu étayer cette hypothèse par l'exemple ! En effet, dans les manuscrits du Moyen Âge, on rencontre de nombreux *ad* classiques (écrits en toutes lettres) mais pas de @. De surcroît, pour calligraphier le *ad* latin en toutes lettres, les copistes semblaient préférer (au moins jusqu'au XIIIe siècle) le A (proche de notre majuscule d'aujourd'hui) au a minuscule. À l'évidence, cette lettre A se prête beaucoup moins bien à la fusion avec le d recourbé pour produire une arobase. Conclusion : contrairement à ce que beaucoup affirment de façon péremptoire, le doute subsiste. Et, au risque de décevoir pas mal de monde, le célèbre @ ne puise pas ses racines dans une contraction graphique latine du haut Moyen Âge (V[e]-XIIe) !

Il convient donc d'explorer une deuxième hypothèse en se projetant cette fois dans la seconde moitié du XVe siècle. Et tout particulièrement dans la corporation des typographes qui accompagnent l'invention et l'essor de l'imprimerie vers 1450-1455. Selon la thèse de quelques étymologistes, le nom français de arobase serait la contraction de « a rond bas de casse ». Petite parenthèse. La casse désigne le meuble où les ouvriers typographes classent leurs lettres. Et ils rangent les minuscules dans les tiroirs du bas. Conséquence : ces lettres sont appelées des « bas de casse ». Aujourd'hui encore, journalistes, maquettistes, correcteurs et imprimeurs disent « bas de casse » (et non pas « case » comme je l'ai malheureusement lu récemment dans un roman !) pour désigner les lettres minuscules.

Mais revenons à notre « a rond bas de casse », origine supposée du mot arobase par déformation phonétique.

Si la formule désigne un a rond (c'est-à-dire un a entouré d'un rond) minuscule dont la graphie semble correspondre à l'arobase, rien dans cette approche étymologique ne vient éclairer le mystère de l'origine du sigle. Et encore moins son sens caché. De surcroît, la piste du *ad* fusionné en un seul caractère qui serait le caractère @ s'éloigne de nouveau. Car, dans les bibles imprimées par Gutenberg (1400-1468), *ad* apparaît toujours en toutes lettres et non pas sous la forme contractée de la ligature. D'ailleurs, cette arobase ne figure pas dans les reproductions disponibles des caractères utilisés par Gutenberg. Toutefois, les tenants de la piste latiniste font remarquer que le signe a sûrement été utilisé dans des documents commerciaux, comptables ou juridiques. Bref, dans des écrits sans valeur littéraire (ce qui expliquerait que Gutenberg et les tout premiers imprimeurs n'aient pas eu besoin du caractère @). En revanche, on trouve effectivement la trace manuscrite de l'arobase dans les écrits de marchands vénitiens du XVIe siècle. Mais ce caractère désignait alors une unité de mesure.

Transition toute trouvée pour nous conduire vers un troisième champ d'investigation : l'Espagne du XVIe siècle. À cette époque, une unité de mesure de poids porte le nom d'*arroba*, une dérivée probable de l'arabe *ar-rouba*, « le quart ». L'*arroba* n'aura officiellement plus cours à la fin du XIXe siècle (adoption du système métrique). Cependant, au tout début du XXe siècle, plusieurs encyclopédies mentionnent toujours le terme *arroba* qui définit une unité de poids (12,780 kg) symbolisée par le sigle @. Cette fois, nous tenons très clairement une véritable arobase qui dispose d'une origine phonétique satisfaisante et qui est pourvue d'une utilité commerciale et sociale. Reste à savoir si les marchands espagnols inventèrent intégralement ce symbole ou s'ils s'inspirèrent d'un graphisme antérieur. Et pourquoi pas de celui des marchands vénitiens.

Cette troisième voie ne remet pas en cause l'approche étymologique du « a rond bas de casse » que les imprimeurs du XVIe pouvaient éventuellement utiliser dans des ouvrages mentionnant l'unité de mesure. Mais l'étymologie du mot arobase peut tout aussi bien découler du *arroba* espagnol. On peut même conjuguer les deux pistes : un « a rond bas de casse » fut choisi par les typographes pour formuler le *arroba* qui donna naissance à l'arobase.

Il faut enfin se tourner vers les États-Unis pour constater que le caractère @ apparaît dans des expressions commerciales du XIXe siècle. On peut alors lire des formules du type : *two shirts @ $ 25*. Ce qui se traduit par : deux chemises à 25 dollars l'unité. Le signe @ s'emploie ici pour remplacer *at* (à). Ce symbole a été très largement utilisé dans les factures, prospectus commerciaux et étiquetage des prix dans les magasins. D'aucuns lui avaient donné le nom de « a commercial ». Et ce caractère spécifique se retrouve sur certaines machines à écrire (mécaniques) dès la toute fin du XIXe, avant de se répandre sur tous les claviers au siècle suivant.

Difficile d'imaginer les Américains du XIXe siècle puisant le graphisme @ dans une hypothétique fusion manuscrite du *ad* latin. Leurs racines ne les conduisent pas vraiment dans cette direction. En revanche, souvenons-nous de l'édifiante histoire du dollar (voir *Le Pourquoi du Comment*, tome I, p. 104). Il prend corps dans la monnaie officielle baptisée *thaler* qui se répand dans les territoires placés sous la domination de Charles Quint et de ses successeurs. Dont Philippe II qui donne naissance à la lignée espagnole de la dynastie des Habsbourg. Et le *thaler* va ainsi gagner l'Amérique du Sud, vaste territoire où déferlent des hordes d'aventuriers, les célèbres conquistadors, entre 1520 et 1550. Si une monnaie comme le *thaler* sut s'imposer pour devenir *tolar* puis dollar, rien n'interdit de penser que le sigle @ ait pu traverser l'Atlantique au début du XVIIe. Et, à défaut de faire carrière dans la mesure des poids, ce symbole a très bien pu marquer les esprits au point de ressurgir dans une abréviation liée au commerce.

Toujours est-il que ce a commercial symbolisé par le caractère @ s'implante sur les claviers des machines à écrire. Puis ensuite sur ceux des premiers ordinateurs vers 1950. Mais ce graphisme ne signifie plus grand-chose pour les informaticiens, même si chacun sait encore qu'il se lit *at* (à, vers, chez) en 1972, l'année de la mise sur orbite du e-mail (le courrier électronique). Les inventeurs du courriel cherchent alors un caractère qui ne peut en aucune façon se retrouver dans l'orthographe d'un nom propre, voire d'un nom d'entreprise ou d'institution. Et leur choix se porte finalement sur le signe @ qui, au passage, reprend du même coup son sens latin profond de *ad* (vers). Marginalisé depuis des décennies, le symbole @ va finalement s'imposer pour architecturer les adresses des courriels : lacotte@albin (ce qui signifie Lacotte chez Albin). L'arobase prenait son envol pour s'imposer rapidement dans le monde entier, mais en conservant toutefois moult secrets.

Certes, Portugal et Espagne restent fidèles à leur référence à l'*arroba,* mais si vous jetez un rapide regard sur les autres pays, notre affaire ne s'éclaircit guère. Jugez-en plutôt. Le caractère @ s'utilise dans le monde entier, mais il a chaque fois des noms très différents. La queue de singe obtient un beau succès en Allemagne *(klammeraffe)*, aux Pays-Bas *(apestaart)* et en Finlande *(apinanhäntä)*, encore que ce dernier pays utilise aussi le terme *kissanhäntä* (queue de chat). Les Suédois préfèrent *kanelbulle* (bâton de cannelle), tandis que les Danois optent pour *snabel a* (c'est-à-dire : « a en trompe d'éléphant »). De leur côté, les Hongrois adoptent *kukac* (ver de terre) et les Italiens choisissent *chiocciola* (escargot).

Ce rapide tour d'horizon montre que le caractère @ garde le plus souvent une image positive en mettant en scène des animaux populaires comme le singe, l'éléphant ou le chat (en revanche, il faudrait s'interroger sur le ver de terre !). Mais un tel inventaire prouve surtout que la désignation du caractère @ s'attache uniquement à transcrire de façon évocatrice son graphisme. Que la queue soit de singe ou de chat, elle n'a rigoureusement rien à voir avec le *ad* latin ou le *at* américain. Le dessin de la lettre l'a emporté sur une traduction littérale. Ce qui prouve bien que l'on ignore dans chacun de ces pays l'origine et le sens de ce symbole.

D'OÙ VIENT L'EXCLAMATION « EURÊKA ! » ?

Même les plus rétifs aux sciences physiques se souviennent toute leur vie du célèbre principe d'Archimède. Car découvrir les premières lois de l'hydrostatique en prenant tout bêtement son bain, cela marque forcément des générations de potaches. Par ailleurs, la musique de l'énoncé a aussi largement contribué à graver dans les esprits le fameux théorème : tout corps plongé dans un liquide reçoit une poussée verticale qui s'exerce du bas vers le haut et qui est égale au poids du volume de liquide déplacé (Voir « Comment un bateau en métal peut-il flotter ? »).

Archimède (287-212 av. J.-C.) a touché avec un égal bonheur aux mathématiques, à la physique et aux sciences de l'ingénieur. Citons ses travaux liés au système de numération et à la géométrie dans l'espace ; ses calculs sur le cercle, la sphère et la spirale ; son principe de statique dans lequel figure la théorie du levier. En outre, ce génial savant a aussi inventé : la vis sans fin, la poulie et un planétarium pour étudier le mouvement des astres. Archimède a même mis au point des machines de guerre conçues pour résister aux assauts des Romains qui encerclent Syracuse (212 av. J.-C.). L'illustre et infatigable chercheur sera d'ailleurs tué par un soldat romain à l'issue du siège de sa ville.

Mais revenons à la légendaire découverte d'Archimède, survenue le jour où le savant prend son bain.

L'histoire puise son origine dans une anecdotique demande formulée par le roi de Syracuse, Hiéron II (mort en 215 av. J.-C.). Ayant décidé d'offrir une couronne d'or aux dieux, Hiéron a subitement des doutes sur l'honnêteté de l'artisan. Aussi demande-t-il à Archimède de prouver l'absolue pureté de l'objet. À condition qu'il laisse bien sûr la couronne intacte. En fait, Hiéron pense que l'ouvrier a réalisé la parure dans un mélange d'argent et d'or.

Archimède se met donc au travail. Jusqu'au jour où il prend son fameux bain, constate que son corps semble moins lourd dès qu'il l'immerge dans l'eau, s'intéresse au volume de liquide qui déborde... et sort tout nu dans les rues de Syracuse, courant et criant : « Euréka ! Eurêka ! » (J'ai trouvé !).

Reste cependant quelques mesures précises à effectuer. Archimède plonge dans un vase rempli d'eau une masse d'or pur, puis une masse d'argent, chacune ayant rigoureusement le même poids que la couronne. Il constate que la masse d'argent déplace davantage d'eau que la masse d'or. Il immerge le joyau qui déplace pour sa part un volume d'eau supérieur à celui de la masse d'or, mais inférieur à celui de la masse d'argent. Hiéron II ne possède donc pas une parure d'or pur, mais bel et bien un mélange d'or et d'argent.

Un peu comme la pomme de Newton, le bain d'Archimède passera ainsi à la postérité.

POURQUOI APPELLE-T-ON GROG LE MÉLANGE D'EAU CHAUDE ET DE RHUM ?

L'amiral Edward Vernon naquit à Westminster en 1684. Et s'il n'avait – sans le vouloir ! – inventé le grog, cet officier de l'armée britannique serait très certainement mort dans le plus total anonymat. D'ailleurs, les historiens éprouvent les plus grandes difficultés pour établir une biographie solide du personnage. Certains affirment qu'il aurait mené de brillantes expéditions aux Caraïbes. D'autres insistent sur le caractère bien trempé de ce courageux marin. Et ils assurent que Vernon aurait même été rayé de la liste des amiraux pour avoir imposé à ses équipages un commandement un peu rude. Pour mettre tout le monde d'accord, on peut imaginer que l'un n'exclut pas forcément l'autre.

Reste qu'Edward Vernon ne semblait pas franchement attiré par les subtilités de l'élégance vestimentaire. Car tous s'accordent pour souligner que l'amiral portait en permanence, quelle que soit la saison, un manteau fabriqué dans un grain de drap grossier. Dans la langue anglaise de l'époque, on appelait cette toile rustique du *grogram*. Aussi les matelots prirent-ils l'habitude de surnommer Vernon *Old Grog*. Mais, jusqu'ici, point de relation avec le cocktail que nous connaissons aujourd'hui : mélange d'eau chaude, de rhum et de citron (certains y ajoutent parfois une pointe de miel).

Au XVIIIe siècle, le commandement d'un navire ne

ressemble guère à une partie de plaisir. Car, outre les difficultés techniques inhérentes à la navigation, il faut également compter sur l'humeur de l'équipage. Mais aussi sur son état de fraîcheur ! En effet, le rhum coulait à flots. L'amiral Edward Vernon eut donc l'idée de réglementer quelque peu le recours à la chopine. Il institua une ration « officielle » de rhum coupée d'eau chaude. Le breuvage obtint d'emblée l'adhésion des matelots, au point de devenir très vite à la mode à bord de nombreux bâtiments.

Vous l'aurez compris, dans la mesure où il convenait de baptiser cette nouvelle boisson originale, les marins lui donnèrent le nom de son inventeur *Old Grog*. Puis le cocktail prendra rapidement le nom de grog.

POURQUOI LE FER À CHEVAL EST-IL CENSÉ PORTER BONHEUR ?

Introduit sous sa forme actuelle dans les régions du Bassin méditerranéen vers le Ve siècle, le fer à cheval reste, aujourd'hui encore, l'un des porte-bonheur les plus populaires. Cette influence soi-disant bénéfique tire ses origines de multiples horizons.

Parmi les versions les plus répandues, voici celles qui contribuèrent à placer le fer à cheval au rang de fétiche quasi universel : lorsque ses branches sont tournées vers la droite, il forme la lettre C, symbole du Christ ; il est fabriqué en fer, métal réputé pour son pouvoir à éloigner les démons ; il possède la forme d'un croissant de lune, symbole de fécondité ; sa forme (lorsqu'on le place pointe vers le haut) évoque celle des cornes, présumées détenir le pouvoir de chasser sorciers et mauvais esprits.

D'autres renvoient la puissance positive du fer à cheval à des origines plus concrètes. Plusieurs siècles avant notre ère, il semble que les chevaux portaient déjà des sortes de sandales ou de semelles. Ces ancêtres du fer à cheval représentent alors un petit trésor pour celui qui les trouve sur son chemin. En effet, la légende raconte que ces sandales sont fabriquées en or ou en argent. Celui qui dégotte un de ces objets peut alors le monnayer sans difficulté. Par ailleurs, au Moyen Âge, cette fois, le maréchal-ferrant, personnage clé du village, récupère volontiers de vieux fers en échange de quelques pièces de monnaie. Dans les deux cas, le fer à cheval devient alors synonyme, sinon de fortune, du moins de rentrée d'argent. Et par extrapolation, rien ne s'opposait donc à lui donner une valeur bénéfique.

Quoi qu'il en soit, le fer à cheval a conservé au fil du temps un véritable pouvoir magique. Surtout lorsqu'il a été découvert par hasard dans un chemin. Mais, attention, pour que l'objet dégage ensuite toute sa puissance bienfaitrice, il faut : que les branches soient tournées vers vous quand vous apercevez le trésor ; que les clous soient dirigés vers le sol ; que le fer possède un nombre impair de trous (sept dans l'idéal). Et, pour bénéficier d'une protection sans faille, il faut trouver un fer répondant bien sûr aux critères précédents, mais possédant de surcroît tous ses clous ! Ce côté rareté est évidemment associé à la notion de chance, un peu comme pour le trèfle à quatre feuilles.

Non seulement le fer à cheval a la réputation de porter chance, mais il a une multitude de vertus : il éloigne démons, sorciers, mauvais esprits, lutins et fantômes ; il empêche les cauchemars et favorise les rêves prémonitoires ; il calme le mal de dents (lorsqu'on le glisse sous l'oreiller) ; il évite la violence et protège même de l'adultère. Bref, on se demande pourquoi il y a encore des gens malheureux, des médecins et des psys ! Encore qu'il faille savoir profiter au mieux de toutes les qualités bénéfiques du fer à cheval. Il ne suffirait donc pas de posséder l'objet, il convient de savoir le disposer correctement et au bon endroit. À l'origine, la coutume conseillait de le fixer (branches tournées vers le haut ou vers la droite pour former la lettre C) au-dessus de l'entrée de la maison ou sur la porte elle-même. Selon les époques et les régions, on pouvait également le placer sur une cheminée, un arbre ou une palissade. Pour terminer, quel que soit le lieu choisi, les clous de fixation ne devaient en aucun cas traverser les trous du fer à cheval !

De leur côté, les clous du fer à cheval constituaient des amulettes (porte-bonheur) très recherchées. Légèrement tordus ou recourbés, ils se portaient généralement en pendentifs. Mais certains s'en servaient aussi pour fabriquer des alliances, bagues ou anneaux. Au XIXe siècle, apparaissent sur le marché des épingles de cravates en forme de clous, ainsi que des bijoux (boucles d'oreilles, broches et pendentifs) représentant des fers à cheval. On en trouve d'ailleurs encore de nos jours. Certes, un tel objet peut éventuellement bénéficier d'une réelle qualité graphique et/ou joaillière, mais il n'apporte intrinsèquement ni chance ni bonheur ni argent. Croire à ce genre de sornettes relève de la pure superstition moyenâgeuse. Quant à ceux qui s'acharnent à propager ce type de croyance auprès des esprits les plus faibles, leur démarche relève de la plus élémentaire bêtise ou de la plus méprisable escroquerie intellectuelle et financière.

POURQUOI LE MAILLOT DE BAIN DEUX-PIÈCES S'APPELLE-T-IL UN BIKINI ?

Un individu bilingue parle deux langues, un objet bicolore brille de deux couleurs et un chapeau bicorne possède deux pointes. La construction de ces trois mots repose sur le préfixe « bi » (élément du latin *bis*) qui indique le redoublement par répétition. Ainsi, beaucoup pensent qu'un maillot de bain composé de deux pièces distinctes a fort logiquement été baptisé bikini. Resterait à savoir à quoi correspond le « kini » de base ayant servi à composer ce mot ! Vous l'aurez compris, il en va tout autrement.

Ancien ingénieur chez Renault, Louis Réard a dirigé la bonneterie familiale pendant la Seconde Guerre mondiale. Au sortir du conflit, il a l'idée de lancer une gamme de maillots de bain révolutionnaires qui doivent radicalement rompre avec la facture classique des sages costumes ou des tenues de bain guindées, mais également avec le très enveloppant maillot une pièce. Aussi va-t-il imaginer un ensemble composé d'un soutien-gorge et d'un slip séparés. Une idée particulièrement osée puisque son invention expose le nombril de la femme. De surcroît, la pièce du bas, échancrée à souhait, découvre très largement le haut des cuisses. Dans les premiers modèles de Louis Réard, une mince ceinture relie l'étoffe qui cache le côté pile à celle qui dissimule le côté face. Les images des archives de l'époque confirment que ce premier bikini se contente de cacher le strict minimum. Et cet ensemble de bain minimaliste produit un tel choc dans la profession que les mannequins du moment refusent toutes de porter le maillot de Louis Réard dans un défilé. Heureusement pour lui, Micheline Bernardini n'est pas frileuse ! Cette danseuse nue de dix-neuf ans qui officie au Casino de Paris comprend l'avantage qu'elle peut tirer d'un tel scandale. Louis Réard respire, il peut présenter sa collection à la piscine Molitor le 5 juillet 1946.

Dans les jours qui précèdent cet événement, la presse internationale évoque surtout la célèbre opération américaine *Crossroads,* une série d'essais nucléaires qui visent à valider la puissance destructrice de l'arme atomique. Cette campagne utilise des bombes de type *Fat Man.* Après le test de *Trinity* (16 juillet 1945 dans le désert d'Alamogordo au Nouveau-Mexique), puis les largages de *Little Boy* sur Hiroshima (6 août 1945) et de *Fat Man* sur Nagasaki (9 août 1945), la quatrième explosion atomique de l'histoire de l'humanité se déroule le 1er juillet 1946. La seconde explosion de la campagne (sous-marine celle-là) aura lieu le 26 juillet. Ce double essai nucléaire a pour théâtre les îles Marshall, en plein océan Pacifique, entre l'Équateur et le tropique du Cancer, à l'est des Philippines.

L'archipel des îles Marshall comprend trente-deux îles disposées en deux chaînes parallèles. Il y a là des sites d'origine volcanique et des constructions coralliennes, dont le fameux atoll de Bikini qui servit de théâtre à l'opération *Crossroads.* Tristement célèbre à l'occasion de cette campagne assez calamiteuse (la première bombe manque sa cible, ce qui aurait pu avoir des conséquences dramatiques, et le troisième test prévu n'a pas lieu), l'atoll de Bikini fait donc la une des journaux. Et le brave Louis Réard, assez peu inspiré en la circonstance, ou adepte d'un humour pour le moins douteux, s'empare de ce mot exotique pour baptiser ses maillots de bain du nom de bikini.

Qu'il choque ou amuse, le bikini ne laisse pas indifférent. Mais, dans un premier temps, il ne fait pas recette. Car de puissantes et puritaines associations américaines se mobilisent pour empêcher le port de ce maillot trop sexy qui n'apparaît même pas dans les productions hollywoodiennes. En Europe, des pays placés sous l'influence sociale de la chaste Église romaine (Espagne, Portugal et Italie) ne jugent pas le bikini très catholique, au point d'ailleurs de l'interdire, purement et simplement. Les esprits ne s'éveilleront que très lentement. En 1949, le magazine *Elle* présente cependant d'audacieux modèles de l'objet du délit. L'année suivante, la princesse Margaret (sœur cadette de la reine d'Angleterre Elisabeth II) ne craint pas de se montrer en bikini sur les côtes de la Costa del Sol. Toutefois, les réticences persistent.

Vient alors le chanteur Brian Hyland qui vante, en 1960, les mérites du maillot dans un refrain à succès : « Itsy bitsy teenie weenie yellow polka dot bikini. » La chanson (texte de Paul Vance et de Lee Pockriss) décroche même la première place du hit-parade américain. Adaptée en français par Lucien Morisse et André Salvet, la rengaine est reprise par Dalida et Richard Anthony. « Itsi bitsi, petit bikini » reste en tête des hit-parades de décembre 1960 à avril 1961. Les tabous finissent par tomber et le bikini va enfin pouvoir vivre sa vie.

Soulignons que le vêtement qui se compose pour les femmes du seul slip de bain s'appelle un monokini. Mot fabriqué avec le préfixe « mono », élément du grec *monos* qui signifie seul, unique. Il s'agit là d'une transposition parfaitement stupide créée sur la référence du mot bikini. Comme si bikini signifait deux « kini » et monokini un seul « kini ». Avec une telle logique erronée, on pourrait aussi bien dire que les naturistes se promènent en « zérokini » !

DE QUAND DATENT LES PREMIERS PANNEAUX DE SIGNALISATION ROUTIÈRE ?

Précisons d'emblée que nous n'évoquerons ici que l'époque récente. Car les panneaux qui indiquaient les grandes directions aux principales bifurcations remontent, semble-t-il, à l'Empire romain. Et il paraît évident qu'une forme de signalisation sauvage ou anarchique sévissait ici ou là avec la simple volonté d'informer librement les voyageurs qui, jusqu'à la fin du XIXe siècle, ne se déplacent qu'à dos de cheval (ou dans des voitures tirées par des chevaux).

L'ingénieur allemand Nikolaus Otto (1832-1891) présente le premier moteur à explosion quatre temps (fonctionnant au gaz) en 1876. Invention qui repose sur une théorie établie dès 1862 par l'ingénieur français Alphonse Beau de Rochas (1815-1893). L'Allemand Carl Benz (1844-1929) breveta, pour sa part, le premier moteur quatre temps à essence en janvier 1886. Avec l'aide de ses associés (Gottlieb Daimler et Wilhem Maybac), Benz en équipe un véhicule à trois roues que l'on peut considérer comme la première voiture moderne à essence (1889). Les Français René Panhard (1841-1908) et Émile Levassor (1844-1897) construisant, de leur côté, le premier modèle de voiture à quatre roues (moteur placé à l'avant en position horizontale) en 1891. Aux États-Unis, la première automobile à essence fut construite par Charles et Frank Duryea en 1892.

Dans les années qui suivent, inventeurs passionnés et habiles financiers soutiennent l'exceptionnelle effervescence qui annonce la colossale épopée industrielle qui suivra. Armand Peugeot (1849-1915) se lance dans l'aventure dès 1889. Époque où Louis Renault (1877-1944), alors âgé de vingt-deux ans, construit sa première voiture dans la maison de ses parents, à Billancourt, puis crée Renault frères en 1899. Quant à la célèbre Mercedes (prénom de la fille d'Emil Jellinek, l'un des financiers de Daimler), elle voit le jour en 1901. Il s'agit d'un modèle dérivé et largement perfectionné de la première Benz-Daimler-Maybach de 1889. De son côté, Henry Ford (1863-1947), fonde en 1903 la Ford Motor Corp. Et il lance la légendaire Ford T en octobre 1908. Henry Ford crée en 1911 la première usine de montage à la chaîne en appliquant les principes de Frederick Taylor (1856-1915), le promoteur de l'organisation scientifique du travail (taylorisme). La production d'automobiles en grandes séries commence.

Parallèlement, des inventions fondamentales voient le jour. Un vétérinaire écossais, John Dunlop (1840-1921), invente le pneumatique en 1888. Quant à la boîte de vitesse, elle voit le jour en 1898 et le pare-brise en 1899. Pour sa part, le pare-chocs apparaît en 1905 et le rétroviseur l'année suivante. Mais, malgré toute cette agitation créatrice, il faut attendre une bonne décennie pour que le nombre d'automobiles en circulation justifie d'élaborer une ébauche de réglementation. Ainsi, le premier panneau de signalisation routière qui sera officiellement posé en 1894 sur la N7, près de Cannes, s'adresse... aux cyclistes.

En 1902, beaucoup s'inquiètent des premières conséquences liées à la circulation automobile. À l'époque, environ quatre mille véhicules sillonnent le territoire français. Mais, déjà, des problèmes de sécurité se posent et les accidents avec des cyclistes et des piétons se multiplient. Sans compter les sorties de routes et les pertes de contrôle intempestives. Le Touring Club de France pose donc des panneaux qui indiquent, ici ou là, les obstacles dangereux. Mais il faudra attendre 1908 pour que la première Conférence internationale de la route adopte quatre panneaux de base standardisés. Triangulaires sur fond jaune, ils annoncent les difficultés suivantes : croisement, virage délicat, passage à niveau, cassis (dos d'âne). Le premier trajet équipé en 1912 d'une signalisation continue d'envergure relie Paris à la station balnéaire de Trouville-sur-Mer. L'année suivante, le numérotage des bornes kilométriques de toutes les routes (nationales et départementales) devient obligatoire.

Quant au code de la route, il n'entre en vigueur qu'en janvier 1923. Auparavant, les règles de circulation dépendaient de la loi de 1851 sur « la police du roulage et des messageries ». Entre ces deux dates, un décret de mars 1899 apporta fort à propos quelques précisions sur les obligations relatives à la spécificité de la conduite automobile. Par exemple, la vitesse, y compris sur les routes de campagne, ne devait pas dépasser 30 km/h !

À QUELLE ANECDOTE SE RAPPORTE L'EXPRESSION *HAT TRICK* UTILISÉE DANS LE FOOTBALL ?

D'origine anglaise, la formule *hat trick* s'entend beaucoup dans le football, mais elle s'utilise aussi dans d'autres sports comme le cricket ou le hockey sur glace. Fondamentalement, *to score a hat trick* doit se traduire de la façon suivante : réussir trois coups consécutifs, voire gagner trois matchs de suite. Mais tous les aficionados du ballon rond préfèrent remplacer *hat trick* par la locution « coup du chapeau ». Voire par « tour du chapeau » au Canada, ce qui relève de la traduction littérale dans la mesure où le terme *trick* peut signifier : blague, astuce, tour, etc. La formule « tour du chapeau » ne manque pas ici de subtilité, car l'équipe adverse s'emploie bel et bien à vous jouer un sale tour (*to play a dirty trick*) en marquant trois buts d'affilée ! Au cricket, un *hat trick* consiste à éliminer trois batteurs en jouant seulement trois balles.

Au football ou au hockey sur glace, un joueur réussit un *hat trick* lorsqu'il marque trois buts au cours de la même partie. Les puristes emploient la formule lorsqu'il s'agit de trois buts consécutifs. Car ils considèrent, à juste titre, que la réussite d'un partenaire ne doit pas venir s'intercaler dans la série. Pas plus que celle d'un adversaire. Autrement dit, celui qui réussit un incontestable *hat trick* est le seul joueur à mettre le ballon (ou le palet) trois fois au fond des filets entre le moment où il inscrit son premier et son troisième but. Finalement, les statistiques prouvent qu'il s'agit bien là d'une performance exceptionnelle. Aussi, commentateurs et journalistes sportifs ont tendance à attribuer le coup du chapeau aux joueurs qui se contentent de réussir trois buts dans une partie. Ce qui n'est déjà pas si mal. Mais cette banalisation de l'expression a poussé les hockeyeurs à inventer une nouvelle expression pour qualifier l'authentique tour du chapeau. Ils parlent alors de *natural hat trick*.

Quant au fameux galurin de notre affaire, les spécialistes situent son apparition autour de 1940. Le propriétaire d'un magasin de couvre-chefs de Toronto aurait alors décidé d'offrir un chapeau à tout joueur qui marquerait trois buts d'affilée au cours d'une rencontre de hockey sur glace. Le *hat trick* venait de voir le jour. D'ailleurs, la tradition s'est perpétuée de façon très concrète puisque les spectateurs lancent volontiers leur chapeau (bonnet, casquette) sur la glace pour saluer la triple réussite d'un hockeyeur.

POURQUOI UN COURRIER ÉLECTRONIQUE INTEMPESTIF S'APPELLE-T-IL UN *SPAM* ?

Les premiers messages électroniques envoyés en masse vers des destinataires qui n'ont rien demandé apparaissent sur le réseau Internet en 1994. Ce type de courriel répétitif qui envahit les boîtes aux lettres des ordinateurs à des fins publicitaires, malhonnêtes ou provocatrices a été baptisé d'un nom anglais bizarre : *spam*. Le mot claque et colle parfaitement à la peau de ce vicieux parasite. Aussi comprend-on aisément qu'aient échoué les tentatives visant à le remplacer pompeusement en français par pourriel, pollupostage, mailing sauvage ou polluriel.

Curieusement, le terme *spam* n'appartient absolument pas au jargon informatique qui se plaît à submerger le profane de vocables techniques tous plus complexes les uns que les autres. En fait, *Spam* est une marque de jambon épicé *(spiced ham)* vendu en boîte de conserve depuis 1937 par Hormel Foods, une société créée en 1891 à Austin (Minnesota) par George Hormel. En 1936, son fils Jay cherche à écouler plusieurs tonnes d'épaule de porc. De surcroît, face à une concurrence active, il veut redynamiser l'entreprise familiale. Jay a alors l'idée de cette recette de jambon épicé vendu en boîte de conserve. Mais il veut un nom cinglant, drôle et facile à retenir. L'acteur Kenneth Daigneau, frère du vice-président d'Hormel, suggère *Spam* lors d'un cocktail donné à l'occasion de la nouvelle année. Jay adopte aussitôt ce mot construit avec les deux premières lettres de *spiced* (épicé) et les deux dernières de *ham* (jambon). Comme souvent en de pareilles circonstances fertiles à bâtir une légende, certains s'amusent ici ou là à compliquer les choses en affirmant que cet acronyme repose sur *shoulder of pork and ham* (première lettre des deux premiers mots, deux dernières lettres de *ham*). D'autres penchent plutôt pour *spiced pork and meat* (première lettre de chaque mot), voire pour *spiced pork and ham* (première lettre de chaque mot et dernière lettre de *ham*).

Quoi qu'il en soit, des millions de boîtes de *Spam* vont nourrir les troupes alliées pendant la Seconde Guerre mondiale. Et ce jambon épicé deviendra un véritable produit emblématique outre-Atlantique. En 1940, 70 % des Américains avouent avoir mangé du *Spam*. Et en ce début de XXIe siècle, les boîtes de jambon épicé continuent de se vendre comme des petits pains. Il existe désormais du *Spam* allégé ou sans sel. Ainsi que du *Spam* à la dinde grillée au four ! Bref, le marketing bat son plein. Non sans humour. *Spam* possède effectivement un amusant site web officiel, un fan-club et un musée (ouvert à Austin depuis septembre 2001). Sans oublier un catalogue de cadeaux dans lequel figurent des objets portant la marque du célèbre (on ne dira pas fameux) *spiced ham* : chemises, tee-shirts, caleçons, montres, porte-clés, casquettes, peluches, etc.

En 1970, la publicité pour les boîtes de *Spam* devient quelque peu envahissante. L'indigestion guette ! La troupe des Monty Python, alors au sommet de son art, saisit l'occasion. Les comiques s'emparent de cette frénésie « spamique » qui semble fasciner les ménagères de moins de cinquante ans pour mettre en scène le *spiced ham* dans un sketch désopilant, toujours à la frontière d'un savoureux délire dont ils maîtrisent à merveille toutes les subtilités. L'intrigue se déroule dans un restaurant. Tous les plats et menus commandés reposent sur le célèbre *spiced ham.* Œufs, saucisses, salade, frites, tomates, etc. Impossible de passer à travers. Les dialogues enflent sur le rythme obsédant des *spam, spam, spam !* Des clients se mettent alors à chanter à tue-tête en scandant de plus en plus fort la marque de conserve au point que leur voix couvre toutes les conversations.

La drôlerie du sketch des Monty Python aurait donc resurgi vingt-quatre ans plus tard, lorsque les premiers messages intempestifs s'immiscèrent dans les courriels pour finir par les engloutir. Un peu comme ce refrain des *spam, spam, spam* qui avait pris le pouvoir dans la salle de restaurant.

POURQUOI LE GOLF SE JOUE-T-IL SUR DES PARCOURS DE DIX-HUIT TROUS ?

À ce jour, personne n'a encore pu établir avec certitude les origines précises du golf. En fait, plusieurs thèses séduisantes s'opposent et chacune possède bien évidemment ses farouches partisans.

Une première piste nous conduit dans la Hollande de la fin du XIIIe siècle, du côté de Loenen. À l'époque, le jeu se pratique dans les campagnes sous le nom de *het kolven*. Le principe consiste à frapper une balle à l'aide d'un bâton afin de la propulser dans la direction souhaitée pour atteindre un objectif précis. Certains textes évoquent des circuits d'environ cinq kilomètres décomposés en « étapes ». Ce *kolven* hollandais, qui se joue sur des terrains non aménagés, obtient alors un énorme succès populaire au cours des deux siècles qui suivent. Au point de se répandre également en Écosse au XVIe siècle, pays avec lequel la Hollande entretient d'intenses échanges commerciaux. Il existe donc ici des similitudes troublantes, y compris phonétiques, avec le golf d'aujourd'hui.

D'autres indices nous entraînent sur un chemin beaucoup plus anecdotique. Comme s'il fallait au golf une légende quelque peu mystérieuse, voire poétique, pour asseoir sa notoriété. Ainsi, certains spécialistes avancent que des pêcheurs de la côte Est de l'Écosse avaient l'habitude de frapper un caillou à l'aide d'un bâton pour rentrer à la maison. Ou, plus vraisemblablement, pour aller du bateau à l'auberge du village ! Un « projectile », un bâton, des étendues de gazon, des dunes de sable et un point d'arrivée précis, il y a là aussi tous les ingrédients qui conviennent. Sauf que ces pêcheurs écossais ont très bien pu s'inspirer du *kolven* de leurs collègues hollandais.

Enfin, parmi les multiples hypothèses, d'aucuns voient aussi dans le jeu de mail l'ancêtre du golf. Le terme mail n'a évidemment rien à voir avec le courrier électronique ! Il désigne ici un marteau ou un maillet. Et ce jeu de mail, sorte de jeu de croquet à grande dimension, se pratique en France dès le XVIIe siècle avec des boules de buis frappées à l'aide de maillets pourvus de manches flexibles. Certes, sur des gravures du XVIIIe siècle, les attitudes des pratiquants du jeu de mail ressemblent étrangement à celles des golfeurs modernes, mais ce jeu aux règles déjà fort élaborées s'était, à l'évidence, inspiré de pratiques antérieures.

Quoi qu'il en soit des querelles de puristes sur les lointaines origines du golf, tous les protagonistes s'accordent sur un point : la date du premier règlement écrit qui encadre ce sport. La naissance officielle a lieu en Écosse le 14 mai 1754, à la St-Andrews Society of Golfers. Cette association deviendra un peu plus tard le prestigieux Royal and Ancient Golf Club of St-Andrews, un endroit mythique aux yeux de tous les golfeurs du monde, même si le Gentlemen Golfers of Leith (près d'Édimbourg) avait, semble-t-il, élaboré une ébauche des règles du jeu dix ans plus tôt. Dès lors, le succès du golf ne se démentira plus. Cependant, il faudra attendre la seconde moitié du XIXe pour que le jeu prenne un essor considérable grâce à deux innovations notables : l'apparition de la balle en caoutchouc et la construction de parcours spécifiquement conçus et aménagés pour jouer.

Reste la question du nombre de trous ! Un point fondamental dans la mesure où cette obsédante petite cavité aujourd'hui tant convoitée par les pratiquants distingue le golf de tous les jeux de balle et de bâton qui l'ont précédé. Parmi les ancêtres possibles du golf évoqués plus haut, l'objectif consistait à toucher une cible (porte, poteau, voire arbre).

Avant l'élaboration officielle des règles, le golf se pratique sur des parcours qui affichent entre six et vingt-deux trous. En 1754, le terrain de St-Andrews possède, pour sa part, douze trous que les joueurs font dans un sens, puis dans l'autre, pour revenir au club-house. Autrement dit, il n'existe pas encore de parcours élaboré sous la forme de circuit. Mais, à partir de maintenant, soyez vraiment attentif ! Pour jouer son premier coup, le joueur se plaçait à côté du premier trou : il visait donc le deuxième trou. Et ainsi de suite... Sur le chemin aller, il mettait donc la balle dans onze trous (douze moins un, le premier). Au retour, le golfeur se plaçait à côté du douzième trou. Résultat, il enchaînait de nouveau onze trous. Conséquence, avec ses douze trous joués dans un sens puis dans l'autre, le parcours de St-Andrews se déroulait donc sur vingt-deux trous : vingt-quatre, moins deux trous (celui du départ et celui du retour).

Mais en 1764, dix ans après l'officialisation du règlement, jugeant les distances trop faibles entre les quatre premiers trous, les responsables de St-Andrews décident d'en supprimer deux. Il ne reste donc plus que dix petites cavités (douze moins deux). Et selon le même processus (départ à côté du premier trou, puis retour en se plaçant à côté du dixième), principe qui vous rappelle probablement de bons vieux souvenirs d'arbres et d'intervalles, les golfeurs jouent donc neuf trous dans un sens (dix moins un). Puis neuf trous au retour. Soit dix-huit trous au total ! Et tous les golfs du monde calquèrent leurs parcours sur celui de St-Andrews.

Ensuite, par mesure de sécurité (les balles volaient dans les deux sens) et afin de limiter l'attente, les parcours furent donc élaborés sous la forme d'un circuit complet d'une seule traite. Avec les dix-huit trous standard.

Pourquoi surnomme-t-on Maison Blanche la résidence du président des États-Unis ?

À la fois résidence officielle et lieu de travail du président des États-Unis, la Maison Blanche fut évidemment construite dans la capitale, à Washington. Et son histoire est intimement liée aux initiatives des présidents qui ont successivement habité cette demeure emblématique.

Tout commence en décembre 1790 lorsqu'une loi du Congrès décide d'édifier un palais présidentiel. Aidé par l'urbaniste français Pierre L'Enfant (1754-1825), le premier président du pays, George Washington (1732-1799), choisit l'emplacement où sera donc élevé le bâtiment conçu par l'architecte irlandais James Hoban. La pose de la première pierre se déroule en octobre 1792 et les travaux se terminent en 1800. George Washington n'habitera donc jamais le palais. John Adams (1736-1826), le second président des États-Unis, en sera le premier locataire, un an avant la fin de son mandat.

Dans l'environnement politique et diplomatique, voire dans les textes officiels, ce haut lieu des décisions gouvernementales s'appelle à l'époque palais (ou manoir) présidentiel. Voire manoir exécutif. L'épouse de James Madison va introduire l'expression château du président. Et c'est précisément ce même Madison (1751-1836) qui sera, bien malgré lui, à l'origine du futur et durable surnom de Maison Blanche. En effet, en juin 1812, le quatrième président des États-Unis déclare la guerre à la Grande-Bretagne au nom du principe de la liberté des mers. Madison estime que la marine anglaise ne cesse d'entraver le développement commercial américain. S'engage alors une rude bataille connue sous le nom de seconde guerre de l'Indépendance américaine.

Les États-Unis ne comptent alors qu'une petite dizaine de millions d'habitants tandis que l'Angleterre occupe le premier rang mondial des puissances maritimes. En gros, les seize bateaux de guerre de la flotte américaine s'opposent à un potentiel anglais d'une centaine de navires ! Dès lors, le conflit se déroule sur deux grands théâtres d'opérations : d'un côté, la mer et les ports de la côte Atlantique ; de l'autre, les Grands Lacs. S'ensuivent de terribles batailles navales.

Malgré le profond déséquilibre des forces en présence, les Américains résistent crânement. Cependant, les troupes britanniques convergent vers Washington. Et les Anglais prennent la capitale en août 1814. Le 24 août, les soldats de Sa Majesté incendient le palais présidentiel, puis marchent sur Baltimore. Mais en septembre 1814, les Américains enregistrent une victoire stratégique sur le lac Champlain et l'armée britannique doit battre en retraite vers le Canada. L'un et l'autre camp comprennent alors qu'il serait vain de s'engager dans un interminable conflit. Aussi les belligérants décident-ils de signer la paix de Gand le 24 décembre 1814.

À Washington, ne restent plus que les murs noircis du palais présidentiel incendié. Les autorités s'empressent de le reconstruire en conservant la structure de l'édifice. Aussi décide-t-on de repeindre en blanc les murs d'origine (du grès de Virginie) afin de masquer les traces de fumée produites par le sinistre. Fort logiquement, certains journalistes et hommes politiques ajoutent aussitôt le terme à la fois symbolique et imagé de Maison Blanche aux surnoms du palais présidentiel. Mais il faut attendre le vingt-sixième président, Theodore Roosevelt (1858-1919), pour qu'apparaisse (1901) l'expression Maison Blanche sur l'en-tête du papier à lettres officiel de la résidence du chef de l'État américain.

Le successeur de Theodore Roosevelt, William Taft (1857-1930) s'attaque, quant à lui, au réaménagement intérieur du lieu. Il préconise notamment l'installation d'un nouveau bureau présidentiel de forme ovale situé au centre du bâtiment. À la suite d'un nouvel incendie, accidentel celui-là, qui détruit l'aile ouest de la Maison Blanche en décembre 1929, Franklin Delano Roosevelt (1882-1945) se lance, en 1933, dans une nouvelle organisation du palais. Il renonce à la position centrale et très exposée décidée par William Taft et demande que le déjà célèbre bureau ovale trouve une place plus discrète afin d'assurer une parfaite confidentialité aux déplacements du président. Et à ceux de ses visiteurs !

La Maison Blanche sera entièrement réhabilitée après la Seconde Guerre mondiale car des pans entiers de l'édifice menaçaient de s'écrouler. Les architectes remplacèrent les structures vétustes en bois utilisées lors de la reconstruction de 1815 par du béton et des poutres métalliques.

La Maison Blanche possède six étages et dispose de cent trente deux pièces réparties sur une surface totale de cinq mille mètres carrés. La *situation room* se trouve dans le sous-sol de l'aile ouest du bâtiment. Cette pièce sert de salle de réunion et de commandement au président des États-Unis lorsqu'il lui faut gérer une crise majeure. Le *bunker* fortifié se trouve, pour sa part, dans le sous-sol de l'aile est du palais. Lors des attentats du 11 septembre 2001, le vice-président Dick Cheney y avait été précipitamment dirigé.

POURQUOI TRINQUE-T-ON AU MOMENT DE L'APÉRITIF ?

Chacun aura remarqué cette curieuse habitude qui consiste à entrechoquer les verres avant de commencer à boire. Ce geste s'accompagne souvent de quelques paroles optimistes quant à l'avenir (santé, amours, enfants, examens, travail, etc.). En fait, le rituel se déroule en deux temps. D'abord, on porte un toast en levant son verre afin que s'accomplisse un vœu quelconque (voire en signe de bienvenue ou de remerciement). Par exemple : « À votre santé à tous ! Et bon vent à notre projet. » Ensuite, chacun s'approche de ses voisins pour trinquer, c'est-à-dire pour cogner les verres entre eux.

Que ce soit à la maison ou au restaurant, à défaut de porter chaque fois un toast, quasiment personne n'omet de trinquer. Il convient d'observer que ce geste peut aussi se produire autour de la table du repas, avec le premier verre de vin, lorsque l'assistance rassemblée n'a pas jugé bon de passer par la case apéro. Soulignons que certains n'hésitent pas à jeter un œil sévère à celui (ou celle) qui enfreint la règle du tintinnabulement en portant directement la coupe à ses lèvres. Un peu comme si cette précipitation trahissait la peur de trinquer. Et nous touchons là au cœur de l'explication.

Le Moyen Âge mais aussi la Renaissance permirent le développement de petits commerces florissants qui touchent aux confins de la sorcellerie. D'ailleurs, de modestes guérisseurs payèrent, eux aussi, sur le bûcher leurs écarts du droit chemin désigné par la toute-puissance de l'Église catholique. Notamment pendant la période de panique, voire de psychose (entre 1580 et 1630), où tout individu pratiquant une activité supposée magique ou divinatoire devenait un suspect (c'est-à-dire un dangereux suppôt de Satan) vite dénoncé et impitoyablement broyé par la machine judiciaire ecclésiastique et civile.

Il y a donc de « petits sorciers » (devins ou magiciens) que la communauté villageoise sollicite lors d'occasions très concrètes : découvrir un trésor, retrouver un gamin, soulager un malade. On rencontre aussi quelques benêts inoffensifs persuadés de disposer d'un obscur talent ésotérique. Et puis, il existe de redoutables escrocs qui monnaient au prix fort leurs prétendus pouvoirs surnaturels (divination, guérison, envoûtement). Ces pratiques ne demandent d'ailleurs qu'à s'épanouir dans un environnement où les superstitions de tous ordres régissent la vie sociale des campagnes. Mais aussi celle de la cour du royaume. Par exemple, entre 1540 et 1589, Catherine de Médicis s'entoure de devins, astrologues et conseillers florentins qu'elle considère comme des experts en sciences occultes. Croyez-moi sur parole, nous ne sommes pas loin de trinquer !

Sous couvert d'un métier honnête, rémunérateur et susceptible d'apporter une certaine notoriété (par exemple joaillier ou parfumeur), des aigrefins se lancent donc à l'assaut d'une clientèle huppée (notables, seigneurs, gentilshommes et gens de cour). Mais ces filous ne proposent pas seulement de guérir. Munis de leur ambivalente panoplie de dompteur des mystères de l'au-delà, ils peuvent également tuer. Soit, prétendent-ils, par l'envoûtement ; soit, plus sûrement, en vendant des potions magiques, c'est-à-dire du poison. Ce petit détour historique permet de mieux comprendre les paramètres qui poussèrent à une sorte de démocratisation du poison. Car cette pratique expéditive avait déjà prouvé son efficacité depuis l'Antiquité.

Ainsi, dans ce contexte où rôdent et se mêlent ésotérisme, religion, superstition, dénonciations et peur de l'autre, chacun se sent à la merci d'un hypothétique ou réel ennemi. Même lorsqu'il doit partager avec lui un repas. Nous y voilà ! Dans le haut Moyen Âge, lors d'une rencontre entre seigneurs, les accolades pouvaient rapidement se muer en coups de poignard. À moins que l'hôte, mécontent de l'issue d'une discussion, ait l'idée sournoise d'offrir à son invité un breuvage... empoisonné.

Une amusante parade va donc s'installer au fil du temps. Afin de prouver sa bonne foi, le maître des lieux prendra l'habitude de verser une petite quantité de sa boisson dans le « verre » (récipient d'argent ou de terre) de son interlocuteur. Celui-ci devant répondre par le même geste en signe de confiance réciproque. Dans ces conditions, plus de doute possible sur la teneur inoffensive du breuvage. Car, si l'un des deux nectars (ou récipients) contenait à l'origine une potion mortelle, ce rituel anodin avait forcément mélangé le poison dans les deux ustensiles. Ne restait plus qu'à boire simultanément la première gorgée en se regardant droit dans les yeux.

Par la suite, les protagonistes se contentèrent de cogner l'ustensile voisin. Objectif : que le liquide, souvent rempli à ras bord, éclabousse et atteigne l'autre récipient. Là encore, pour obtenir le but recherché, chacun devait frapper la coupe opposée à tour de rôle. Aujourd'hui, vous aurez probablement remarqué que ce détail persiste encore inconsciemment dans la façon de trinquer de certaines personnes. En effet, elles ne se contentent pas d'un petit tintinnabulement simultané de deux verres, mais elles tiennent à marquer clairement « leur » choc et attendent le vôtre en retour. Dans le même ordre d'idée, revenons sur le regard noir qui s'abat sur celui qui oublie de trinquer. Il y a là une curieuse attitude qui ne relève pourtant que du plus pur hasard. En effet, comme vous l'aurez probablement remarqué, le risque de mourir d'empoisonnement volontaire au cours d'un cocktail reste de nos jours assez faible ! Pourtant, celui qui ne trinque pas devient soudain suspect de vouloir s'écarter du groupe. Symboliquement, il refuse le partage. Comme l'aurait peut-être fait l'un de ses ancêtres du Moyen Âge en s'abstenant de mélanger son breuvage à celui, empoisonné, de ses convives.

Quoi qu'il en soit des subtilités actuelles sur la meilleure façon de trinquer, cette tradition bien vivace se perpétue depuis des siècles. Et pas seulement dans le cadre d'une cérémonie plus ou moins mondaine, mais aussi dans les sorties entre amis ou dans le cercle intime d'une soirée familiale. À la bonne vôtre !

QUELLE EST L'ORIGINE DE L'OURS EN PELUCHE BAPTISÉ *TEDDY-BEAR* ?

Voilà une bien charmante aventure à raconter à tous les bambins accrochés à leur nounours désarticulé. Et comme souvent, pour ce genre d'histoire qui navigue aux confins de la légende, il existe ici ou là, selon tel ou tel spécialiste ès nounours, de subtiles différences. Notamment pour ce qui touche au cœur même de l'anecdote. Pour simplifier, disons que subsistent aujourd'hui deux versions très proches de la naissance du célèbre Teddy-Bear. À vous de juger celle qui valorise au mieux l'image de ce héros silencieux qui a bercé tant de nuits câlines tout en partageant de captivants secrets.

Tout commence en 1903, au cours d'une banale chasse à l'ours que Theodore Roosevelt (1858-1919), vingt-sixième président des États-Unis, honore de sa présence. Dans la première version, Theodore et son groupe de chasseurs rentrent bredouilles. Aussi les organisateurs se croient-ils obligés d'attacher un ourson à un arbre afin de le livrer aux balles du Président. Outré par ce procédé qui ressemble à une atroce mise à mort, Roosevelt refuse et exige que l'animal soit libéré sur-le-champ. Dans la seconde transcription des faits, au cours de la chasse, le président des États-Unis et ses amis débusquent un ourson. Mais Roosevelt ordonne de ne pas tirer pour lui laisser la vie sauve.

Quoi qu'il en soit de la réalité de la scène, la presse

s'empare de l'anecdote. Un dessinateur raconte même l'incident à travers une petite bande dessinée (qui ne permet cependant pas de prendre position pour l'une ou l'autre version). Qu'importe, Roosevelt sort grandi de cette affaire propre à émouvoir parents, enfants et défenseurs avant-gardistes de l'environnement. Et l'opération obtient un retentissement exceptionnel à travers le pays. Ce qui tendrait à démontrer que marketing et médiatisation politique ne datent pas d'aujourd'hui !

À cette même époque, une certaine Margaret Steiff, soixante-dix ans, dirige une entreprise de jouets en feutre. Son neveu se dit profondément touché par l'histoire. À moins qu'il n'ait flairé le bon coup commercial potentiel. Aussi propose-t-il à sa tante de fabriquer un ourson en peluche articulé. Margaret accepte. La Steiff & Co deviendra le leader mondial de l'ours en peluche pourvu de son signe distinctif : un bouton de métal lui perce l'oreille. Notons que certains spécialistes attribuent plutôt la paternité de l'ours en peluche à Rose et Morris Mitchom. Ils avaient eux aussi immédiatement réagi à l'aventure de Roosevelt en créant un atelier qui fabriqua des oursons en peluche baptisés Teddy.

Reste donc l'énigme du nom. On affuble tout simplement les Theodore (tel Roosevelt) du diminutif de Teddy. Quant au terme *bear*, il signifie ours en anglais. Teddy-Bear, qui incarne l'ours de Theodore, symbolise donc la vie, l'espérance et la générosité, si l'on s'en tient à la morale de la chasse à laquelle participa le président des États-Unis.

QUAND FUT CRÉÉ LE PREMIER JOURNAL À SCANDALES ?

En cette seconde moitié de XVIIe siècle, Benjamin Harris ne manque ni de personnalité ni d'imagination ni de dynamisme. Ce jeune homme, qui se sent manifestement attiré par l'écriture, dispose d'une incontestable aptitude pour manier avec habilité la polémique. Il manifeste une propension naturelle à combattre l'ordre établi et ressemble finalement à une sorte de redresseur de torts moderne, prêt à tout pour chambouler l'écrasant absolutisme du pouvoir royal de l'époque. On pourrait tout simplement dire que le sémillant Benjamin veut faire bouger le monde, même si ses premières initiatives s'apparentent souvent à de maladroits balbutiements qui convergent aux lisières de l'à-peu-près. Aussi n'hésite-t-il pas à vendre des pamphlets séditieux dans les rues de Londres ou encore à éditer un journal politique dans lequel se côtoient informations et rumeurs diverses.

Toujours prompt à dénoncer de mystérieux complots, Benjamin Harris contribue à propager (1678) l'idée que se prépare une vaste conspiration visant à massacrer les protestants. Il s'agit là des supposées conséquences du fameux *popish plot* fomenté de toutes pièces par un prêtre anglican, Titus Oates (1649-1705). Le *popish plot* prétend alors que l'Église romaine planifie l'assassinat du roi Charles II (1630-1685) pour porter sur le trône son frère, le duc de York, converti au catholicisme en 1672 et qui lui succédera sous le nom de Jacques II (1633-1701).

Dans ce contexte tumultueux, Benjamin Harris se débat comme un beau diable. Mais le harcèlement policier et juridique l'épuise. Aussi décide-t-il de fuir l'Angleterre pour s'installer à Boston avec sa famille en 1686. Là, Benjamin se lance dans de multiples affaires commerciales. Il crée une florissante librairie et un *coffee shop* très à la mode. Cependant, Benjamin songe surtout à renouer au plus vite avec sa passion. Car l'écriture le démange de nouveau. Il commence par fonder une imprimerie, puis lance le jeudi 25 septembre 1690 un journal intitulé *Publick Occurrences Both Foreign and Domestick* (pour les puristes de la langue anglaise, les mots *publick* et *domestick* possèdent bel et bien ici la terminaison « ck »). Un titre qui pourrait se traduire très librement en français par *Événements du monde et d'ici*, ou encore, de façon plus moderne, par *Nouvelles d'ici et d'ailleurs*.

En ce 25 septembre 1690, les habitants de Boston découvrent et lisent donc le premier journal de langue anglaise imprimé sur le sol américain. On peut dire qu'il s'agit du premier journal américain : quatre pages (vingt-six centimètres de haut et quinze de large), dont trois imprimées (reste une pleine page blanche). Benjamin Harris annonce une publication mensuelle régulière et promet de « révéler à la face du monde ce qui se murmure au coin de la rue ». Dans son entourage, personne ne doute que le succès sera au rendez-vous. Et surtout pas l'imprimeur, Richard Pierce. D'ailleurs, Benjamin envisage déjà la publication d'éditions spéciales si l'urgence de l'actualité venait à l'exiger. Bien écrit, vivant, clair (maquette sur deux colonnes) et mené de main de maître par un homme ambitieux qui semble déjà connaître toutes les astuces du marketing de presse, le *Publick Occurrences* a forcément devant lui un avenir radieux.

Figurent au sommaire du premier et unique numéro : un article très documenté sur une épidémie de variole qui menace la ville ainsi que les comptes rendus détaillés d'un suicide et d'un incendie. Mais il y a aussi, sur la première page, un article qui dénonce les atrocités perpétrées par les Indiens Mohawks à l'encontre de leurs prisonniers français. Nous sommes alors en pleine colonisation européenne de l'Amérique du Nord et la bataille fait rage entre Français et Anglais, notamment pour s'emparer de l'Acadie (Nouvelle-Écosse, Nouveau-Brunswick). Or les Mohawks, une des six tribus de la fédération des Indiens iroquois, se sont alliés aux Anglais.

Cette courageuse révélation ne sert évidemment pas les intérêts britanniques. Fidèle à ses habitudes, Benjamin a d'emblée frappé un grand coup. Notre homme donne dans le scoop et il ne s'embarrasse décidément pas du politiquement correct. De surcroît, comme pour faire bonne mesure et prouver son souci d'équité, Harris s'en prend aussi à Louis XIV (1638-1715), l'ennemi des Anglais. Dans un croustillant article, là encore fort bien informé, il dénonce dans un style savoureux les liaisons amoureuses extraconjugales du souverain français. Autrement dit, Benjamin Harris dévoile l'intimité de la vie privée d'une des stars mondiales de l'époque et divulgue un coupable adultère. En ce sens, le *Publick Occurrences* peut légitimement revendiquer le rang de premier magazine à scandales.

Les autorités coloniales ne s'y trompent pas. Quatre jours plus tard, le gouverneur de la baie du Massachusetts interdit purement et simplement le journal. Il n'y aura donc qu'un unique numéro du *Publick Occurrences* dont il ne subsiste d'ailleurs qu'un seul exemplaire original officiellement répertorié (avis aux chasseurs de vieux papiers qui veulent faire fortune). Suite à cette brutale décision du pouvoir, les habitants de Boston attendront quatorze années avant de voir apparaître un nouveau journal. Un hebdomadaire conformiste fondé par un receveur des postes écossais, John Campell. Le *Boston News-Letter* voit le jour le 15 mai 1704 et s'éteindra en 1776. Quant au *New England Courant* (1721-1726), il doit surtout sa réputation à Benjamin Franklin (1706-1790) qui publie ses premiers articles dans ce journal créé par son frère aîné, alors imprimeur à Boston.

Soulignons que William Cosby, gouverneur colonial de New York, envoya en prison John Peter Zenger le 17 novembre 1734. Accusé de « diffamation envers le gouverneur royal », l'éditeur du *Weekly Journal*, hebdomadaire d'opposition au pouvoir britannique, passera neuf mois derrière les barreaux. Il sera finalement acquitté le 5 août 1735. Une date historique qui marque traditionnellement le début du concept de liberté de la presse aux États-Unis. Un droit inaliénable qui doit figurer dans les fondements de toute démocratie.

POURQUOI A-T-ON DANS NOTRE CALENDRIER DES ANNÉES BISSEXTILES ?

Pas simple de percer les mystères du temps qui passe. Chacun comprendra aisément qu'il fallut de multiples tâtonnements pour élaborer un calendrier fiable, capable d'épouser au mieux les rythmes de la nature. Un long chemin semé d'embûches avant d'en arriver à la subtile mise en place des années bissextiles.

Dès le Paléolithique inférieur, il y a un million d'années, l'*Homo erectus* cherche à mieux comprendre les soubresauts de la nature. D'abord pour survivre ! Ensuite pour tenter d'intégrer les conséquences du climat dans les rythmes de sa vie nomade. Évidemment, l'*Homo erectus* ne dispose pas encore de calendrier pour planifier son activité. Mais il sait déjà organiser son temps en fonction des jours et des nuits. Puis, en s'appuyant sur les phases de la lune, plus faciles à observer que le mouvement apparent du soleil. Il s'attache également à repérer et à maîtriser le passage répétitif de moments chauds et secs, puis froids et humides, c'est-à-dire des périodes qui ne s'appellent pas encore les saisons.

Dans sa réalité quotidienne, l'homme de la préhistoire sait déduire les rythmes du temps en se fondant sur l'observation de phénomènes banals et répétitifs : amoncellement de nuages, orages, vents, vols de certains oiseaux, course des planètes et des étoiles, etc. Mais nous sommes encore bien loin du décompte des semaines, des mois et des années. L'*Homo erectus* a tout simplement en tête une espèce de « calendrier » virtuel. Ce qui lui permet d'organiser son activité principale (chasse et cueillette) à la cadence des nuits et des saisons. En fait, l'homme préhistorique a su modeler son existence primitive en se référant à des cycles naturels dont il ignore pourtant tout : rotation de la Terre sur elle-même, rotation de la Lune autour de la Terre, rotation de la Terre autour du Soleil.

Des centaines de millénaires s'écoulent jusqu'à la conquête du feu, qui n'apparaissait auparavant que sous la forme d'orages, d'incendies naturels ou de projections volcaniques. Vers 400000 av. J.-C., cette production volontaire d'une flamme (l'une des plus fondamentales inventions dans l'histoire de l'humanité) apporte d'abord chaleur et lumière. Mais ce feu enfin maîtrisé modifie aussi les habitudes alimentaires en popularisant la cuisson de la viande. Sans oublier qu'il va aussi contribuer à l'ébauche progressive de la cohésion sociale. Désormais, des groupes se rassemblent autour d'un foyer pour se réchauffer, manger ou encore se protéger des animaux sauvages. Outre les soirées et les saisons, des phases récurrentes plus élaborées se construisent. Et ces attitudes nouvelles vont mener aux prémices de la sédentarisation, aux premières cultures de céréales (vers 12000 av. J.-C. dans la vallée du Nil et en Afrique de l'Est), puis à une agriculture et à un élevage structurés dans le Proche-Orient (vers 7500 av. J.-C.). Dès cette époque, le temps semble scander ses rythmes de manière plus impérieuse. Tout simplement parce que les exigences d'un travail planifié et d'un repos nécessaire commencent à émerger. D'autant que les balbutiements de la vie en société vont entraîner une indispensable organisation politique et administrative de la cité. Toutes ces pratiques collectives exigent des points de repères précis. Dès lors, à l'aube du Néolithique (vers 6000 av. J.-C.), l'ébauche d'un découpage scientifique du temps (mesure, division et comptage) va mobiliser les énergies.

De l'ancestral cadran solaire (marquage de l'ombre), en passant par l'observation des astres ou par celle de l'écoulement d'un fluide, l'homme s'attache donc à réglementer le déroulement du temps en un partage rationnel de phases. Inventé par les Chinois vers le troisième millénaire avant J.-C., le gnomon (sorte de cadran solaire rudimentaire) reste le plus ancien instrument spécifiquement conçu pour la mesure du temps. Quant à la clepsydre (sorte d'horloge à eau), elle voit le jour en Égypte au deuxième millénaire av. J.-C. De son côté, le classique cadran solaire divise encore les scientifiques. Certains situent son origine en Grèce au VIe siècle av. J.-C. D'autres considèrent qu'il a été inventé en Chine ou en Égypte à une époque largement antérieure. Enfin, beaucoup plus près de nous (vers le VIe siècle de l'ère chrétienne), on sait que les Byzantins faisaient brûler des bâtons d'encens dont la combustion donnait une indication du temps écoulé. En revanche, le sablier refuse toujours jalousement de livrer la date et l'histoire de ses origines.

Au fil des siècles, l'élaboration d'un calendrier visant à l'étalonnage universel du temps n'a manqué ni d'hésitations ni d'approximations. Dans l'Antiquité, Babyloniens, Égyptiens, Hébreux et Grecs ont entrepris de multiples recherches, souvent convergentes. Dans un premier temps, ces calendriers se fondent sur l'observation du cycle lunaire. Seulement voilà, le mois lunaire ne se divise pas en un nombre entier de jours. Il dure en moyenne 29 jours 12 heures 44 minutes et 3 secondes. Arrondissons à 29 jours et demi ! Quant à l'année solaire (c'est-à-dire le temps que met la Terre pour parcourir sa course elliptique autour du Soleil), elle ne se compose pas d'un nombre entier de mois lunaires : il lui faut douze lunaisons plus 10,8 jours.

Ainsi, aux alentours de 1700 avant notre ère, Babyloniens et Hébreux optent pour une version lunaire de leur calendrier. Ils élaborent un découpage qui repose sur douze mois, en faisant alterner 29 ou 30 jours. Un calcul fort simple conduit donc à une année de 354 jours. Manquent onze jours pour s'aligner sur la durée « approximative » de l'année solaire (365 jours). Afin d'éviter une rapide dérive du calendrier par rapport aux saisons, il convenait donc d'ajouter un treizième mois de trente-trois jours tous les trois ans (onze jours perdus par an au bout de trois ans égale trente-trois). Pour retomber sur 1 095 jours (trois années de 365 jours), il fallait que se succèdent deux années de 354 jours, plus une de 387 ! Pas simple à mettre en œuvre.

En réalité, toute la difficulté de l'élaboration d'un calendrier qui conserve son exactitude au fil des siècles et des millénaires réside dans cette seule observation : la Terre parcourt son orbite autour du Soleil en 365 jours 5 heures 48 minutes et 45 secondes (365,2422 jours). En arrondissant à 365,25 jours (365 jours un quart) on comprend facilement qu'un calendrier de 365 jours accuse un retard d'une journée tous les quatre ans.

Pour leur part, les Égyptiens mettent au point, dès le Ve millénaire av. J.-C., un calendrier composé de douze mois de 30 jours (360 jours par an). Et ils ajoutent cinq jours à la fin de l'année. En 238 av. J.-C., le souverain Ptolémée III fait d'ailleurs campagne pour ajouter un sixième jour tous les quatre ans. Pas mal vu, mais il ne sera pas suivi.

Quant aux Grecs, ils se déterminent d'abord pour une alternance de douze mois de 29 et 30 jours (354 jours au total). Puis ils décident d'ajouter un treizième mois tous les deux ou trois ans. Ce qui, on l'a vu, ne règle absolument pas le problème. Aussi contournent-ils la difficulté en raisonnant sur une période de huit ans. Les années trois, cinq et huit possèdent treize mois. Restent cinq années de douze mois. Soit un total de 99 mois, dont 48 de 29 jours et 51 de 30 jours. Nous obtenons un total de 2 922 jours pour les huit années concernées. Et, miracle, 2 922 jours divisé par huit donne comme résultat : 365,25 jours. Bravo les Grecs ! Sauf que le rythme de huit années manquait un peu de simplicité dans son application.

Le calendrier traditionnel chinois repose, pour sa part, sur douze mois lunaires de 29 ou 30 jours auxquels s'ajoutent, là encore, un treizième mois intercalaire. Mais le tout se gère ici sur une période de dix-neuf ans ! En référence au cycle de Méton, un brillant astronome athénien du Ve siècle av. J.-C. qui avait mis en évidence que dix-neuf années lunaires plus sept mois correspondent à dix-neuf années solaires. Le calendrier chinois s'articulait finalement autour de douze années de douze mois, suivies de sept de treize (pour les sept mois supplémentaires du principe de Méton). Original, mais pas très facile à appliquer.

Rassurez-vous, nous approchons tout doucement du but. Au VIIIe siècle avant notre ère, les Romains utilisent un calendrier de dix mois composé alternativement de 29 et 30 jours (soit une année de 295 jours). Puis ils passent à des mois de 30 et 31 jours (total de 304 jours sur l'année). Enfin, Numa Pompilius (715-672 av. J.-C.) rajoute fort à propos les mois de janvier et de février. Ainsi que le désormais célèbre mois intercalaire. Et après de multiples tergiversations, les Romains composent le calendrier suivant : quatre mois de 31 jours, sept de 29, plus un mois de 28 jours (février). Ce qui donne toujours une année trop courte (355 jours) que l'on complète par un « petit » mois supplémentaire de 22 ou 23 jours qui s'intercale, tous les deux ans, entre les 23 et 24 février. Ce « petit » mois de rattrapage (*Mercedonius*) s'insérait comme une espèce de parenthèse au sein de février.

Quoi qu'il en soit, sur un cycle de quatre ans, l'année romaine compte 355 jours, puis 377 (355 + 22), puis de nouveau 355 jours et, enfin, 378 (355 + 23). Soit au total 1 465 jours à l'issue des quatre années. C'est-à-dire une moyenne de 366 jours un quart ! Le calendrier romain du sémillant Numa Pompilius est manifestement trop long. De surcroît, au fil du temps, les pontifes vont prendre quelques libertés avec la durée « légale » des fameux mois intercalaires. Jeux politiques et magouilles faisant déjà bon ménage, ils abusent de leur pouvoir et allongent ou écourtent les magistratures au gré de leurs intérêts. De telles décisions arbitraires s'éloignent du souci initial : accorder au mieux calendrier et saisons. S'ensuit une invraisemblable pagaille qui ne fait que croître et embellir pendant six cents ans. Ainsi, au dernier siècle avant notre ère, l'équinoxe civil accuse un décalage de trois mois sur l'équinoxe astronomique !

Les choses sérieuses commencent lorsque Jules César charge l'astronome grec Sogisène d'Alexandrie de remettre de l'ordre dans la maison solaire. En 46 avant J.-C., pour rétablir les équilibres entre calendrier et saisons,

Sogisène commence par créer une période de remise à niveau (connue sous le nom d'année de la confusion) qui compte 445 jours. Puis il bâtit un calendrier de 365 jours enfin composé d'un nombre fixe de douze mois. Et, pour « rattraper » le quart de journée perdue, il ajoute un jour tous les quatre ans. Il vient d'inventer l'année bissextile !

Cette réforme entre en vigueur dès 45 av. J.-C. Reste qu'une erreur grossière s'immisce dans cette belle mécanique baptisée calendrier julien. Soit le brave Sogisène ne s'exprimait pas clairement, soit les Romains n'avaient rien compris, car les brillants esprits au pouvoir rajoutent un jour tous les trois ans (et non pas tous les quatre ans) ! La plaisanterie va durer trente-six ans. Résultat : la création de douze années bissextiles sur la période au lieu des neuf indispensables.

Il faut donc attendre que l'empereur Auguste corrige la bourde et supprime trois années bissextiles (entre 8 av. J.-C. et 4 après) pour que le calendrier julien se mette enfin à fonctionner correctement. Le tout ordonnancé dans la forme que nous connaissons toujours aujourd'hui. À savoir : sept mois de 31 jours, quatre de 30 et un mois de février de 28 ou 29 jours. Et avec deux mois de 31 jours qui se suivent : *Julius* (en hommage à César) et *Augustus* (pour célébrer Auguste). En initiant la réforme et en corrigeant l'erreur, l'un et l'autre ne méritaient pas moins que des mois de 31 jours !

Mais revenons à l'innovation fondamentale du calendrier julien : l'année bissextile. En fait ce mot vient de l'expression suivante : *Bis sextus ante dies calendas martii*. Autrement dit : deux fois un sixième jour avant les calendes de mars. Le mot calendes, qui donnera naissance à calendrier, désigne le premier jour de chaque mois (celui où l'on règle les factures). Pour comprendre ce *bis sextus*, il faut savoir que les Romains décomptaient les jours par rapport à une date exemplaire future que l'on inclut dans le comptage. Et il faut aussi savoir que le jour intercalaire était placé entre le 23 et le 24 février (en souvenir du « petit » mois de rattrapage de Numa Pompilius). N'ayez pas honte, prenez le temps de compter sur vos doigts ! Le 24 février est donc bien le sixième jour avant les calendes de mars (24 février et premier mars inclus). Une fois tous les quatre ans, on ajoute deux fois un sixième jour. Et ce *bis sextus* va donner le mot bissextile pour qualifier plus tard les années où le mois de février possédera 29 jours.

Globalement, l'ordonnancement du calendrier julien ne va plus changer. Ordre des mois, nombre de jours de chaque mois et nombre de mois ne bougeront plus. Sauf que Sogisène avait commis une petite erreur qui va nécessiter une correction. Et les années bissextiles seront de nouveau sollicitées pour réparer la petite erreur de l'astronome grec. Il avait en effet réalisé ses calculs en considérant que la Terre tourne autour du Soleil en 365 jours et six heures. Or, notre planète va plus vite puisqu'il lui suffit de 365 jours 48 minutes et 45 secondes ! En considérant que la Terre se déplace sur son ellipse moins vite que dans la réalité, le calendrier julien cumulait chaque année un retard de onze minutes et quatorze secondes sur l'année solaire. Une broutille, me direz-vous ! Certes. Sauf que l'addition se solde par un retard de trois jours tous les quatre siècles.

Au XVIe siècle, le pape Grégoire XIII charge un comité d'astronomes d'élaborer une réforme du calendrier julien. On constate qu'il accuse un retard de dix jours sur l'année solaire. Pour faire de nouveau coïncider équinoxe civil et astronomique, c'est-à-dire calendrier et saisons, Grégoire XIII supprime dix jours dans le calendrier julien. Ainsi, en cette année de réforme 1582, on passe du jeudi 4 octobre au vendredi 15 octobre (entre ces deux dates, il y a bien dix jours de différence !). Ensuite, Grégoire XIII modifie le calcul des années bissextiles.

Dès lors, sont décrétées bissextiles les années divisibles par quatre. Avec une particularité pour les années séculaires (multiples de cent). Elles deviennent bissextiles si elles sont divisibles par 400. Ainsi, en bonne logique arithmétique, les années séculaires 1700, 1800 et 1900 n'ont pas connu de 29 février. En revanche, à l'instar de 1600, l'an 2000 fut une année bissextile puisque divisible par 400. En appliquant cette même règle, 2100, 2200 et 2300 ne seront pas bissextiles, tandis que l'année 2400 le sera. Notez-le sur vos agendas !

Ce calendrier grégorien fonctionne toujours aujourd'hui, même s'il affiche un décalage sur l'année tropique (durée entre deux équinoxes de printemps) : trois jours de trop tous les dix mille ans ! De surcroît, il ne tient pas compte du ralentissement de la vitesse de rotation de la Terre.

Appliqué dès octobre 1582 en Italie, en Espagne et au Portugal, le calendrier grégorien fut adopté par la France en décembre 1582. On passe du dimanche 9... au vendredi 20. Et nos ancêtres bénéficièrent de deux week-ends consécutifs ! Si l'Allemagne du Sud et l'Autriche appliquent la nouvelle norme dès 1584, d'autres pays ne s'y rangent que beaucoup plus tard : 1610 pour la Prusse, 1700 pour l'Allemagne du Nord, 1752 pour la Grande-Bretagne, 1873 pour le Japon, 1912 pour la Chine, 1918 pour l'Union soviétique, 1923 pour la

Grèce... Un tel décalage dans la mise en application du calendrier grégorien débouche sur d'amusantes conséquences. En effet, les événements qui se déroulèrent dans un pays donné sont datés selon le calendrier en vigueur à ce moment-là sur le territoire en question. Par exemple, la Russie appliquait encore le calendrier julien au moment de la célèbre révolution bolchevique de 1917. Connue sous le nom de révolution d'Octobre, elle s'est en fait déroulée en novembre d'après le calendrier grégorien !

Au fil des ans, de nombreuses tentatives de réformes furent élaborées pour tenter de détrôner le calendrier grégorien. En France, il y eut bien sûr l'expérience du calendrier républicain, directement issu de la Révolution. Et, aujourd'hui encore, des propositions d'aménagement ou de refonte totale du calendrier grégorien continuent d'attiser les passions. Jusqu'à nouvel ordre, on se contentera de nos astucieuses années bissextiles.

COMMENT FUT INVENTÉ LE SCRABBLE® ?

Nous sommes là dans le domaine des exceptionnels succès commerciaux qui ont marqué le siècle dernier. Avec, à l'origine, tous les ingrédients qui forgent une légende : une idée simple, un inventeur ruiné, discret, travailleur et tenace, des fabricants et des distributeurs arrogants, des rebondissements salvateurs au moment où tout semble perdu, une petite dose de chance et, enfin, un triomphe planétaire. Autant de paramètres qui permettent encore à tous les génies ignorés ou bafoués de rêver à un exceptionnel destin.

La terrible dépression économique de 1929 commence par le retentissant krach de la Bourse de New York, le 24 octobre. La crise va durer trois ans. Elle touche toutes les catégories sociales d'une Amérique exsangue. Les faillites s'enchaînent, les consommateurs endettés ne peuvent plus rembourser leurs dettes, les revenus diminuent, l'activité s'effondre et 25 % de la population active se retrouve au chômage. Alfred Mosher Butts (1900-1993) fait partie de ces millions d'Américains privés d'emploi.

Architecte à New York, Alfred a depuis toujours une véritable passion pour les mots. Aussi profite-t-il de cette inactivité forcée pour explorer plus avant son penchant favori. Tant et si bien que Butts développe un premier jeu de lettres vers la fin de l'année 1931. Il l'appelle le *Lexico*. Les joueurs doivent alors concevoir des mots avec les lettres tirées au sort. Mais il n'y a pas encore de plateau. En revanche, la valeur du mot écrit dépend déjà des lettres utilisées. Autrement dit, Alfred Butts avait attribué des points différents aux lettres en fonction de leur fréquence d'utilisation dans la langue anglaise.

Le génial architecte venait de mettre au point l'une des originalités du jeu en décortiquant un exemplaire du *New York Times.* Alfred se livra à une statistique sur la répétition des lettres contenues dans le journal, et il en déduisit une fréquence d'utilisation entre les lettres courantes, rares ou exceptionnelles. Et il leur attribua donc des valeurs différentes. De surcroît, cette analyse lui permit également de déterminer la bonne répartition du nombre de lettres identiques parmi les cent jetons à tirer au sort.

En 1933, deux fabricants de jeux refusent le *Lexico.* Mais Butts ne désarme pas. Pendant les cinq années qui suivent, Alfred fabrique de façon artisanale deux petites centaines de boîtes de jeu qu'il donne ou tente de vendre. L'histoire aurait probablement pu en rester là. Mais notre homme s'intéresse aux mots avec une réelle ferveur. Et il ne peut bien évidemment pas passer à côté de cette mode qui fleurit dans tous les journaux : les mots croisés. En les voyant, Butts a l'intuition de composer un tableau qui ressemble à une grille de mots croisés. Puis il modifie son jeu afin que les termes s'entrecroisent. En 1938, le *Lexico* cède donc sa place au *Criss-Cross,* puis au *Criss-Crosswords.* Ce jeu possède déjà les caractéristiques du futur Scrabble : plateau de quinze cases par quinze et chevalets de sept lettres. Même la répartition et la valeur des lettres sont identiques à celles que nous connaissons aujourd'hui (en anglais bien sûr).

Malheureusement pour Butts, les fabricants rejettent

son *Criss-Crosswords*, comme ils avaient écarté auparavant le *Lexico*. Déçu, Alfred hésite à se lancer personnellement dans l'aventure d'une véritable production. Convaincu qu'il n'a pas la carrure d'un entrepreneur, il renonce d'autant plus volontiers qu'il vient de retrouver un emploi d'architecte. Là encore, l'histoire aurait donc pu s'arrêter là.

Survient alors James Brunot. Convaincu de l'énorme potentiel du *Criss-Crosswords*, Brunot négocie auprès de Butts l'autorisation de fabriquer le jeu, moyennant le versement de royalties à son inventeur. James Brunot opère quelques modifications (notamment la place des cases bonus) et cherche un nom plus attractif. Après maintes tergiversations, son choix se porte sur le verbe *scrabble* dont l'une des acceptions signifie : « Tâtonner dans le but de trouver quelque chose. » Ne reste plus pour James qu'à déposer la marque Scrabble® le 16 décembre 1948. L'aventure continue donc avec la famille Brunot qui assemble les premières boîtes à la main, dans le salon de leur maison du Connecticut. En 1949, ils vendent environ deux mille jeux. Mais l'affaire reste largement déficitaire. Toutefois, pendant les trois années qui suivent, le bouche à oreille leur permet tant bien que mal de maintenir l'activité à flot. Mais rien ne laisse encore présager le succès qui couve.

Un nouveau protagoniste entre en scène à l'automne 1952. Directeur du Macy's, un très grand magasin new-yorkais de l'époque, notre homme a découvert le Scrabble pendant ses vacances. Séduit par la subtilité du jeu, ce passionné entre dans une violente colère lorsqu'il découvre que son magasin ne dispose pas de la moindre boîte de Scrabble en rayon. Non seulement ses cadres s'empressent de réparer l'erreur, mais le Macy's s'engage aussitôt dans une puissante campagne de promotion en faveur du Scrabble. Cette fois, la véritable carrière commerciale du jeu commence. L'année suivante, bien que produisant six mille boîtes par semaine, James Brunot ne peut plus répondre à la demande. Aussi doit-il céder sa licence à l'un des principaux fabricants de jeux du moment, Selchow & Righter. Entreprise qui ramasse finalement la mise alors qu'elle avait précédemment rejeté le *Criss-Crosswords* d'Alfred Mosher Butts.

Le Scrabble débarque en Australie et en Grande-Bretagne dès 1953. S'ensuivent les premières adaptations en d'autres langues, dont le français en 1955. Mais le Scrabble ne s'implante réellement dans l'Hexagone que dix ans plus tard, notamment grâce au soutien du Club Méditerranée. À ce jour, une centaine de millions de boîtes de Scrabble ont été vendues à travers le monde.

POURQUOI LA PLUPART DES TAXIS AMÉRICAINS SONT-ILS JAUNES ?

Le touriste européen qui arrive dans une grande ville américaine remarque d'emblée les célèbres taxis jaunes dont l'invention remonte au tout début du XXe siècle. En effet, la Yellow Cab Company fut créée en 1915 par John D. Hertz (1879-1961). Cet émigré autrichien avait débuté dix ans plus tôt dans la vente d'automobiles à Chicago. Dès 1907, il rachète la Thomas Taxicabs. Trois ans plus tard, associé à Walden Shaw, il fonde la Shaw Livery Company.

Même si ces premières sociétés travaillent essentiellement auprès d'une clientèle aisée, l'offre répond tout juste à la demande. Aussi John Hertz perçoit-il l'émergence d'un formidable marché. Ce qui l'incite à imaginer un service de taxis à prix modeste destiné au plus large public possible. La Yellow Cab Company voit le jour en décembre 1915. Et John a l'idée de standardiser ses voitures en leur donnant une couleur distinctive. Hertz choisit alors le jaune. Pas par hasard. Il avait lu dans une très sérieuse étude de l'université de Chicago que cette couleur est la plus facile à identifier et à mémoriser. Bref, le jaune frappe l'imagination des consommateurs. John Hertz suit donc le conseil sans hésiter !

Les Yellow Cab connaissent rapidement un énorme succès populaire et les concessions se développent aussitôt dans toutes les grandes villes des États-Unis. Aujourd'hui encore, la Yellow Cab de Chicago (Illinois) se présente comme « la plus ancienne et la plus importante société de taxis des États-Unis ». Elle peaufine même sa légende en affirmant que la compagnie n'a jamais cessé d'innover depuis sa création. Par exemple en mettant en place pour la première fois : les essuie-glaces automatiques, les ceintures de sécurité à l'arrière (avant l'obligation), les sièges de bébé sécurisés, etc.

Il existe aussi des taxis jaunes à New York, à Baltimore (Maryland), San Diego (Californie), Oklahoma City (Oklahoma), San Francisco (Californie), etc. L'exceptionnelle notoriété des taxis jaunes leur permit même de dépasser le cercle restreint de l'industrie du taxi. Jack Donohue (1908-1984) réalisa en 1950 une comédie intitulée *The Yellow Cab Man.* Ce film met en scène un jeune inventeur qui collectionne les accidents de voiture et tente de s'appuyer sur les taxis jaunes pour tester ses découvertes.

John D. Hertz restera aux commandes de la Yellow Cab jusqu'en 1929. L'entreprise de taxis et ses différentes filiales passent alors entre les mains de Morris Markin, un émigré russe qui avait fondé sept ans plus tôt une usine spécialisée dans la fabrication de voitures de taxis, les célèbres Checker Marathons. En raison de leur confort et de leur exceptionnelle fiabilité, ces véhicules seront utilisés pendant plus de soixante ans à travers les États-Unis par la plupart des compagnies de taxi (la production des Checker Marathons s'arrêta en 1982, mais ces voitures font aujourd'hui la joie des collectionneurs).

Quant à John Hertz, il ne prend pas pour autant sa retraite. L'infatigable entrepreneur comprend que l'automobile offre de nouvelles perspectives dans le secteur des services. La location de voitures lui semble un marché très prometteur. Il se lance donc dans l'aventure en créant Hertz Rent-a-Car en 1929. Et quelle couleur va-t-il choisir pour son logo ? Le jaune, évidemment !

D'OÙ VIENT CETTE ÉTRANGE FAÇON DE COMPTER LES POINTS AU TENNIS ?

Même ceux qui n'ont jamais tenu une raquette de leur vie savent que les points se décomptent bizarrement au tennis. En effet, grâce à l'immense succès médiatique de ce sport, personne n'a pu échapper aux 15, 30, 40 et jeu ! Sans oublier les énigmatiques *deuce* (pour égalité) et *fifteen-love* (pour 15-zéro) dans les tournois arbitrés en langue anglaise. Évidemment, toutes ces curiosités se fondent sur une longue tradition.

Le tennis dérive du jeu de paume, divertissement qu'auraient inventé des moines du XIIe siècle en mal d'exercice physique. À l'origine, il semble que les pionniers du jeu de paume utilisent à la fois le sol, les murs, voire le toit de la salle, pour se livrer à leur distraction favorite. En fait, un jeu de paume plus élaboré va s'installer en France vers 1250. Il va tenir le haut du filet pendant plus de quatre siècles !

Dès le XIIIe siècle, le jeu de paume se pratique à la manière du tennis d'aujourd'hui. Certes, cette activité ludique consiste déjà à renvoyer une balle au-dessus d'un filet, mais les joueurs n'utilisent alors que leur paume nue pour frapper la balle (éteuf). Il faut aussi insister sur l'existence de différences de taille avec le futur tennis : filet (incurvé) beaucoup plus haut, terrain nettement plus long, surface dallée très dure, balle au rebond particulièrement modeste. Tous ces éléments vont donc évoluer au fil du temps, y compris les complexes règles du jeu.

Les premières balles en cuir (remplies de chaux, de sciure ou de sable) n'ont rien d'agréable lorsqu'il s'agit de les fouetter de la main. Aussi utilise-t-on des gants de protection dès le début du XIVe siècle. Et même si Louis XI décrète en 1481 que les balles seront désormais fabriquées en cuir et laine uniquement, douleurs et fractures incitent les pratiquants à renforcer leur protection de sortes de cordages fixés autour de la main. Puis les premiers battoirs en bois apparaissent. Ils se transforment à leur tour en cadres tendus de parchemin avant de donner naissance à la première raquette dotée d'un vrai manche et pourvue d'un cordage de chanvre, voire de boyau de mouton (XVIe).

Dans les premiers temps, la paume se joue en plein air (longue paume). Mais, dès le XIVe siècle, on construit des salles appelées « tripots » pour pratiquer la courte paume tout au long de l'année. Le jeu se transforme alors progressivement en une véritable activité sportive qui attire d'habiles adeptes et un public fidèle. Non seulement en France, mais aussi dans la plupart des autres pays européens. À la fin du XVIe siècle, on recense 250 salles de jeu de paume à Paris. Rien que dans la capitale, plus de cinq mille personnes vivent, directement ou indirectement, de cette pratique. Sans compter sur les paris qui déchaînent les passions.

L'engouement faiblit sensiblement au siècle suivant, notamment sous la pression de la réglementation. En effet, vers 1620, la loi encadre la production des balles et des raquettes, mais aussi l'activité des salles. De surcroît, Louis XIII (1601-1643) et Louis XIV (1638-1715) s'écartent ostensiblement de ce sport que l'on avait pourtant surnommé jusqu'ici « le jeu des rois ». Tout simplement parce que des souverains comme Louis XI (1423-1483), François Ier (1494-1547), Henri II (1519-1559), Charles IX (1550-1574) ou Henri IV (1533-1610) avaient pratiqué assidûment la courte paume. Et, pour certains, avec un indéniable talent. L'indifférence du Roi-Soleil ternira donc l'image flatteuse accolée à l'exercice de ce divertissement royal. Le déclin s'amorce et les aristocrates délaissent à leur tour le jeu de paume qui perd donc toute vigueur en France au XVIIIe siècle. Fort heureusement pour le futur tennis, l'activité reste vivace en Angleterre.

Soulignons en aparté que Louis XIV immortalisa malgré lui ce sport en faisant construire à Versailles la célèbre Salle du jeu de paume. Par pure convention. Sans elle, le comte de Mirabeau (1749-1791), brillant orateur élu pour représenter le tiers état d'Aix-en-Provence aux États Généraux de 1789, n'aurait peut-être jamais prononcé cette réplique historique : « Nous sommes ici par la volonté du peuple et nous ne sortirons que par la force des baïonnettes » (23 juin 1789).

Poursuivons sur le registre historique. Le 25 octobre 1415, les troupes françaises s'enlisent en Artois à la bataille d'Azincourt. Au cours de ce tragique épisode de la guerre de Cent Ans, les Anglais capturent Charles, duc d'Orléans (1391-1465), le père du futur Louis XII. Charles reste prisonnier outre-Manche pendant vingt-cinq ans. Là, il écrit des ballades et rondeaux de très belle facture qui expriment les souffrances de l'exil et les tourments de la solitude. Mais la légende veut que Charles d'Orléans ait aussi introduit la pratique du jeu de paume pendant sa captivité. Anecdote vraisemblable, mais jamais formellement confirmée.

Quoi qu'il en soit, le jeu de paume s'installe à cette époque-là en Angleterre. Mais, dans la seconde moitié du XIXe siècle, l'enthousiasme s'émousse très nettement. Aussi, le major Walter Clopton Wingfield invente-t-il un nouveau jeu qu'il baptise *sphairistikè* (terme d'origine grecque que l'on peut traduire par art de la balle). Il en dépose le brevet en 1874. Ce sport se pratique sur le gazon et il profite de l'apparition des balles en caoutchouc qui, grâce à leur excellent rebond, donnent une nouvelle jeunesse à ce divertissement directement dérivé d'un jeu de paume vieillissant. Le major Wingfield vend alors des coffrets complets qui comprennent raquettes, filet, piquets, bandes pour tracer le terrain sur une pelouse, balles et livret de règlement. Succès immédiat.

En 1874, le filet culmine en son centre à 1,42 mètre et, vu de dessus, le terrain ressemble au profil d'un sablier (il se rétrécit à mesure que le joueur approche du filet). Par ailleurs, le fascicule de Wingfield manque de précision et certains aspects confus laissent libre cours à moult fantaisies. Il faut donc agir vite. Et, dès 1877, des règles rigoureuses voient le jour : terrain rectangulaire aux dimensions précises, utilisation de deux balles pour le service, filet à 0,91 mètre (comme aujourd'hui), définition des rectangles de service, comptage des points, etc. Le tennis moderne vient de naître.

En juillet de la même année, le All England Croquet and Lawn-Tennis Club de Wimbledon applique ce nouveau règlement pour organiser le premier tournoi officiel de l'histoire de ce sport. Tournoi remporté par Spencer Gore, un grand gaillard qui impressionne son monde en montant systématiquement au filet. Mais Gore sera sèchement battu l'année suivante par un frêle Indien inconnu de tous, Frank Hadow. Ce dernier fit courir

Spencer Gore dans tous les sens en lui envoyant de hautes et longues balles au-dessus de la tête. Frank Hadow venait d'inventer le lob ! Mais l'Indien disparut sans jamais plus donner signe de vie.

Venons-en au vocabulaire. Le terme de tennis prend tout simplement racine dans le mot français *tenetz.* En effet, à chaque service, le joueur de paume lançait à l'adversaire : « *Tenetz.* » Une exclamation qui signifiait en substance : « Tiens-toi prêt. » La déformation phonétique anglaise du mot *tenetz* va donner tennis. D'ailleurs, pour remplacer le complexe *sphairistikè*, le major Wingfield et ses fidèles emploient l'expression *lawn-tennis* dès 1875. Le terme *lawn* se traduit par pelouse ou gazon. Ainsi, le tennis pratiqué aujourd'hui s'appelait alors *lawn-tennis* (tennis sur gazon). Et le jeu de paume déclinant était qualifié de *real-tennis* (tennis véritable).

Quant à l'étrange décompte des points, lui aussi dérive du jeu de paume. À savoir : 15, 30, 45 et jeu. Le 45 va aussitôt se transformer en 40 dans le *lawn-tennis*, par pure facilité. En effet, joueurs et arbitres trouvent plus simple et plus rapide d'annoncer *forty* (quarante) plutôt que *forty-five* (quarante-cinq). Par ailleurs, lorsque les adversaires atteignaient 40, il fallait deux points d'écart pour remporter le jeu (là aussi, règle empruntée au jeu de paume et toujours en vigueur dans le tennis moderne). Dès lors, l'arbitre annonçait : « À deux. » Sous-entendu : « À deux points du jeu. » Ce qui donna *deuce*, de nouveau sous l'influence de la déformation phonétique de la langue anglaise. Terme toujours utilisé dans les tournois arbitrés en anglais et que les Français traduisent par égalité.

Reste le mystérieux *thirty-love* pour trente-zéro. Bien évidemment le mot *love* n'a ici rien à voir avec l'amour.

Là encore, la solution se trouve dans la tradition du jeu de paume. Joueurs ou arbitres n'annonçaient jamais trente-zéro, mais trente-l'œuf ! Par humour et par symbolisme : l'œuf portant en germe les points potentiels qui ne demandent qu'à éclore. Mais surtout par analogie graphique entre un zéro et un œuf. Les Anglais ont donc tenté de dire *thirty-l'œuf*. Et comme l'œuf ressemble phonétiquement à *love*... vous connaissez la suite.

En fait, les choses se compliquent quand on cherche à comprendre la raison qui incite les joueurs de paume à compter de quinze en quinze points. Il existe de nombreuses thèses fantaisistes. Voici les deux hypothèses les plus vraisemblables.

Il y a donc une première ébauche d'explication qui se réfère à une règle ancestrale du jeu de paume. Elle prévoyait que le serveur avance de quinze pieds de roi chaque fois qu'il marque un point (un pied de roi mesure environ 32,5 cm), ce qui représente bien sûr un avantage considérable pour le service suivant. Sachant que le terrain mesure alors 60 pieds entre la ligne de fond et le filet, le joueur qui arrive à un point du jeu (soit 45) se trouve donc à quinze pieds du filet. Mais comme servir à quinze pieds seulement du filet offre un énorme avantage, il fallait donc gagner deux points de suite pour empocher le jeu. En restant cette fois à quinze pieds du filet. Tout ceci pourrait expliquer que l'on arrête finalement de compter à 45 (puisque le joueur n'avance plus) pour annoncer ensuite *deuce* (égalité).

La deuxième hypothèse évoque le recours aux cadrans d'horloge pour afficher le score des joueurs en attribuant une aiguille (grande ou petite) à chaque protagoniste. L'arbitre aurait ainsi pu matérialiser l'avancement des points en utilisant une marque claire, visible par les spectateurs, celle des quarts d'heure. D'où le 15, 30 et 45. Notons cependant que cette thèse peut aussi s'inverser. En effet, les arbitres pouvaient très bien utiliser des cadrans d'horloge par pur souci de simplicité d'expression en traduisant par l'affichage des aiguilles un décompte (15, 30, 45) qui existait déjà dans la tradition du jeu. Dans ce cas, la thèse du cadran comme élément d'origine à l'étrange comptage des points s'écroule.

QUI A DONNÉ SON NOM À LA CÉLÈBRE JEEP ?

Vers le milieu des années 1930, l'armée américaine réfléchit déjà à l'élaboration d'un petit véhicule tout-terrain, fiable et capable de parcourir rapidement des distances moyennes en abritant deux hommes et du matériel léger. Après de multiples tergiversations, les militaires se décident finalement à lancer un appel d'offre en juin 1940. Le temps presse. Et les exigences techniques placent la barre très haut. Si bien que seulement deux constructeurs acceptent de tenter l'aventure : Willys et Bantam.

Grâce à un jeune ingénieur tenace et astucieux, Karl Probst, Bantam parvient à produire un prototype dans le délai imparti de 49 jours ! Commence immédiatement pour le véhicule une série de redoutables essais. Le premier BRC *(Bantam Reconnaissance Car)* en voit de toutes les couleurs sous les yeux captivés de quelques techniciens avisés qui appartiennent... à Ford et à Willys. En d'autres termes, l'armée américaine ne fait pas confiance à Bantam pour produire en grande quantité son véhicule tout-terrain. À la fin de l'année 1940, quelques tractations et arrangements plus tard, Ford et Willys présentent également des prototypes pratiquement identiques à celui de Bantam. Au bout du compte, les militaires commandent 1 500 véhicules à chacun des trois constructeurs. On trouve donc le BRC 40 de Bantam, le Willys MA et le GP Ford. Nous y sommes !

En effet, les lettres G et P représentent ici les initiales de *General Purpose* (sous-entendu *vehicle*), ce que l'on peut librement traduire par véhicule à utilisation multiple. Accolées au nom prestigieux de Ford, l'association des lettres GP devient comme le symbole de ces voitures tout-terrain à quatre roues motrices. Quel qu'en soit le fournisseur, tout le monde parle des GP. En américain, cela donne phonétiquement les « Ji Pi ». Et par contraction on obtient « Jip ». Raccourci qui donnera donc naissance au mot Jeep !

Désormais, les trois modèles subissent des essais comparatifs grandeur nature, sur les terrains d'opération. En décembre 1941, coup de théâtre : Bantam, le précurseur, le véritable inventeur du modèle, est définitivement écarté. L'armée choisit finalement Willys et commande 16 000 exemplaires au constructeur. En exigeant toutefois de nouvelles modifications qui donneront naissance au modèle MB. Mais une telle décision réactive des pressions en tout genre émanant surtout de la sphère politique. Face à un marché aussi juteux, certains disent ne pas comprendre l'éviction de la puissante Ford. De nouvelles médiations discrètes s'engagent et, après quelques arbitrages autoritaires, Willys doit céder plans et brevets de son modèle à Ford. Le constructeur apporte d'infimes aménagements et produira de son côté (dès le début de 1942) un modèle baptisé GPW.

Dans la période qui ira jusqu'à la fin de la Seconde Guerre mondiale, les deux entreprises fabriqueront environ 650 000 véhicules (dont à peu près 365 000 pour Willys). Suivront bien sûr de nombreux autres modèles (originaux ou copies) qui équiperont les armées du monde entier. De son côté, peu après la fin de la guerre,

Willys vendra une version tourisme jusqu'en 1955 (la Jeepster). Un modèle que l'on peut légitimement considérer comme l'ancêtre des voitures familiales à quatre roues motrices.

POURQUOI OFFRE-T-ON DES HOCHETS AUX BÉBÉS ?

Jouet muni d'un manche et d'une partie supérieure composée d'éléments mobiles qui font du bruit lorsqu'on le secoue, le hochet accompagne toujours les premiers jours du nourrisson. Car l'objet fait partie de la panoplie des cadeaux qu'il convient obligatoirement d'offrir à un nouveau-né. Pourtant, au début, le bébé ne manifeste évidemment aucun intérêt pour ce curieux engin que les parents s'empressent d'agiter frénétiquement au-dessus de la tête de leur bambin dès qu'il exprime bruyamment son envie de biberon. Et lorsque l'enfant peut enfin saisir l'objet, il lui arrive effectivement d'éprouver parfois un peu de curiosité envers ce curieux compagnon sonore.

Il semble que l'on offrait déjà des ancêtres de hochets aux bébés de l'Antiquité. Puis la tradition s'est perpétuée sans aucune difficulté en s'épanouissant sur le terrain fertile de la superstition. En effet, contrairement à ce que vous croyez peut-être, le hochet n'entre absolument pas dans la catégorie des jouets. Il n'a jamais été conçu pour amuser vos gamins, mais pour éloigner les esprits maléfiques. Car le bruit possédait la réputation de chasser les démons. Tout comme les vêtements bleus dont on habille les nourrissons de sexe masculin (voir *Le Pourquoi du Comment*, tome I, p. 26). Et face à une considérable mortalité infantile, à l'époque souvent inexplicable, qui perdura jusqu'au XIXe siècle, le diable restait l'un des responsables clairement désignés de drames familiaux. S'il suffisait d'un hochet pour éloigner les suppôts de Satan, à quoi bon s'en priver !

Notons que des sorciers africains fabriquent, pour leur part, des sortes de hochets avec des calebasses (espèces de récipients formés par le fruit vidé et séché du calebassier) remplies de pois ou d'osselets. Au cours de rituels traditionnels, ils les agitent vigoureusement... eux aussi pour effrayer les démons.

Outre le hochet, le sel et l'ail occupèrent également une place de choix parmi les éléments susceptibles d'écarter les maléfices. Ainsi certains plaçaient-ils une gousse d'ail près du berceau d'un nouveau-né pour éloigner les influences néfastes et pour le préserver des agressions et du danger. D'autres préféraient poser trois grains de sel sur le corps de nourrisson ou lui attacher autour du cou un petit sachet rempli de sel, substance réputée pour conjurer le mauvais sort et pour chasser fantômes, sorcières et autres esprits funestes.

Pourquoi la célèbre statuette d'abord nommée Academy Award of Merit s'appelle-t-elle un Oscar ?

Dès 1927, Louis Mayer, le patron de la prestigieuse MGM (voir *Le Pourquoi du Comment*, tome I, p. 224), comprend qu'il convient de fédérer au plus vite tous les protagonistes de l'industrie naissante du cinématographe. Son objectif : élever le niveau culturel et technique de la production. Aussi va-t-il susciter la création de l'American Academy of Motion Picture Arts and Sciences. Ce club très fermé, basé à Beverly Hills (Californie), veut « souligner les qualités artistiques » du septième art. Et même si cet organisme corporatif sert surtout, dans un premier temps, à canaliser les revendications des acteurs et des techniciens de l'époque, Mayer ne perd pas de vue son ambition d'origine : promouvoir l'image d'un cinéma conquérant à travers le monde.

Louis Mayer propose alors à la jeune association de récompenser chaque année les meilleurs films, acteurs et réalisateurs de la saison. Reste à concevoir un trophée. Cedric Gibbons, le directeur artistique de la MGM, se lance dans l'aventure. Il dessine alors le corps très athlétique d'un homme nu, les mains agrippées sur le pommeau d'une épée pointée à ses pieds dans une bobine de films. En partant de cette ébauche, le sculpteur George Stanlay va réaliser une statuette en bronze de 32 centimètres, la fameuse Academy Award of Merit. Depuis, la sculpture ne subira aucune modification. Seules les dimensions et la matière du socle évolueront au fil des années. La statuette sera finalement fabriquée dans un alliage d'étain et de cuivre doré à l'or fin.

La première cérémonie de l'American Academy of Motion Picture Arts and Sciences se déroule le 16 mai 1929 à l'hôtel Hollywood-Roosevelt devant un parterre de deux cent cinquante privilégiés. Ce jour-là, l'Académie fait dans la sobriété. Elle ne remet que quinze statuettes (meilleur film, *Les Ailes* (« Wings »), de William A. Wellman). Pour la petite histoire, notons qu'Emil Jannings (meilleur acteur) et que Janet Gaynor (meilleure actrice) décrochent aussi la timbale dorée. Aujourd'hui, lorsque l'Académie ajoute les récompenses honorifiques tout en multipliant les catégories primées, l'inflation galopante de l'autocongratulation bien-pensante lui permet de décerner une petite trentaine de figurines. Ce qui entraîne de terribles épidémies d'hypertrophie de l'ego chez d'arrogants fanfarons insignifiants et chez de niaises gourgandines insolentes.

Mais venons-en à Oscar ! Selon une légende soigneusement entretenue, la paternité de ce terme revient à Margaret Herrick, la bibliothécaire de l'Academy of Motion Pictures Arts and Sciences. En voyant la statuette, cette brave jeune femme se serait exclamée : « Mon Dieu ! On dirait mon oncle Oscar ! » Ce qui, soit dit en passant, tendrait à prouver qu'elle l'avait vu dans le plus simple appareil. En réalité, après quelques vérifications d'usage, plus personne ne sait aujourd'hui s'il s'agit vraiment de son oncle ou de son cousin ! Car le seul Oscar de la famille serait bel et bien le second, un certain Oscar Pierce, marchand de fruits et légumes (probablement au Texas).

Bien évidemment, d'autres personnages ont également revendiqué haut et fort le parrainage du mot Oscar. Citons par exemple l'actrice américaine Bette Davis (1908-1989). La comédienne à la réputation d'insoumise aurait, pour sa part, pensé à son mari (et non pas à son oncle ou à son cousin) en voyant la statuette qu'on lui remettait. Possible ! Son époux s'appelait Harmon Oscar Nelson Jr. Sauf que Bette Davis reçut l'Academy Award of Merit de la meilleure actrice en 1936 (pour son interprétation dans *L'Intruse* d'Alfred Green). Or, lorsque Bette Davis reçoit sa récompense, la statuette porte déjà officiellement le nom d'Oscar depuis 1935 ! L'option Bette Davis, rapportée avec fougue ici ou là, ne tient donc absolument pas la route.

Reste le cas très obscur d'un journaliste de Hollywood, Sidney Skolsky. Celui-ci se serait inspiré d'une boutade rimée de l'époque pour nommer la statuette : « Avez-vous un cigare, Oscar ? » (*Have you got a cigar, Oscar ?*) Invérifiable ! La présence d'un dialogue de ce genre dans une comédie de l'époque ne prouvant rigoureusement rien.

Ensevelie sous le charme envoûtant du strass et des paillettes, la France cinématographique n'a bien évidemment pas su se retenir. Elle a imité une fois de plus les Américains en créant une cérémonie d'autosatisfaction corporatiste baptisée les Césars (1976). Mais là, on sait au moins que le nom du trophée vient du sculpteur César (1921-1998) qui a créé la statuette remise aux lauréats.

COMMENT NAQUIT LE PERSONNAGE DE DRACULA ?

L'écrivain irlandais Bram Stoker (1847-1912) publie un premier roman fantastique en 1875 : *The Chain of Destiny.* Il écrit aussi quelques histoires pour les enfants et des chroniques de théâtre. Puis, dès 1890, il se passionne pour un étrange souverain : Vlad Tepes (1431-1476). L'homme règne sur la principauté de Valachie, une région de plaines et de vallons située au nord du Danube et au sud des Carpates. La réunion de la Valachie et de la Moldavie donnera naissance à l'actuelle Roumanie en 1859.

D'abord province romaine (107 apr. J.-C.), la Valachie sera ensuite soumise à des vagues successives d'invasions dont celle des Mongols (1241). Fondée en 1330, la principauté de Valachie passe sous l'autorité des Turcs ottomans (1417). Face à l'envahisseur, elle parvient toutefois à conserver une relative autonomie administrative et religieuse jusqu'en 1526.

Entre 1456 et 1462, puis de 1475 à 1476, Vlad Tepes conduit avec difficulté les affaires de sa principauté affaiblie par l'incessante guérilla qu'il mène contre l'ennemi turc. Effroyable tyran et souverain sanguinaire, Vlad Tepes va s'illustrer par son indicible cruauté qui navigue aux confins de la folie. Par exemple, l'un de ses plus grands plaisirs consiste à faire empaler vivants les prisonniers, voire certains de ses propres soldats, afin d'exacerber leur courage. Et on dira même que le prince apprécie tout particulièrement de s'installer devant ce spectacle de corps agonisants pour dîner. Cette déviance lui vaut alors le surnom de « Vlad l'Empaleur ». Il sera assassiné en décembre 1476, puis décapité. La légende veut que sa tête ait fini au bout d'un pieu ! Bram Stoker va donc s'enthousiasmer pour l'histoire de ce prince sadique.

En 1431, le Saint Empereur romain germanique, Sigismund de Luxembourg, intronise dans l'ordre du Dragon le père de Vlad l'Empaleur. Créé en 1408 par Sigismund, l'ordre demande notamment à ses initiés de combattre les ennemis de la chrétienté. Et tout spécialement les Turcs. De façon très symbolique, l'emblème de cette association représente d'ailleurs un dragon terrassé par une croix ! Et le père de Vlad Tepes prend alors le surnom de *Dracul*, en référence à sa forte implication dans l'ordre qui l'a énergiquement aidé à monter sur le trône de Valachie (1436). Le mot dracul vient du latin *draco*, et il signifie dragon. Quant à Vlad l'Empaleur, il utilisera le sobriquet de son père en le gratifiant d'une infime déformation. Ainsi se fera-t-il appeler Dracula, une sorte de diminutif prenant le sens de « fils de Dracul ». Et c'est ainsi que naquit le comte de Dracula dans l'imagination fertile de Bram Stoker, écrivain nourri dès sa plus tendre enfance par les récits légendaires irlandais, puis fortifié par la fréquentation assidue des nombreux cercles ésotériques londoniens de l'époque. À l'image de son lointain modèle, Vlad Tepes l'Empaleur, le comte de Dracula sera lui aussi assoiffé de sang.

Sobrement intitulé *Dracula*, le livre de Stoker paraît en 1897. Par la suite, le mythe de Dracula va connaître une exceptionnelle carrière cinématographique. Il y aura tout d'abord le remarquable *Nosferatu le vampire* de

Friedrich Wilhelm Murnau (1922), un film muet très librement inspiré du roman de Stoker. Le producteur niait probablement l'existence de toute filiation puisqu'il n'avait même pas jugé bon d'acheter les droits d'adaptation du livre et qu'il sera condamné pour plagiat. Werner Herzog réalisera un remake du film de Murnau en 1979 sous le titre *Nosferatu, fantôme de la nuit.* Le rôle emblématique du comte est interprété par Klaus Kinski (1926-1991). À ses côtés, une jeune actrice prometteuse : Isabelle Adjani.

La filmographie commentée du mythe de Dracula mériterait à elle seule un volumineux ouvrage. Car l'industrie cinématographique flaire d'emblée le bon filon commercial. Aussi va-t-elle exploiter sans vergogne le personnage de Dracula pour fabriquer une ribambelle de films qui relèvent souvent de la culture du navet. Ce qui permet de mettre le mot Dracula à toutes les sauces ! Dans certaines productions affligeantes, le vampire des Carpates n'apparaît même pas, mais les scénaristes mettent en scène sa fille, son fils, ses maîtresses... Le cinéma érotique s'emparera lui aussi du mythe. Et on aura même droit à des farces nullissimes comme *Billy the Kid contre Dracula* ou encore *Les Charlots contre Dracula.* Eh oui ! il fallait oser. À la différence de Dracula, le ridicule ne tue pas.

Sans prétendre à l'exhaustivité, citons cependant quelques références dignes d'intérêt. Et notamment le *Dracula* de Tod Browning (1931) interprété par l'acteur de théâtre hongrois Bela Lugosi, qui aura incontestablement marqué le rôle. Tout comme le fera Christopher Lee, avec toutefois plus ou moins de bonheur au fil de ses trop nombreuses apparitions vampiriques. L'acteur incarne pour la première fois le comte avec brio dans *Le*

Cauchemar de Dracula (Terence Fisher, 1958). Toujours avec le même réalisateur, s'ensuivra un honorable *Dracula, prince des ténèbres* (1966). Ensuite, *Dracula et les femmes* (Freddie Francis, 1968) marquera le début d'un lent glissement vers la médiocrité. Christopher Lee va ainsi se commettre dans *Les Nuits de Dracula* et dans *Une messe pour Dracula* (tous deux sortis en 1970), puis dans *Dracula vit toujours à Londres* (1974). Sans oublier un inepte *Dracula père et fils* (Édouard Molinaro, 1976) où Christopher Lee retrouve à ses côtés... Bernard Menez.

Le rôle de Dracula, outre Bela Lugosi et Christopher Lee, sera également marqué par deux autres comédiens. D'abord par Frank Langella dans le sobre *Dracula* (John Badham, 1979), ensuite par Gary Oldman, dans le remarquable film de Francis Ford Coppola (1992), *Bram Stoker's Dracula.* La plus fidèle adaptation du roman de Stoker.

QUELLE EST L'ORIGINE DU VÊTEMENT BAPTISÉ SMOKING ?

Aujourd'hui, le terme *smoking* désigne une veste courte confectionnée en drap et qui possède des revers de soie. Mais le mot qualifie également un costume composé du veston en question, d'un pantalon à galon de soie et d'un gilet. Certes, le smoking reste un vêtement de cérémonie, mais contrairement à ce que beaucoup croient, il ne sied guère de le revêtir dans les grandes occasions. Ce serait même une impardonnable faute de goût que de se présenter en smoking dans une réception où l'habit est de rigueur.

Ainsi, selon les us et coutumes de l'élégance bien comprise dans la haute société, un homme peut donc enfiler un smoking pour aller à un cocktail, mais il doit en principe opter pour l'habit s'il se rend à une cérémonie de prestige ou de gala (bal, opéra, mariage, etc.). Pour ceux qui ne font pas bien la différence, sachez que l'habit se présente sous la forme d'un costume composé d'une veste ajustée, courte par-devant mais à longues basques par-derrière. Ce que l'on appelle parfois un frac, mais aussi une queue-de-pie ou une queue-de-morue.

Tout cela s'inscrit dans une démarche fort logique dans la mesure où le smoking a d'abord été conçu comme un vêtement d'intérieur. Il aurait vu le jour vers le milieu du XIXe siècle, époque où l'aristocratie huppée dînait en habit. À l'issue du repas, les hommes se retiraient dans le fumoir *(smoking room)* pour apprécier cigare et digestif (pièce que la morale puritaine interdisait aux femmes). Le smoking (mot construit à partir du verbe anglais *to smoke*, fumer) aurait été créé pour passer un moment de détente au fumoir. On ôtait donc son solennel habit pour enfiler une « veste-smoking » de drap *(smoking jacquet)*, moins fragile mais néanmoins élégante. Et il ne serait donc pas venu à l'idée de ces distingués gentlemen de quitter la maison vêtus de leur *smoking jacquet* dont l'utilisation était strictement réservée au périmètre intime de la demeure familiale.

Le mot smoking (entré dans la langue française en 1890) se traduit désormais en anglais par *smoking jacquet*, mais aussi par *dinner jacquet.* Quant aux Américains, ils utilisent le mot *tuxedo.* Un terme que l'on doit probablement à James Potter, un Américain raffiné qui visita l'Angleterre vers 1885. Charmé par le *smoking jacket*, le brave James se fit tailler un exemplaire de ce veston qu'il appréciait tout particulièrement. De retour à New York, il mit un point d'honneur à porter son smoking lorsqu'il se rendait dans son club privé. L'endroit s'appelait le Tuxedo Club et il laissera son nom à la veste de James.

De leur côté, les Anglais utilisent également le mot *black tie* (traduction littérale, cravate noire) pour désigner une tenue de soirée. Le terme *tie* se référant ici au nœud papillon *(bow tie)* qui sert habituellement d'accessoire privilégié pour tout individu qui souhaite se déguiser en pingouin. En fait, l'expression *black tie* doit clairement se traduire en français par smoking. Car il ne faut pas confondre le *black tie* et le *tail coat,* à savoir le fameux habit (le mot *tail* signifie queue et *tails* basques).

Notez que l'on peut lire parfois sur des cartons d'invitation quelque peu formalistes la mention « cravate noire » qui correspond à une traduction simpliste, fantaisiste et erronée de *black tie.* Mais, en de telles circonstances, l'ambiguïté s'installe : faut-il endosser le smoking ou l'habit ? Grave dilemme ! Dans ces conditions, d'éminents spécialistes du savoir-vivre préconisent de porter un costume trois-pièces strict et sombre de la meilleure coupe. Selon eux, c'est le seul moyen de ne pas faire de gaffe face à ces nouveaux riches qui manient plus facilement le chéquier que les subtilités du langage. Car, chez eux, « cravate noire » peut aussi bien signifier smoking que tenue de soirée (sous-entendu habit de rigueur). Tous ceux qui, comme moi, ne possèdent ni smoking ni habit seront enfin soulagés !

QUI EUT L'IDÉE DE CRÉER LES PREMIÈRES AGENCES POUR L'EMPLOI ?

Médecin et philanthrope, Théophraste Renaudot (1586-1653) crée *La Gazette* en mai 1631. Une initiative qui lui vaut d'être considéré comme le père de la presse moderne française. L'hebdomadaire paraît sur quatre à huit pages, selon les semaines. Il contient des nouvelles politiques (y compris internationales) et le récit des principaux événements parisiens touchant aux sciences et à la littérature. Et on trouve régulièrement des signatures prestigieuses puisque Louis XIII (1601-1643) et Richelieu (1585-1642) ne dédaignent pas de lui fournir des articles pour expliquer leurs décisions. *La Gazette* atteindra le tirage maximal de... huit cents exemplaires. Ce qui représente un indéniable succès pour l'époque. Toutefois, les puristes feront remarquer que *La Gazette* avait été devancée. Et ils ont raison ! En effet, un certain Louys Vendosme avait créé, dès le début de l'année 1631, un hebdomadaire intitulé *Nouvelles ordinaires de certains endroits.* Mais face à la qualité de *La Gazette,* et probablement victime d'une sombre histoire de concurrence déloyale, Vendosme devra s'incliner vers la fin de la même année.

Théophraste Renaudot obtient son diplôme de médecin à l'université de Montpellier dès l'âge de dix-neuf ans. Mais il juge ne pas disposer de l'expérience suffisante ni de l'autorité nécessaire pour s'engager d'emblée dans la pratique des soins. Aussi décide-t-il d'entreprendre quelques voyages. Il se rend notamment en Angleterre et en Italie, pays où Renaudot découvre d'ailleurs un journal vendu une *gazetta* (valeur d'une pièce de monnaie de l'époque). Ce souvenir lui reviendra quelques années plus tard, lorsqu'il cherche un titre pour sa publication.

De retour en 1609 à Loudun, sa ville natale, Renaudot se marie. Et il commence à exercer avec passion son métier de médecin en se préoccupant tout particulièrement du sort des déshérités. En 1612, Théophraste s'installe à Paris. Grâce au chaleureux soutien de Richelieu, Renaudot devient médecin ordinaire du roi (Louis XIII). Il obtient également l'office de commissaire général des pauvres du royaume. Une charge qu'il se garde bien de considérer comme une sorte de récompense honorifique. En homme de terrain, ce jeune praticien dynamique va multiplier les initiatives concrètes. Rien ne l'arrête dès qu'il s'agit de venir en aide aux plus démunis. Il les soigne gratuitement et fabrique ses propres médicaments. Un anticonformisme qui, de surcroît, nuit aux intérêts économiques de corporations encore mal encadrées.

Fort heureusement, la protection sans faille de Richelieu lui permet de résister aux tracasseries incessantes de la faculté de médecine de la capitale dirigée d'une main de fer conservatrice par Guy Patin. Celui-ci parviendra cependant à ses fins en 1642. Dès la mort de Richelieu, il interdira l'exercice de la médecine à Renaudot dans Paris. Un comble pour ce thérapeute qui avait inventé nos actuels dispensaires en ouvrant des « consultations charitables » (soins et médicaments gratuits grâce à la mise en place d'un système de solidarité déjà très élaboré).

Infatigable précurseur en moult domaines, Théophraste passera à la postérité grâce à la création de *La Gazette*. Et son activité de journaliste lui vaudra de donner son nom à un prestigieux prix littéraire créé en 1925. Pourtant, le brave Renaudot ne se contenta pas de créer un journal. Jugez-en ! Outre son activité de médecin et de journaliste déjà évoqués, il ouvre en 1630 à Paris, sur l'île de la Cité, un « Bureau et registre d'adresses ». Le lieu tient à la fois de l'agence de renseignements et du cabinet-conseil. Chacun peut y trouver des annonces marchandes de toutes sortes ainsi que les adresses de médecins, apothicaires, gardes-malades et précepteurs. Mais surtout, ce bureau publie des offres d'emploi ! Bien plus, il sert d'intermédiaire entre employés (ou apprentis) et patrons. Il offre aussi ses services afin de faciliter la négociation entre les parties. Voire pour établir des conventions.

À ce titre, on peut légitimement considérer Théophraste Renaudot comme l'inventeur des agences pour l'emploi et lui octroyer la qualité de père fondateur de l'ANPE, organisme qui verra le jour trois siècles et demi plus tard (le 13 juillet 1967). Et l'exceptionnel succès de cette initiative lui donne aussitôt l'idée de créer une *Feuille du bureau d'adresses*. Un support qui se présente, là encore, comme le véritable précurseur de la publicité commerciale et des petites annonces.

L'ingéniosité de Renaudot ne s'arrête pas là. Toujours viscéralement tourné vers l'aide et l'épanouissement des plus humbles, son Bureau et registre des adresses trouve un second prolongement. Outre la *Feuille*, il enfante aussi « Les Conférences du Bureau ». Une sorte de cours du soir, évidemment gratuit, où l'on aborde des sujets médicaux, scientifiques et philosophiques. Et comme si tout cela ne suffisait pas, Renaudot innove encore en inventant le premier mont-de-piété. Il définit l'endroit comme une « grande salle de ventes, trocs et rachats de meubles et autres biens quelconques ». Tout le monde peut ici vendre, acheter, échanger et déposer des objets contre de l'argent (prêts sur gage). Mais, à l'instar du sinistre Guy Patin, marchands, affairistes en tous genres et usuriers l'obligeront à fermer ce bureau de troc que l'on peut considérer comme l'ancêtre du Crédit municipal (que l'on baptisa « ma tante » en argot).

Le journal, les prospectus publicitaires, les petites annonces, les dispensaires, les salles ou boutiques de dépôt-vente, le mont-de-piété (prêts sur gage), les cours du soir et l'ANPE. Pas mal pour un seul homme !

POURQUOI PORTE-T-ON L'ALLIANCE À L'ANNULAIRE ?

Le mariage entre deux personnes s'apparente évidemment à une alliance, pour le meilleur et pour le pire, selon la formule consacrée. Symboliquement, ce consentement mutuel librement accepté se traduit par un échange d'anneaux dont la coutume remonte à l'Antiquité. Mais pourquoi le recours à cet anneau sommaire, tout rond, banal et sans fioritures ? Tout simplement parce qu'il s'agit d'un cercle, une figure géométrique homogène, continue, sans commencement ni fin et rassemblée sur elle-même. Le cercle exprime ainsi l'idée de plénitude, d'harmonie et de perfection. Tout ce dont rêvent les futurs époux. Le cercle représente aussi la projection (ou la coupe) horizontale d'une sphère que l'on peut assimiler au monde ou au concept d'œuf originel et il véhicule donc la notion de fertilité. Enfin, il évoque également le Soleil et la Lune, deux éléments essentiels de l'environnement des peurs et croyances populaires. Aussi paraît-il fort logique de retrouver ce cercle, matérialisé par les alliances, en bonne place au moment de la célébration d'une union.

Mais la charge symbolique de l'anneau ne s'arrête pas là. En effet, le cercle suggère le mouvement circulaire de la roue qui tourne et qui traduit l'idée du temps qui passe. Le cercle devient ici le signe de l'animation. Donc l'image de la vie. Il incarne alors l'éternité, l'infini ou le cycle universel que les Grecs de l'Antiquité exprimaient aussi par un serpent qui se mord la queue. Et, en approfondissant l'observation, chacun remarquera que ce fameux cercle contient également la notion d'unité. Car il renferme et rassemble une multitude de points (d'éléments fondamentaux) dont il évite la dispersion, voire la désintégration. En son centre, se tient le cercle primordial : le point, le plus petit des cercles possibles qui contient en lui tous les éléments fondateurs de la figure en devenir. Inversement, le cercle développé, aussi grand soit-il, représente finalement un point étendu. Une façon d'exprimer le cycle perpétuel (d'un point à un autre), mais aussi l'idée de dualité (de correspondance et de lien) entre l'infiniment grand et l'infiniment petit. Sans oublier l'évidente connotation de naissance cosmiquc.

Les tourtereaux qui convolent en justes noces ne s'imaginent généralement pas que leurs alliances possèdent une telle charge symbolique, celle qui pose finalement le cercle en figure protectrice. Dans ce cas, le rond peut tout autant prendre la forme d'une couronne (pour les rois et les empereurs) ou, plus simplement, celle d'un bracelet ou d'un collier. Et bien sûr celle de notre anneau/alliance. On perçoit encore clairement cette idée de protection dans les cercles d'individus qui s'établissent autour d'un lieu. La foule délimite ici un espace sacré, inviolable, infranchissable. À l'image de ces tout premiers « cercles de base », ceux des *Homo erectus* rassemblés il y a 400 000 ans autour du feu bienfaiteur qu'ils venaient de produire volontairement et, surtout, qu'ils savaient désormais maîtriser. Cette flamme domptée a alors généré des cercles spontanés puis organisés en donnant naissance aux balbutiements de la vie sociale et en précédant ainsi temples païens, arènes, églises, théâtres et stades. Bond technologique colossal dans l'histoire de l'humanité, ce feu (chaleur et lumière) donnera naissance au foyer et à la famille. Nous voici de nouveau face au mariage et à ses anneaux d'alliance mutuelle.

Mais ne nous arrêtons pas en si bon chemin. Combiné au carré (autre symbole puissant), le cercle prend une dimension spirituelle. Il invite au changement et à la recherche d'un nouvel équilibre. La figure obtenue par un cube surmonté d'une demi-sphère (coupole) se retrouve dans l'art musulman. Et le carré coiffé du demi-cercle apparaît dans l'art roman. Cette rupture de forme évoque le changement de niveau. Elle exprime à l'évidence le passage du profane au sacré, de l'imparfait à la perfection, du monde matériel au royaume spirituel. À La Mecque, rappelons que la Kaaba (Maison de Dieu), immense pierre cubique grise recouverte d'un drap noir, renferme un météorite de basalte, la Pierre noire, scellée dans l'angle oriental. Au cours du pèlerinage à La Mecque, les musulmans accomplissent notamment le rite de la déambulation qui consiste à faire neuf fois le tour de la Kaaba. Cette coutume ancestrale qui conduit à tourner autour d'un lieu, d'un mausolée ou d'un objet sacré, reste l'une des pratiques de vénération les plus observées dans nombre de civilisations. Par exemple, pendant la nuit de la Saint-Jean, on conseillait de tourner trois fois autour de chaque feu rencontré.

Vous l'aurez compris, l'anneau (ou la bague) possède bien sûr une extraordinaire puissance symbolique liée à celle du cercle. L'alliance (anneau nuptial) exprime l'attache librement et réciproquement acceptée, signe d'un lien et d'un destin partagé. En revanche, l'anneau du souverain, des pharaons (ils le portaient au majeur) ou des rois traduit la notion de puissance. Il possède alors un sceau, symbole de domination. Dans la tradition pontificale, l'anneau du Pêcheur (brisé à la mort du pape) semble évoquer à la fois les notions de soumission spirituelle au divin et de pouvoir sur une communauté.

L'anneau exprime donc l'idée de lien, mais aussi (en référence au cercle) celle de protection, voire d'isolement. Aussi la tradition superstitieuse conseillait-elle d'enlever les bagues et anneaux des morts afin de libérer leur âme. Encore que cette pratique attisa de nombreuses querelles dans les familles. Car d'autres affirmaient au contraire que l'anneau devait rester au doigt du défunt... pour empêcher l'incursion des esprits maléfiques. L'objet se retrouvait pris au piège de son propre pouvoir magique. Enfin, toujours au chapitre des sortilèges, la future mariée qui plaçait un anneau dans ses chaussures le jour de ses noces s'assurait le plus parfait bonheur conjugal. À l'inverse, passer une bague avant les fiançailles annonçait un mariage malheureux. Et, bien sûr, il fallait interpréter comme le signe d'une séparation imminente le fait de casser une bague ou une alliance.

Mais venons-en à notre fameux annulaire. Il semble que la coutume de porter un anneau en gage d'un solide engagement mutuel, voire amoureux, remonte à une tradition orientale véhiculée ensuite par les civilisations grecque et romaine. On en aurait trouvé trace dans le fonds légendaire égyptien et, plus sûrement, dans des usages rituels hellènes du IIIe siècle av. J.-C. Mais, dans tous les cas, le fait de porter un anneau à l'annulaire gauche reste attaché à une croyance tenace : ce doigt serait traversé par la « veine de l'amour » (*vena amoris*) qui conduit directement au cœur. Et glisser à ce doigt un anneau paré de toutes les vertus bénéfiques et protectrices tombait sous le sens. Une tradition qui se prolongera jusqu'à aujourd'hui, notamment chez les catholiques qui portent tous leur alliance à l'annulaire gauche. Par mimétisme, les athées qui se contentent d'un mariage civil font généralement de même. En revanche, dans la cérémonie du mariage juif, le *'Hatan* (marié) passe l'anneau à l'index droit de la *Kala* (mariée). Et dans les offices religieux (fiançailles et couronnement) de l'église orthodoxe, c'est également la main droite qui est sollicitée. Ainsi, les Russes portent-ils traditionnellement leur alliance à l'annulaire droit.

Outre l'épisode de l'alliance, le mariage recèle une kyrielle de traditions plus ou moins délicates. Pour éviter de faire injure au bon goût, contentons-nous de citer l'anodin et amusant lancer de riz sur les mariés à la sortie de l'église. Cette coutume s'appuierait sur un rite païen qui voulait que l'on jette des graines (symbole de fertilité) aux pieds d'un jeune couple pour lui souhaiter une union riche et prospère. Aujourd'hui, les pétales de rose ou les confettis remplacent généralement le riz.

En Europe, le mariage a été réglementé pour la première fois par le quatrième concile du Latran (1215). Auparavant, notamment pendant la christianisation de l'Empire romain, un prêtre donnait aux mariés une bénédiction sans valeur officielle à l'occasion d'une cérémonie privée qui se déroulait au domicile de la jeune fille. On voit alors apparaître des engagements écrits et signés. Mais ils disparaissent avec le déclin du pouvoir romain et la plus totale anarchie va régner pendant plusieurs siècles. De simples témoins pouvaient accréditer la réalité d'une union. Ce qui laissait la porte ouverte à toutes sortes de dérives : mariages secrets, rapts, polygamie, arrangements, mariages d'enfants, etc.

Latran IV va donc remettre un peu d'ordre. Dès lors, la réglementation de l'Église catholique va notamment exiger la publication des bans (pour éviter les mariages clandestins). Mais elle va aussi imposer un âge minimal ainsi qu'un consentement libre prononcé de vive voix et à tour de rôle par les époux dans un lieu public (pour tenter de diminuer le nombre d'unions arrangées contre le gré des jeunes gens). Latran IV instaure également le mariage comme sacrement, le rendant ainsi indissoluble et générant par là même l'impossibilité du divorce. Trois bons siècles plus tard, le concile de Trente (1545-1563) va instituer la signature d'un registre et la présence de témoins. Il interdit aussi le concubinage pour tenter de faire reculer le nombre d'enfants illégitimes.

En France, le mariage devient un acte civil et laïc en 1791. Puis révisable (divorce) en 1792. Mais la possibilité de divorcer sera supprimée entre 1816 et 1884. La notion de chef de famille a disparu depuis 1970. La loi précise que « les époux assurent ensemble la direction morale et matérielle de la famille ». En 2004, l'âge moyen du mariage était de 28 ans pour les femmes et de 30 ans pour les hommes. Contre 23 et 25 ans en 1974 (source INSEE).

POURQUOI LE CHAT NOIR EST-IL CENSÉ PROPAGER LE MALHEUR ?

La quasi-totalité des civilisations accorde au chat une place emblématique. Doux, sournois, intelligent, agile, indomptable, méfiant, ingénieux, clairvoyant, adroit, résistant, indépendant, à la fois sauvage et domestique, le chat ne manque pas d'atouts pour occuper une place de choix dans l'imaginaire collectif, le fonds légendaire, les peurs et croyances populaires.

Les Égyptiens de l'Antiquité vénéraient l'animal au point que toute la famille prenait le deuil dès qu'un chat mourait. Et pauvres ou riches s'adonnaient à un rituel immuable. Le chat était embaumé, enveloppé de bandelettes et placé dans un sarcophage de bronze. Car l'animal fut longtemps considéré comme un véritable dieu vivant. Notamment dans la ville de Bubastis, lieu du culte principal de la déesse Bastet, représentée sous la forme d'une chatte (ou d'une femme à tête de chatte). Non loin du temple dédié à Bastet (bienfaitrice et protectrice des hommes), on découvrit d'ailleurs une nécropole de chats momifiés (d'autres cimetières semblables furent mis à jour dans le pays). Et dans la tradition égyptienne, lorsque la barque sacrée traverse le monde souterrain, le chat divin triomphe du dragon des ténèbres (pour ceux qui souhaitent approfondir le sujet, voir *Les Mystères du chat*, Éditions France Loisirs, 2003).

Évidemment, le fait de tuer un chat passe alors pour

le crime le plus odieux tant l'animal avait acquis le rang de culte sacré. Celui-ci ne s'estompe que très lentement puisqu'on en trouve encore des traces au début du IVe siècle de notre ère. S'installe pendant cette période la légende de l'extraordinaire longévité du chat auquel les Égyptiens attribuaient neuf vies. Une croyance qui, dès cette époque, se propage rapidement dans toute l'Europe.

Chez les bouddhistes, on reproche au chat de ne pas avoir daigné s'éveiller lorsque les animaux furent convoqués pour assister à l'entrée de Bouddha dans le Nirvana. Non seulement l'animal serait arrivé trop tard pour témoigner de l'événement, mais, de surcroît, le chat n'aurait montré aucune émotion au moment de la mort de Bouddha.

En Chine, le félin jouissait plutôt d'une réputation bénéfique (on dit que Confucius possédait un chat). Et, au cours des grandes fêtes des moissons, les rituels proposent des danses dans lesquelles les attitudes et la démarche du chat sont imitées.

Dans la tradition musulmane, le chat bénéficie aussi d'une attention particulière. Mahomet se séparait rarement de son animal favori, au point que le prophète lui promit une place au paradis. Par ailleurs, en caressant son chat, Mahomet aurait transmis à l'animal le pouvoir de toujours retomber sur ses pattes. Selon une autre légende, l'éternuement d'un lion projeta un couple de chats. Globalement, les musulmans attribuent donc à l'animal des vertus plutôt positives. Cependant, les Arabes (qui n'accordent au chat « que » sept vies) considèrent que le *djinn* (esprit de l'air, bon ou mauvais génie) apparaît parfois sous la forme d'un chat. Et tout particulièrement d'un chat noir, systématiquement assimilé à un *djinn* malfaisant.

En revanche, le symbolisme du chat n'inspira pas vraiment la tradition celtique davantage attachée à l'évocation du lynx ou du chien. Tout au plus les Celtes considéraient-ils le chat avec quelque distance, pour ne pas dire méfiance.

Au Moyen Âge, le chat commence à susciter une profonde vague de rejet. Il aide pourtant de façon très concrète à chasser rats et serpents dans des circonstances où leur présence devenait dommageable pour l'hygiène publique, voire dangereuse. Personne ne lui en sut gré. Et, à mesure que s'installe la domination de la religion chrétienne, le chat devient une sorte de serviteur des enfers. Dès lors, tous les chats, quelle que soit leur couleur, passent pour le suppôt du diable. Et l'on prétend un peu partout que l'animal cache dans sa queue un cheveu de Satan. Par exemple, certains affirment que le Malin se change en chat noir pour attendre au pied du lit d'un mourant afin de s'emparer de l'âme du défunt. Il existe ainsi moult récits et légendes qui mettent en scène le chat et le diable. Ou encore ses serviteurs, c'est-à-dire les sorciers et sorcières. Ceux-ci possédaient également le pouvoir de se métamorphoser en chat pour se rendre à leurs célèbres sabbats. Dans certaines contrées, on décrit aussi le miaulement nocturne comme un signe de ralliement de tous les « chats-sorciers » de la région qui s'adonnent au cours de leurs sabbats à toutes sortes de danses, ébats et blasphèmes ponctués de cris furieux. Bien sûr, la description de ce sabbat des chats varie selon les endroits et l'imagination fertile des auteurs.

Mais, au Moyen Âge, les croyances superstitieuses associent volontiers le sorcier au chat. Par exemple, elles prétendaient que le diable envoie parfois un chat au sorcier. Ce dernier devait aussitôt passer un pacte avec Satan. L'animal, qui s'appelle alors un *matagot*, se met entièrement au service de son maître. Le matagot dispose d'un pouvoir magique puisqu'il permet à son propriétaire de faire fortune en lui rapportant des pièces d'or chaque matin. Là encore, de nombreux récits évoquent les péripéties de ce chat au service des sorciers (le chat se venge parfois cruellement lorsque son maître ne le traite pas correctement après s'être enrichi). À cette époque, on dit d'ailleurs couramment à propos d'une personne qui mène grande vie qu'elle possède un matagot. Dans d'autres textes d'inspiration très proche, le chat noir, toujours assimilé au démon (ou le diable transformé en chat), garde un trésor.

Au-delà de la tradition légendaire, il faut insister un instant sur la véritable vague de massacres dont le chat fut victime. Dans l'Europe entière, le félin a dû subir les plus horribles supplices. Au nom de cette répulsion qu'il déclencha et de la haine qui s'installa progressivement. En pleine période de christianisation, cet animal du diable se pose évidemment en victime facile pour exorciser les peurs. Aussi, en diverses occasions rythmant le calendrier, les chats sont indifféremment lancés du haut des tours ; plantés au bout de piques ; enfermés dans des paniers puis brûlés vifs dans les feux de la Saint-Jean ; torturés puis pendus à l'issue d'un simulacre de procès dans certains rituels corporatifs. Bref, l'horreur absolue. Dans la plupart des cas, cet acharnement ne sera officiellement aboli qu'au XVIIIe siècle.

N'empêche ! On continua encore de persécuter longtemps les chats. Et, cette fois, au nom de croyances censées apporter de favorables présages. Ainsi, pense-t-on qu'il faut enfermer un chat vivant dans les fondations ou les murs d'un château (ou d'une simple maison) en construction pour protéger la demeure des mauvais esprits. Dans le sud-ouest de la France, d'aucuns enterraient un chat vivant dans un champ qu'ils voulaient débarrasser de ses mauvaises herbes. En d'autres endroits, un chat noir (roux ou blanc) jeté dans les flammes avait le pouvoir d'éteindre les incendies.

Enfin, on sacrifiait sans hésiter des chats pour composer différentes potions médicinales, voire pour en manger des organes supposés disposer de vertus curatives ou magiques. Par exemple : le cœur de chat noir bouilli se portait en amulette contre la poitrine ; la consommation de la chair crue d'un matou protégeait de l'épilepsie, repoussait le lumbago ou guérissait de l'asthme ; enfin, la cervelle encore chaude d'un chat noir avait le pouvoir de rendre invisible (Alsace). Le catalogue de pareilles inepties ne s'arrête malheureusement pas là.

Dans l'histoire, le chat a donc connu des moments pour le moins contrastés. L'attitude contradictoire de l'homme à l'égard du félin, de la vénération des Égyptiens à la haine de l'Europe médiévale, contribua probablement à épaissir les mystères dont chacun se plut à entretenir le récit. L'animal sacré et vénéré (ou celui qui fut persécuté et massacré sans raison) ne laisse jamais indifférent. Mais le comportement énigmatique du chat et la sensibilité qui l'habite ont conduit à lui attribuer des pouvoirs divinatoires. Aussi bien pendant les périodes fastes de son adoration que pendant les phases de sa disgrâce.

Parmi les multiples craintes véhiculées par l'animal, signalons qu'il est de fort mauvais augure de rencontrer un chat noir (ou plusieurs chats, quelle que soit la couleur, le matin) ; d'apercevoir le félin à l'aube du jour de l'An ; de voir l'animal tourner le dos à la cheminée (annonce d'un naufrage) ; de le laisser assister à une cérémonie de mariage (déboires dans la future vie conjugale) ; de regarder un chat se laver le museau (signe de tempête pour les marins, d'orage ou de neige) ; d'abandonner ou de perdre son chat ; de voir la patte d'un chat passer par-dessus son oreille lorsqu'il se lave (pluie probable dans la journée) ; d'emmener l'animal sur un bateau (risque de naufrage) ; de laisser un chat noir s'interposer entre deux personnes (dispute assurée entre elles) ; de rêver du félin (signe de trahison). Enfin, celui (ou celle) qui marche sur la patte d'un matou n'a aucune chance de se marier dans l'année ; tandis qu'il faut s'attendre à une issue fatale pour un malade dont le félin déserte la maison. Là encore, on se demande pourquoi les gourous, cartomanciennes, astrologues et charlatans de tout poil qui exploitent le marché juteux de la divination font encore fortune alors qu'il suffit d'observer un chat pour lire l'avenir comme dans un livre ouvert !

À l'inverse, il existe bien évidemment des croyances associées à de favorables influences. Par exemple, le chat errant qui adopte une maison apporte avec lui la bonne fortune (surtout s'il s'agit d'un chat tigré). Les superstitieux pensent aussi que croiser un chat blanc par une nuit de grande lune annonce un mariage. Par ailleurs, conserver sur soi des poils de matou noir attirerait la chance au jeu. Quant au seul et unique poil blanc que tout chat de couleur noire est censé dissimuler dans sa toison, il dispenserait une puissance magique exceptionnelle en assurant le bonheur parfait à celui qui le découvre (au point que certains illuminés confectionnaient une amulette plaçant ce poil dans un médaillon porté en pendentif).

Au-delà de ces fadaises liées aux plus sombres aspects de la superstition, il reste intéressant d'observer la démarche qui a finalement mené le chat noir au ban de la société. Car, dans diverses provinces françaises (ou à certaines époques), il véhiculait en effet la réputation de porter bonheur et de protéger la maison et sa famille des mauvais esprits. La tradition orale soutient alors que ce chat noir attire sur lui comme un aimant toutes les influences maléfiques. Il devient en quelque sorte le point d'ancrage de tous les sortilèges. Bref, tel un ultime rempart face à Satan et ses suppôts, il ingurgite le mal sous toutes ses formes pour le plus grand bien de la maisonnée. Dès lors, l'imparable « logique » de la tradition superstitieuse renverse la donne. Un chat noir qui se promène à l'extérieur de son lieu habituel restitue forcément au dehors toutes les sources malveillantes qu'il a scrupuleusement emmagasinées. Il promène le long des chemins un concentré de malédiction. Conséquence : le chat noir porte la guigne à celui qui le rencontre. Il va lui jeter à la figure sa puissance malfaisante ! Il convient de souligner que ce type de renversement des pôles positif et négatif pullulent dans le comportement superstitieux (voir *Le Pourquoi du Comment*, tome I, p. 99).

POURQUOI LANCE-T-ON DES CONFETTIS LORS D'UN CARNAVAL ?

Célébrée le 6 janvier dans la liturgie chrétienne, l'Épiphanie correspond à l'apparition de l'Enfant Jésus aux Rois mages. Symbole de la révélation du Christ aux païens, l'Épiphanie précéda longtemps la fête de la Nativité. En effet, Noël ne sera fixé le 25 décembre qu'au IVe siècle (voir *Le Pourquoi du Comment*, tome I, p. 55). Quant au carême, période de jeûne et d'abstinence qui prépare les chrétiens à la passion du Christ, il apparaît également au IVe siècle, mais ne sera institutionnalisé par l'Église qu'au XIIe siècle. Le carême correspond à une période de quarante-six jours située entre mardi gras et la fête de Pâques.

Ce rappel permet de mieux comprendre l'apparition des grands moments de distractions et de réjouissances qui se développent en Europe à partir du XIIe siècle entre ces deux dates emblématiques : l'Épiphanie et le carême. On parle d'ailleurs de « carême-prenant » (ou entrant) pour qualifier les trois derniers jours de ce carnaval. Divertissements, plaisirs et bombance précèdent fort logiquement l'austère période de privations qui s'annonce. Au fil du temps, le mardi gras restera l'unique et dernière journée récréative propice à tous les excès, car le carême commence le lendemain (mercredi des Cendres).

Certes, ces fêtes se dérouleront d'abord dans les villages champêtres, mais elles n'auront aucune difficulté à s'imposer également au sein des plus grandes villes. Le développement de l'urbanisation médiévale va même s'accompagner en la matière de rassemblements plus organisés : cavalcades masquées, déguisements, chants, joutes, banquets, etc. Avec la Renaissance viendront les bals et ballets d'inspiration vénitienne et les premiers défilés de chars somptueusement décorés. Enfin, dans la seconde moitié du XIXe siècle, toutes les grandes villes d'Europe possèdent leur *corso* fleuri, point d'orgue de majestueuses festivités.

Mais le carnaval, au sens où nous l'entendons désormais, prend simultanément naissance en trois endroits : Viareggio (Toscane, Italie), Rio de Janeiro (Brésil) et Nice. Certains textes parlent de balbutiements plus ou moins encadrés de cortèges dès 1294, lorsque le comte de Provence, Charles II d'Anjou, frère de Louis IX (dit Saint Louis, 1214-1270), vient visiter la ville de Nice. En réalité, la première grande fête officielle avec défilé carnavalesque et *corso* prend plus sûrement racine au début de 1822, époque à laquelle le roi de Sardaigne, Victor-Emmanuel Ier (1759-1824) fait un séjour à Nice. À cette occasion, les chroniqueurs mentionnent des batailles de fleurs et de bonbons. Et notamment de dragées, traduction française de *confetti* (sans s), pluriel du mot italien *confetto*.

Dès lors, sous le nom général *confetti*, les festivaliers en goguette continueront de se lancer des brassées de bonbons, sucreries, dragées, farine, pois chiches ou haricots secs. Mais aussi parfois des graines, symbole de fertilité (voir « Pourquoi porte-t-on l'alliance à l'annulaire ? »). D'aucuns en viennent même à jeter des petites boulettes de plâtre ou de terre blanchie à la chaux. Certes, la bonne humeur ambiante qui prévaut normalement en de telles circonstances festives commande à chacun de fraterniser avec son voisin. Cependant, les jets intempestifs ou violents n'étaient pas forcément du goût de tous, provoquant ici ou là des dégâts matériels, voire de petits traumatismes et de sourdes douleurs. Nombre de fêtards se protégeaient d'ailleurs derrière un masque d'escrime peinturluré.

En 1892, pour éviter que ces mascarades bigarrées dégénèrent en batailles rangées de projectiles divers et variés et tournent au pugilat, un ingénieur de Modène (Italie) a l'idée de confectionner des petits ronds de papier colorés en utilisant des cartons usagés. Son invention prend inévitablement le nom de confetti. Il semble que la première pluie de ces inoffensifs confettis ait été lancée la même année au Casino de Paris. De toutes les façons, les confettis en papier (ce qui ressemble aujourd'hui à un pléonasme) s'imposent immédiatement dans tous les carnavals. Celui de Nice, qui avait pris une forme officielle en 1873 via la création d'un comité d'organisation, ne sera bien évidemment pas en reste. La tradition qui consiste à lancer des confettis va s'étendre à toutes sortes de manifestations publiques et privées, qu'elles soient ambulantes ou sédentaires : défilés, foires, kermesses, fêtes scolaires, mariages, bals, réveillon de la Saint-Sylvestre, anniversaires, commémorations, voire cocktails.

QUI EST L'AUTEUR DU CÉLÈBRE « COUP DE JARNAC » ?

Voilà une charmante histoire où se mêlent toutes sortes d'ingrédients qui finissent par constituer un cocktail explosif propre à tourneboulér les sangs des plus blasés : pouvoir politique, puissance économique, rumeurs malsaines, honneur bafoué, jalousies tenaces, jeux de couloir, amitiés brisées, favorites éplorées, damoiseaux ambitieux, clans déchirés, etc. Et rebondissement final digne des meilleurs scénarios. En voici l'essentiel de la trame, expurgée de maints détails qui mériteraient à eux seuls de longs développements. Mais restons-en au coup de Jarnac.

François Ier (1494-1547) règne. Gendre et cousin de Louis XII (mort sans héritier), ce chevalier mécène monte sur le trône en 1515, l'année même de son succès à la célèbre bataille de Marignan. Au milieu d'un luxe sans précédent, il s'entoure d'une cour bourdonnante composée des plus brillants seigneurs et gentilshommes du royaume. D'abord marié à Claude de France (1499-1524), fille de Louis XII et d'Anne de Bretagne, François Ier épouse en secondes noces Éléonore d'Autriche (sœur aînée de son rival de toujours, Charles Quint). Ce qui n'empêche pas ce roi séducteur de multiplier les conquêtes féminines et de porter une affection toute particulière, bien que non exclusive, à la duchesse d'Étampes, Anne de Pisseleu. Des écrits de l'époque désignent la jeune femme comme « la plus belle des savantes et la plus savante des belles ». Tout un programme ! Ajoutons que la séduisante et sémillante Anne ne cache pas une antipathie tenace à l'encontre du dauphin, le futur Henri II (1519-1559).

Jusqu'ici, rien de bien exceptionnel. Sauf que le décor de notre fameux coup de Jarnac s'enrichit de la personnalité d'une certaine Diane de Poitiers (1499-1566). Dès ses quinze ans elle épouse Louis de Brézé, âgé de cinquante-six ans. Diane reste fidèle à son mari jusqu'à sa mort (1531). C'est alors que François Ier demande à la jeune femme de prendre en charge l'éducation de son fils Henri. Diane, qui avait été par le passé dame d'honneur de la reine Claude, n'a alors que trente-deux ans et le futur souverain affiche douze printemps. Diane et Henri s'apprécient et la sincère complicité du début se transforme rapidement en une ardente affection réciproque. En 1533, le mariage d'Henri et de Catherine de Médicis (1519-1589) ne remet pas en cause l'influence de Diane qui devient sa maîtresse en 1538. Une abondante correspondance montre qu'Henri éprouvera toute sa vie une brûlante passion pour Diane de Poitiers.

Dès lors, la maîtresse de François Ier et celle du dauphin Henri s'affrontent ouvertement. Anne de Pisseleu et Diane de Poitiers ne se contentent plus de susurrer avec malice quelques méchancetés. L'une et l'autre exercent désormais une influence considérable sur la cour du souverain. Belles, ambitieuses et jalouses, chacune dirige son clan. Les deux femmes disposent d'une coterie, d'une sorte de parti toujours prêt à intervenir dans d'obscures manipulations qui visent à garder le pouvoir sur une jeune noblesse qui se doit de mériter leurs bonnes grâces au gré de leurs intérêts. Le tout en fonction d'objectifs personnels bassement matériels et dans le contexte bouillonnant des premiers affrontements entre catholiques et protestants.

D'un côté, Anne de Pisseleu accueille avec une bienveillante tolérance les idées du culte réformé. Et elle soutient ouvertement les seigneurs qui avouent s'y rattacher. De l'autre, la fervente catholique Diane de Poitiers ne cache pas sa sympathie pour ceux qui exposent avec virulence leur haine des protestants. On perçoit donc clairement que ces deux camps antagonistes jouent de leur puissance pour décrocher ici ou là un avantage futile ou pour peser de tout leur poids dans d'importantes décisions aux lourdes conséquences politiques et religieuses.

Deux jeunes seigneurs comptent aussi parmi les familiers de François Ier. Il y a là François de Vivonne, seigneur de La Châtaigneraie (1519-1547), que son père avait placé près du roi dès son dixième anniversaire. Le garçonnet occupe alors le rang envié d'enfant d'honneur (position supérieure à celle de page). Et le souverain s'attache à Vivonne au point de lui donner l'affectueux surnom de « nourrisson » ou celui de « filleul ».

François de Vivonne deviendra une véritable force de la nature. Il aime l'équitation, les exercices physiques, ne dédaigne pas la lutte et excelle dans les combats à l'épée. En la matière, la réputation du seigneur de La Châtaigneraie dépasse même les frontières. D'autant que François avait su s'entourer des meilleurs professeurs italiens, à l'époque maîtres incontestés du duel. Des assauts qui ressemblent parfois davantage à une sorte de lutte au corps à corps plutôt qu'à une élégante et subtile passe d'armes. Quoi qu'il en soit, à la fois nerveux, grand et musclé, Vivonne s'illustre par son talent de combattant et par sa bravoure. Mais on le disait aussi généreux et serviable. Au fil du temps, probablement vers 1840, François de Vivonne se rapproche également du dauphin Henri et il devient l'un des plus fidèles et assidus gentilshommes de la cour de Diane de Poitiers. Vivonne a donc finalement choisi son camp.

Un autre gamin avait été placé près du roi dès sa plus tendre enfance : Guy Chabot, seigneur de Jarnac (1509-1575). Lui aussi enfant d'honneur, il côtoie évidemment François de Vivonne (de dix ans son cadet) à la cour de François Ier. Le roi le surnomme, pour sa part, d'une amusante contraction verbale : Guichot. Certes, le seigneur de Jarnac sert courageusement dans les guerres d'Italie, se distinguant même à Crémone, mais la science des armes ne l'a jamais véritablement passionné. Pas plus que l'activité physique. Beau et distingué, Chabot ne manque pas d'accumuler les succès féminins. Et les intrigues amoureuses qu'il noue et dénoue avec plus ou moins de délicatesse, et sans toujours chercher une discrétion de bon aloi, occupent la majeure partie de son temps. Y compris après son mariage (1540) avec Louise de Pisseleu, la sœur d'Anne de Pisseleu. Eh oui ! Jarnac devient donc le beau-frère de la duchesse d'Étampes, la maîtresse de François Ier. Comme elle, il éprouve d'ailleurs une réelle sympathie pour les idées de la religion réformée. Une attitude qui ne contribue sûrement pas à le rapprocher de Diane de Poitiers.

Résumons donc la situation. Guy Chabot, seigneur de Jarnac, enfant d'honneur de François Ier, mari de Louise de Pisseleu, appartient au camp de sa belle-sœur, la duchesse d'Étampes (Anne de Pisseleu), maîtresse du roi. François de Vivonne, seigneur de La Châtaigneraie, lui aussi enfant d'honneur de François Ier, proche du dauphin Henri, appartient au camp opposé. Celui de

Diane de Poitiers, maîtresse et protectrice du futur Henri II.

Un jour qu'ils se rendent à Compiègne aux côtés du dauphin, une anodine conversation s'engage sur un ton badin. La Châtaigneraie taquine son vieil ami Guichot à propos de l'extrême raffinement de ses vêtements. En effet, Guy Chabot affiche partout une exquise distinction qui ne manque probablement pas d'agacer les gentilshommes plus frustes. Mais le seigneur de Jarnac reste un séducteur et il manie avec finesse le charme et l'élégance. Espiègle, François de Vivonne insiste : il ne comprend pas que Guichot soit aussi richement habillé compte tenu de ses modestes revenus. Le dauphin s'amuse de ce dialogue qui prend une tournure narquoise. Aussi, Guy Chabot croit-il bon de s'expliquer. Le seigneur de Jarnac précise innocemment que la seconde épouse de son père, la très fortunée Madeleine de Puy-Gorgon, ne lui refuse rien. Et d'ajouter qu'il prend soin de rendre régulièrement visite à cette généreuse belle-mère toujours prompte à régler ses dépenses somptuaires.

Guy Chabot, que d'aucuns qualifient d'écervelé et de lunaire, s'exprima-t-il avec ambiguïté, avec préciosité peut-être ? Difficile à dire. Quoi qu'il en soit, ses deux amis prirent un malin plaisir à comprendre ce qu'ils n'avaient pas vraiment entendu. De retour à la cour, Henri s'empresse de raconter cette croustillante histoire à Diane de Poitiers. Elle voit aussitôt le profit que son camp peut tirer de cette affaire. Pour Diane, pas de doute : Madeleine de Puy-Gorgon entretient Guy Chabot parce qu'il a une liaison avec elle. Sa belle-mère. Quelle honte ! De bavardages volontairement discrets en sournois caquetages bien orchestrés, la rumeur enfle sans difficulté. Le ragot se propage et le scandale éclate. En premier lieu, il touche bien sûr les deux principaux protagonistes : Chabot et sa belle-mère. Mais il éclabousse aussi Anne de Pisseleu, maîtresse du roi, rivale de Diane de Poitiers et, souvenez-vous, belle-sœur du seigneur de Jarnac. Avantage au clan du dauphin !

Consterné, Guy Chabot crie à la machination. Il court d'abord s'expliquer auprès de son père afin de lui prouver son innocence. Puis il déploie une énergie stupéfiante pour protester vigoureusement contre de tels propos injurieux. Indigné, le seigneur de Jarnac explique que ses paroles ont été déformées. Il plaide avec conviction et veut obtenir la réparation des calomnies proférées. Seulement voilà, l'instigateur de cette interprétation tendancieuse, de surcroît premier colporteur de ce malheureux commérage, s'appelle Henri ! Difficile d'en découdre directement avec le dauphin qui se sent pourtant humilié par la réplique cinglante de Guichot et qui comprend aussi que la cour n'apprécie guère son attitude dans cette affaire.

En zélé courtisan, le vaillant François de Vivonne accourt. La Châtaigneraie affirme alors que Chabot lui a tenu personnellement les propos incriminés. À lui et à lui seul. En tête à tête. Formule qui a le mérite de mettre le dauphin hors de cause. Dès lors, plus rien ne s'oppose à ce que les deux hommes s'affrontent en duel pour laver leur honneur. Aux termes d'une procédure administrative rigoureuse, ils déposent devant le roi une demande conforme au code qui régit à l'époque scrupuleusement la tenue d'un duel judiciaire. François Ier se doit de l'examiner dans les règles de l'art et il la soumet à son conseil privé. Mais le roi refuse d'envoyer au combat ses deux anciens enfants d'honneur qu'il aime d'une franche affection. Le duel n'aura pas lieu.

Chabot rumine sa vengeance. Car cette péripétie le blesse profondément. Il n'admet pas que l'on ait d'abord pu travestir son propos pour ensuite le traiter de menteur lorsqu'il avait officiellement nié les faits. De son côté, le seigneur de La Châtaigneraie s'en tenait fermement à sa version et rêvait d'un beau duel qui lui permettrait d'écraser Guichot. Car François de Vivonne n'a aucun doute de sa supériorité physique sur son camarade Chabot.

L'attente ne dure que deux ans dans le climat détestable d'une cour qui vit sa fin de règne. François Ier s'éteint à Rambouillet le 31 mars 1547. Henri II lui succède et Diane de Poitiers triomphe ! Elle concrétise sans tarder sa toute-puissance en renvoyant sur ses terres sa rivale de toujours, Anne de Pisseleu. Faite duchesse de Valentinois l'année suivante, Diane fait construire le château d'Anet (Eure-et-Loir) et embellit celui de Chenonceaux. Elle a rang de favorite officielle au côté de Catherine de Médicis, l'épouse légitime du souverain. Patience, le coup de Jarnac ne va plus tarder !

À peine Henri II arrive-t-il au pouvoir que son protégé revient à la charge. François de Vivonne sait que le nouveau roi ne lui refusera pas son combat. D'autant que le seigneur de Jarnac a pris un sérieux coup au moral depuis la mise en disgrâce de la duchesse d'Étampes, exclusion accompagnée de la dissolution de ses réseaux d'influence à la cour. De toutes les façons, Chabot veut crânement laver son honneur. Et il accepte ce duel en tant que « défendeur », ce qui lui donne l'avantage du choix des armes. Soulignons une nouvelle fois que ces rencontres « en camp mortel » exigent une longue et minutieuse préparation prenant la forme d'une véritable procédure juridique. Il convient notamment de se mettre d'accord sur le lieu, les armes, les conditions du combat et nombre de formalités diverses et variées qui occupent assistants, confidents, témoins, notaires, maîtres d'armes, etc. Mais ici, comme si chacun voulait en finir au plus vite, tous les arrangements furent rondement menés. Et comme son père l'avait fait, Henri II examine en son conseil privé cette nouvelle demande de duel. Et, cette fois, le combat aura bel et bien lieu. On fixe la date du 10 juillet 1547.

Chacun se prépare. Sans trop de sérieux du côté de Vivonne et de ses amis qui pérorent déjà. Des chroniqueurs de l'époque rapportent que La Châtaigneraie ne redoute absolument pas Jarnac, « pas plus qu'un lion craint le chien » ! En revanche, Guy Chabot, trente-huit ans, s'entraîne. Il prend même les conseils d'un maître d'armes réputé. Ce dernier lui suggère habilement d'exiger le port d'un brassard au bras gauche (n'oublions pas que Guichot dispose du privilège d'imposer les conditions du combat). Cette astuce, souvent utilisée par d'autres, empêche les adversaires de plier le bras. Ce qui réduit de façon considérable la possibilité de donner au duel la forme d'une lutte au corps à corps, la spécialité de Vivonne.

Le jour fatidique approche. Le roi et sa cour se font une joie d'assister au combat qui se déroulera donc à Saint-Germain-en-Laye. Certes, François de Vivonne et Guy Chabot vont s'affronter. Mais chacun sait pertinemment que ce duel, presque fratricide, symbolise la haine que se vouent Diane de Poitiers et Anne de Pisseleu. Le combat ressemble à un règlement de comptes par personnes interposées. Qu'importe, les dés en ont été jetés, les deux gentilshommes doivent s'étriper. On élève estrades et tribunes. Le terrain est scrupuleusement mesuré et la position des barrières vérifiée. Bref, tout doit être strictement contrôlé afin d'éviter les interminables palabres qui ne manquent jamais de se produire dans les heures qui précèdent le choc final.

La cour s'installe. Seigneurs et jeunes courtisans se pressent. Il y a là toute la fine fleur de l'aristocratie française et tout ce que l'armée compte d'illustres officiers. Venue de Paris, la foule se masse aux alentours. Personne ne veut manquer ce combat emblématique. Pour la petite histoire, on dit qu'un somptueux festin préparé par La Châtaigneraie attendait déjà sous des tentes pour célébrer sa victoire certaine. Mais d'éminents chroniqueurs affirment que des bandes venues de Paris se ruèrent sur le dîner bien avant le début de la joute. Peu importe, François de Vivonne et Guy Chabot vont enfin mettre fin, par les armes, au différend d'honneur qui les oppose.

Le cérémonial se met en place. Vivonne arrive, accompagné d'environ cinq cents amis qui ont revêtu ses couleurs. Selon la tradition, tambourins et trompettes en tête, le cortège fait le tour du terrain. Ce qui s'appelait « honorer le dehors du camp ». Suivi d'une centaine d'hommes, le seigneur de Jarnac se livre lui aussi au même rituel. Le comte d'Aumale (1496-1550), premier duc de Guise, se charge de vérifier la conformité définitive des armes et équipements. Les deux rivaux et leurs assistants acceptent le gousset (une sorte de culotte en mailles de fer), les gants et le bouclier sans trop de difficultés. En revanche, le cas de la régularité du brassard donne lieu à d'interminables discussions. Finalement, Vivonne doit l'enfiler. On leur présente enfin des épées et des dagues qui obtiennent l'assentiment de tous. Puis les cortèges de La Châtaigneraie et de Jarnac, musique en tête, honorent cette fois l'intérieur du camp et défilent devant la tribune royale. Tous quittent finalement le terrain. François de Vivonne et Guy Chabot peuvent enfin se mesurer.

Le seigneur de La Châtaigneraie ne tergiverse pas. Il fond sur son adversaire à pas précipités, l'épée haute. Guichot marche plus lentement. Il s'attend à un coup à la tête et feint de le parer de son épée. Mais, au moment où Vivonne abat son arme, Chabot choisit subitement de contrer le coup à l'aide de son bouclier. Son audacieuse parade surprend et, sans attendre, il virevolte brusquement sur ses talons pour toucher adroitement son rival à la jambe. Très précisément entre le bas du gousset et le haut de la bottine. Le sang gicle. La foule hurle ! La Châtaigneraie encaisse. Il tente de se ressaisir et se jette sur Chabot. Un impressionnant silence s'ensuit aussitôt. Chacun retient son souffle. Mais Jarnac ajuste de nouveau le tranchant de son épée sur le jarret de Vivonne. Il chancelle, perd son épée et s'effondre dans son sang, terrassé par le frêle et délicat Chabot qui donne ce jour-là son nom au célèbre coup de Jarnac.

À l'époque, cette botte secrète n'a rien d'exceptionnel pour les bons spécialistes du duel. Beaucoup la tentent. Encore faut-il ne pas manquer de précision et de vivacité pour surprendre l'adversaire. En réussissant ce coup devant le roi et sa cour dans un affrontement qui le donnait vaincu d'avance, Guy Chabot a su ajouter du panache à ce geste. Et il rendait célèbre à tout jamais le coup du seigneur de Jarnac.

Dans le langage courant, l'expression « coup de Jarnac » désigne donc une action audacieuse, habile et surprenante qui permet de marquer un avantage décisif. Mais ce geste reste toujours loyal. Pourtant, une dérive abusive lui donne parfois une connotation perfide totalement injustifiée.

Mais revenons à Vivonne qui vient de mordre la poussière. Il tente de se relever en s'appuyant sur son genou valide. Impossible, les forces lui manquent et il perd abondamment son sang. Guichot s'approche, lui demande de se rendre, de reconnaître l'offense qu'il lui a faite et lui laisse la vie sauve. Encore faut-il que le roi accepte. Car, sans son intervention, personne ne peut porter secours au seigneur de La Châtaigneraie. Curieusement, Henri II paraît hésiter. Ses proches le regardent. Il semble hébété. Le souverain attendait un triomphe et son ami gît sur le sol. Finalement, Henri II se reprend et, s'adressant à Jarnac, il lui rend clairement son honneur. Les assistants peuvent alors se précipiter pour enlever François de Vivonne de ce funeste « camp mortel ». Il sera aussitôt soigné, mais il a manifestement perdu trop de sang et s'éteint le lendemain matin.

Quelques années plus tard, lors des fêtes données en l'honneur des mariages de sa sœur et de sa fille, Henri II participe à un tournoi. Il affronte le comte de Montgomery dont la lance pénètre sous la visière du casque royal. Henri II succombe dix jours plus tard, le 10 juillet 1559, malgré les soins prodigués par Ambroise Paré. Cette mort met fin à la toute-puissance de Diane de Poitiers qui doit retourner sur ses terres comme elle l'avait exigé douze ans plus tôt de sa rivale, la duchesse d'Étampes. Diane s'exile au château d'Anet. Elle doit restituer Chenonceaux et les bijoux offerts par le roi. Catherine de Médicis vient à son tour de prendre la main. S'ouvre alors pour elle trente années de puissance.

À la mort de son mari, elle fut régente pendant les minorités de ses fils François II et Charles IX. Puis elle conservera une réelle influence pendant le règne de son troisième fils, Henri III (1551-1589), le dernier de la lignée des Valois.

QUI FUT LE PREMIER CORRESPONDANT DE GUERRE ?

« Il règne un silence pesant. Entre les grondements du canon, on entend les chevaux piaffer, les sabres s'entrechoquer dans la vallée que nous surplombons. (...) Auréolés de leurs sabres tournoyants, ils poussèrent un cri qui, pour nombre d'entre eux, fut l'ultime, et se lancèrent sur les batteries ennemies. » Extraites du *London Times*, ces lignes signées William Howard Russel rendent compte, en 1854, d'un des multiples assauts de la sanglante guerre de Crimée qui oppose les Russes à une coalition franco-anglaise. À l'origine du conflit, la suprématie en Orient qui attise querelles et convoitises. De son côté, la reine Victoria (1819-1901) ne peut accepter les ambitions stratégiques des Russes dans la mer Noire. Quant à Napoléon III (1808-1873), il veut imposer ses vues au tsar Nicolas Ier (1796-1855) à propos des Lieux saints. Et lorsque les Russes envahissent les provinces danubiennes de la Turquie, puis prennent le contrôle de la mer Noire, les forces franco-anglaises entrent en action.

Le 20 septembre 1854, la victoire de l'Alma débouche sur le siège de Sébastopol qui s'achèvera le 8 septembre 1855 par l'assaut victorieux de la tour Malakoff, clé de la défense russe. Menée avec bravoure par les zouaves de la division du général Mac-Mahon (1808-1893), la chute de ce bastion va entraîner la prise de Sébastopol.

Craignant que la forteresse ne soit piégée, les supérieurs de Mac-Mahon lui ordonnent de fuir. Mais le futur maréchal de France, monarchiste convaincu et futur président de la République de 1873 à 1879, s'écrie : « J'y suis, j'y reste ! » (voir *Les Mots célèbres de l'histoire*, p. 139). La victoire de Sébastopol mènera à la fin de la guerre de Crimée (29 septembre), puis à la signature d'un traité de paix (30 mars 1856).

Si la guerre de Crimée a manifestement révélé la verve naissante de Mac-Mahon, elle a aussi marqué un tournant décisif dans la transcription des combats au grand public. En effet, pour la première fois, la presse utilise le télégraphe et la photographie et elle envoie sur le front de vrais reporters capables de témoigner aussi fidèlement que possible de la réalité des affrontements. Auparavant, la seule source d'information provenait des officiers engagés sur le terrain des opérations. Chacun comprend que les récits relatés par de telles « dépêches » passaient par le filtre impitoyable de l'état-major qui transformait le tout en de ternes communiqués officiels, insipides et parfaitement invérifiables.

William Russel va donc inventer le reportage de guerre. Et tous ses confrères qui couvrent avec lui ce conflit lui rendront hommage. D'abord William regarde. Ou plus exactement, il observe avec minutie et prend des notes. Ensuite, il interroge. Non pas les gradés qui servent leur soupe habituelle de propos convenus, mais les soldats. Enfin, il a le courage de témoigner, de surcroît dans un style limpide, direct, réaliste. Et, face à ce qu'il voit, soutenu par les éditeurs du *London Times*, Russel s'insurge : « Quel coût inestimable pour notre pays que tous ces hommes morts d'épuisement sous leurs tentes ou à l'hôpital parce qu'on les tue à la tâche et qu'on les nourrit mal ! »

À chacune de leurs parutions, les articles de Russel font évidemment grand bruit. D'autant que le *London Times* touche les milieux politiques et les classes dirigeantes. D'aucuns voudraient bien museler William Russel, mais ses révélations sur les épouvantables conditions de vie des soldats britanniques gagnent rapidement l'ensemble de la population. À tel point que le Premier Ministre de la coalition de l'époque, George Aberdeen (1784-1860), doit démissionner en février 1855. Et la classe politique rendit Russel responsable de la chute du gouvernement. Outré, le mari de la reine Victoria, homme influent qui disposait d'une indiscutable aura politique dans le royaume, lança une campagne de dénigrement féroce à l'encontre de William Russel. Le prince Albert ira même jusqu'à traiter Russel « d'infâme scribouillard ». William Russel couvrira la guerre de Sécession (1861-1865) sur le front nordiste qui accueillit pas moins de cinq cents correspondants de guerre.

COMBIEN PARLE-T-ON DE LANGUES À TRAVERS LE MONDE ?

L'agencement de signes graphiques élémentaires et standardisés permet d'exprimer des choses, des situations et des idées plus ou moins complexes. Le message ainsi élaboré sera compris par un groupe d'individus qui connaît, et donc reconnaît, cette façon spécifique de décrire un objet ou une action simple, voire de transmettre une pensée élaborée. Mais, bien avant de s'exprimer par le truchement de l'écrit, les humains développèrent des montages sonores répétitifs et cohérents. Dans un premier temps, la modulation plus ou moins nettement articulée de ces bruits permit à l'*Homo habilis* d'échanger des informations avec les membres de sa tribu. Objectif de base : échapper aux dangers naturels et accomplir les tâches élémentaires de survie (s'abriter, pêcher, chasser et cueillir).

Les recherches sur l'origine du langage mobilisent de nombreux scientifiques issus des plus diverses disciplines (linguistes, paléontologues, archéologues, anthropologues, zoologues, biologistes, psychologues et même roboticiens). Et il faut encourager cette émulation qui nous conduira peut-être un jour à des résultats tangibles. Pour l'heure, le débat fait rage. Il faut dire qu'en la matière, personne ne dispose de paramètres concrets : pas de traces, pas de signes (pour les adolescents qui liraient ces lignes, le magnétophone n'existait pas !). En plein

XIXe siècle, on arrête même toute recherche sur l'origine du langage, comme si le poids de la religion impliquait que la parole ne pouvait être qu'un don de Dieu ! Fort heureusement, des travaux sérieux reprennent dans la seconde moitié du XXe siècle.

Vers 1980, les spécialistes penchent pour une origine du langage curieusement très récente (vers 40000 ans). Cette thèse s'appuie sur une éventuelle concomitance entre souci de communiquer par la parole et développement de l'art et des outils préhistoriques (sans oublier la naissance de la sépulture). On comprit évidemment très vite que le besoin instinctif des premiers échanges sonores structurés remontait à une période largement antérieure. Aujourd'hui, beaucoup considèrent que le langage articulé a vu le jour chez l'*Homo habilis*, après 2,5 millions d'années. Ce dernier ayant, en effet, un larynx en position basse à l'âge adulte, une spécificité anatomique qui libère un espace acoustique potentiellement suffisant pour moduler des voyelles et pour prononcer correctement des sons formatés, reproductibles par tous les membres du groupe et donc identifiables. En revanche, certains chercheurs affirment que cette particularité n'a rien de pertinent, ce qui plaiderait donc pour une origine encore plus lointaine. Selon eux, l'architecture de l'acoustique du conduit vocal peut prendre d'autres formes capables de générer des sons audibles et faciles à imiter. Par exemple, l'homme de Neandertal, pourtant largement postérieur (entre 120000 et 32000 ans), ne possédait pas de larynx en position basse. Cependant, il pouvait prononcer des voyelles et des consonnes (ce qui ne veut pas dire qu'il pratiquait un langage construit et évolué). D'ailleurs, sur les aptitudes du seul Néandertalien, deux chapelles s'opposent.

Les défenseurs de simples borborygmes et ceux qui penchent pour un langage articulé.

Dans ce vaste débat, et quelle que soit la date précise de l'apparition du langage, reste à déterminer comment cette fonction a pu naître. Beaucoup pensent que le langage a d'abord dû s'appuyer sur le mime. Accompagnés de sons, des gestes essentiels et répétitifs représentent alors des objets et des actions simples : boire, manger, chasser, etc. Puis ces gestes très précis se sont dépouillés. Jusqu'à disparaître lorsque les seuls sons suffisaient pour se comprendre. Par exemple, supposons que deux tribus d'*Homo habilis* distantes de plusieurs centaines de kilomètres (et n'ayant jamais eu le moindre contact entre elles) aient utilisé des gestes semblables pour mimer des actions et des objets liés à leur subsistance quotidienne, personne ne saura jamais si les sons primitifs qui accompagnaient ces mimes se ressemblaient. Pourtant, ces hominidés des savanes arborées et humides de l'Afrique orientale enfantaient bien à cette époque l'ébauche d'une langue. Et, quelques millénaires plus tard, chez leurs descendants respectifs, comment se prononcent les mots boire, manger et chasser ? Probablement sous la forme de termes très différents si chacun des deux groupes en question a continué de vivre dans son coin. Et si l'une des deux tribus a disparu, elle a intégralement emporté avec elle ses moyens d'expression orale. En revanche, le rapprochement des deux tribus aurait très bien pu générer une langue nouvelle enrichie des apports de chacune des deux autres.

Le nomadisme qui prévaut alors vient étayer la thèse des tenants d'une langue primitive (appelée protolangue) apparue aux alentours des deux millions d'années et qui se serait ainsi bonifiée de proche en proche, par juxtaposition de mots concrets. Mais, bien évidemment, sans aucune référence grammaticale. Ce protolangage aurait évolué vers des langues structurées (abstraites, élaborées, nuancées) à partir de 50000 ans. Mais nous sommes là dans des champs d'hypothèses difficiles à démontrer.

Toutes les questions relatives au langage illustrent l'exceptionnelle complexité d'un tel sujet. Par exemple, personne n'a encore pu dénombrer avec précision la quantité de langues aujourd'hui parlées à travers le monde. Les plus éminents spécialistes semblent s'accorder sur une évaluation de cinq mille langues. D'autres linguistes évoquent une large fourchette comprise entre trois mille et sept mille parlers différents. Pour expliquer leur imprécision, ils avancent la grande difficulté que revêt la façon d'établir une frontière précise entre langue et dialecte. Voire entre langue vivante et langue éteinte. Certes, dans cette dernière catégorie, figurent sans conteste le latin et le grec ancien. Facile à déterminer dans la culture de notre bassin d'Europe occidentale, mais beaucoup plus délicat pour l'Afrique, l'Inde ou l'Amérique latine.

Par exemple, le concept de langue éteinte s'applique à une langue que personne ne pratique plus sous la forme de langue maternelle. Sachant que cette dernière est acquise dans l'enfance au cours de l'apprentissage du langage. Par ailleurs, on dit qu'une langue vivante est une langue maternelle utilisée par une communauté suffisante d'individus. Dont acte ! Alors imaginons qu'un bon millier de couples de parents décident d'apprendre une langue éteinte à des bambins de la même classe d'âge (cela répond au concept de langue maternelle). Si les gamins se réunissent régulièrement (notion de communauté « suffisante »), auront-ils ravivé un langage disparu qui redeviendrait langue vivante ? On comprend que les linguistes aient des difficultés. En revanche, ils s'accordent sur un point : 90 % des langues sont menacées d'extinction dans le siècle qui vient. Une prévision pessimiste qui tient bien évidemment compte du phénomène de mondialisation qui a tendance à imposer un modèle culturel dominant. Aussi pourrait-on de nouveau assister, ici ou là, à des histoires comparables à celle vécue par Ishi au début du XXe siècle.

En 1850, deux mille Indiens de la tribu des Yahis occupent paisiblement la berge est du fleuve Sacramento, au centre de la Californie. L'année suivante commence la ruée vers l'or qui va conduire dans cette région des hordes assoiffées de terres et d'argent. La destruction massive des Indiens du lieu se déroule dans la plus totale impunité. Pis, les autorités locales encouragent l'extermination méticuleuse des autochtones. Comme tant d'autres, les Yahis tentent de fuir cette gigantesque chasse à l'Indien. Au nombre de quatre cents en 1840, ils résistent tant bien que mal à la traque et aux assauts répétés. Puis s'ensuivent des massacres planifiés (notamment entre 1865 et 1867). L'exécution des trente derniers Yahis se déroule en 1871. Du moins le croit-on. Car une poignée d'hommes et de femmes avait réussi à fuir et à survivre pendant quarante ans. Jusqu'à ce jour de 1908 où une mission de géologues tombe sur leur campement. Les Yahis s'enfuient dans la forêt en laissant tentes et matériel sur place.

Le 29 août 1911, un homme à moitié nu, maigre et affamé, se réfugie dans un abattoir d'Oroville (à une centaine de kilomètres au nord de Sacramento). Le shérif le met en prison. Effarouché, le regard vide, il se terre dans sa cellule sans prononcer le moindre mot. Chacun le prend pour un fou. Mais des journalistes s'emparent de l'affaire et un anthropologue de l'université de Berkeley a vent de cette curieuse affaire. Thomas T. Waterman rend alors visite au prisonnier. Et il comprend immédiatement que cet homme appartenait à la tribu des Yahis. L'éminent professeur tente alors d'instaurer le dialogue en prononçant des mots de la langue des Yanas, vaste peuplade incluant la tribu Yahis. Mais l'homme ne comprend rien. Les Yahis parlaient un dialecte très spécifique de la langue yana. Finalement, le visage de l'Indien s'éclaire quand Thomas Waterman prononce maladroitement le mot *siwini* (pin). Aidé d'un interprète de la langue yana, Waterman parviendra à dialoguer avec celui qu'il va appeler Ishi (ce qui signifie homme dans sa langue maternelle).

Le dernier indien Yahis devient immédiatement célèbre. Ishi se prête à toutes les sollicitations. Il répond aux questions des journalistes (avec traducteur !), pose pour des photos, s'habille à l'occidentale, se promène, visite San Francisco et Los Angeles. Un jour, il se lance même dans un long récit mettant en scène un canard sauvage. Conte qui tire les larmes aux yeux de Ishi, mais dont personne ne perçoit le sens profond. Enfin, pas rancunier pour un sou, Ishi explique aux linguistes les nuances de sa langue et il raconte patiemment aux anthropologues les traditions de sa tribu. Il accepte aussi de tailler des pointes de flèches et de faire des démonstrations de tir à l'arc. Victime d'une pneumonie puis atteint par la tuberculose, Ishi s'éteint en mars 1916, emportant avec lui sa langue maternelle.

ESPACE

À QUELLE DISTANCE CORRESPOND L'UNITÉ ASTRONOMIQUE ?

Pour exprimer les très grandes distances sans avoir à manier des nombres formulés en centaines de millions – et le plus souvent en milliards – de kilomètres, les astronomes utilisent l'unité astronomique (symbole U.A.). Par convention, c'est la distance moyenne Terre-Soleil qui définit l'unité astronomique. À savoir : 150 millions de kilomètres.

Cet étalon s'emploie essentiellement dans les descriptions propres au système solaire (au-delà, les astrophysiciens utilisent l'année-lumière). Ainsi, l'orbite de la planète Pluton se trouve à 39,3 unités astronomiques du Soleil (5,9 milliards de kilomètres). Quant aux astéroïdes, ils naviguent dans le vaste espace interplanétaire qui va de Mars (dernière des quatre planètes telluriques) à Jupiter (première des planètes gazeuses). Cette zone se situe entre deux à quatre unités astronomiques du Soleil.

Pour leur part, les comètes prennent naissance au-delà du système solaire connu. Elles émanent du nuage d'Oort (nom de l'astronome néerlandais qui élabora sa théorie en 1950). Cet exceptionnel réservoir navigue sur une orbite fortement excentrique qui atteint les 100 000 unités astronomiques. Le nuage d'Oort niche donc à 15 000 milliards de kilomètres ! C'est-à-dire à plus d'une année-lumière. On passe alors dans un autre système d'étalonnage des grandes distances (voir « À quoi correspond une année-lumière ? »). Mais il semble que nombre de comètes proviennent également de la ceinture de Kuiper située à une cinquantaine d'unités astronomiques, soit à une dizaine d'U.A. « seulement » de l'orbite de Pluton.

Vous avez noté que nous parlons de distance « moyenne » pour définir l'unité astronomique. En effet, l'Allemand Johannes Kepler (1571-1630) va élaborer trois lois fondamentales qui vont bouleverser la description du système solaire. En 1609, la première loi de Kepler montre que chaque planète décrit une ellipse dont le Soleil occupe l'un des foyers. Autrement dit, la Terre passe plus ou moins près du Soleil lorsqu'elle effectue un tour complet en une année. Très précisément en 365 jours 5 heures 48 minutes et 45 secondes (voir *Le Pourquoi du Comment*, tome I, p. 50).

Reste que cette orbite elliptique est cependant très proche du cercle. La « nuance » se définit par la notion d'excentricité. Ainsi, un cercle « pur » possède une excentricité nulle, tandis que celle d'une parabole est égale à 1. L'excentricité de la Terre approche les 0,02 (elle s'établit précisément à 0,016718). En revanche, Pluton et Mercure décrivent des ellipses plus prononcées (respectivement 0,25 et 0,21 d'excentricité).

À son aphélie (point de l'orbite le plus éloigné du Soleil), la Terre passe à environ 152,5 millions de kilomètres de l'étoile de notre système planétaire. À son périhélie (point de l'orbite la plus proche), elle passe à environ 147,5 millions de kilomètres. Et l'unité astronomique a donc été fixée par convention à la distance moyenne de 150 millions de kilomètres.

Soulignons que cette différence de distance liée à l'orbite elliptique n'a aucune incidence sur le climat dans la mesure où l'écart reste négligeable (par exemple, la Terre passe au plus près du Soleil dans les premiers jours de janvier, période d'hiver dans l'hémisphère Nord). En effet, le rythme des saisons n'a rien à voir avec la proximité du Soleil. Ce phénomène cyclique s'appuie sur le fait que l'axe de rotation de notre planète est incliné de 23°26' par rapport à l'écliptique (plan de l'orbite de la Terre). De surcroît, au cours de ce mouvement de translation, l'axe des pôles conserve une direction fixe dans l'espace (voir *Le Pourquoi du Comment*, tome I, p. 69).

QUE MESURE-T-ON EN ANNÉES-LUMIÈRE ?

Pour exprimer d'immenses distances, celles qui nous séparent des corps célestes naviguant au-delà du système solaire, l'unité astronomique ne suffit plus. Il faut alors mesurer l'espace en années-lumière, tant les distances stellaires prennent des proportions colossales.

Les astrophysiciens ont donc adopté un autre étalon : l'année-lumière. Elle correspond à la distance que parcourt la lumière en un an. Quand on se souvient que la lumière voyage à la vitesse de 300 000 kilomètres par seconde (km/s), il ne reste plus qu'à effectuer une succession de multiplications pour traduire l'année-lumière en kilomètres. À vos crayons !

En une seconde, la lumière se déplace de 300 000 kilomètres. Pour obtenir la distance parcourue en une heure (60 fois 60 secondes), il suffit de multiplier par 3 600. Puis par 24 pour la journée. Et enfin, par 365 pour l'année. Bref, en adoptant les arrondis d'usage, on avoisine une distance de 10 000 milliards de kilomètres. Soulignons enfin que les astrophysiciens utilisent également une autre unité de mesure appelée le parsec (symbole pc). Un parsec équivaut à 3,26 années-lumière.

Prenons un exemple. L'étoile la plus proche de notre planète, le Soleil, se trouve à 150 millions de kilomètres, donc à une unité astronomique. Mais l'étoile suivante, Proxima, se situe dans la constellation australe du Centaure, à 4,3 années-lumière. Pour l'atteindre, il faudrait donc se balader dans l'espace pendant 4,3 années en voyageant à la vitesse de la lumière. Nous aurions ainsi parcouru 43 000 milliards de kilomètres.

Pour tenter de formuler autrement les choses, on peut également dire que la lumière de Proxima met 4,3 années à nous parvenir. Une broutille au regard des 2,9 millions d'années-lumière qui nous séparent d'Andromède, la plus proche galaxie de notre Voie lactée (voir « De quoi se compose une galaxie ? »). Autrement dit, l'image d'Andromède que nous observons aujourd'hui correspond à une réalité vieille de presque 3 millions d'années, l'époque où s'éteignaient sur notre planète les derniers Australopithèques.

Toutes ces évaluations doivent beaucoup à Olaüs Römer (1644-1710). En effet, l'astronome danois effectue la première évaluation de la vitesse de la lumière en 1675. Tandis qu'il étudie les quatre satellites galiléens de Jupiter, Römer constate que deux éclipses successives d'un satellite ne s'effectuent pas à intervalles de temps réguliers. Sur une longue période, il observe que ce phénomène se produit de façon cyclique, en fonction de la position de la Terre par rapport à Jupiter (les intervalles sont de plus en plus courts à mesure que la Terre se rapproche de Jupiter, et de plus en plus longs dès qu'elle s'en éloigne).

Pour expliquer ce décalage, Römer en conclut donc que la lumière mettait « un certain temps » pour se propager dans l'espace. Cette exceptionnelle découverte va créer une véritable révolution puisque les scientifiques de l'époque se fondaient jusqu'ici sur la notion de propagation instantanée de la lumière. Et, comme Römer connaît les orbites des corps célestes concernés (Terre, Jupiter et ses satellites), il tente un premier calcul. Résultat :

150 000 km/s. Très étonné par ce chiffre exorbitant, il se remet au travail et trouve cette fois 350 000 km/s ! Pas loin de la réalité en utilisant pourtant les modestes moyens de l'époque. On connaît aujourd'hui très précisément la vitesse de la lumière : 299 792,458 km/s.

Quels sont les principaux composants de l'Univers ?

Grâce au satellite Hubble (télescope spatial qui navigue en orbite au-delà de l'atmosphère terrestre et peut ainsi transmettre des images « pures »), les astrophysiciens disposent d'une masse d'informations qui contribuent à enrichir très largement le champ de nos connaissances. Ainsi, en braquant Hubble pendant plus de 150 heures dans une direction fixe, les chercheurs ont capté la lumière d'une multitude de galaxies proches et lointaines. Certaines se trouvant à plus de 10 milliards d'années-lumière !

Par extrapolation et calculs, mais aussi par approximations et suppositions (notamment en admettant que des portions du cosmos de même taille contiennent les mêmes éléments), les astronomes ont déterminé que l'Univers contient cent milliards de galaxies. Du moins pour la partie observable de l'Univers, celle qui renferme des corps célestes et de la matière diffuse (étoiles, nuages de gaz et de poussières). Des composants (particules, rayonnements, atomes) dont la nature et les réactions répondent aux lois vérifiées de la physique.

L'Univers s'apparente à un gigantesque ensemble en perpétuel mouvement soumis à de multiples forces d'une violence indicible qui le façonnent en permanence. Il existe des interactions entre les galaxies (fusions, mises en orbite satellitaire, collisions), mais aussi des échanges de matières entre galaxies et milieu intergalactique. Car chaque élément de l'Univers (étoile, planète, galaxie, amas de galaxies) subit d'exceptionnelles forces gravitationnelles. Mais il faut aussi compter sur les espaces interplanétaires, interstellaires et intergalactiques qui bouillonnent de matière diffuse (nuages de gaz et de poussières) et de flux de particules (rayonnements cosmiques et électromagnétiques). Et encore convient-il de ne pas oublier l'effervescence et les soubresauts qui accompagnent la vie des étoiles.

Par convention, notre Galaxie s'écrit avec un « g » majuscule. Pour simplifier, nous l'appelons aussi Voie lactée (nom de la bande blanchâtre visible de notre Galaxie qui barre le ciel nocturne).

La Galaxie possède un renflement central appelé bulbe (15 000 années-lumière de diamètre) d'où partent d'immenses bras donnant à l'ensemble une structure spirale (on verra qu'il existe plusieurs types de galaxies). Au centre du bulbe se trouve un noyau dont l'extrême luminosité infrarouge, l'émission d'une radiosource et la présence de rayonnements X laissent supposer l'existence d'un trou noir massif (un million de masses solaires). Le diamètre du disque atteint environ 100 000 années-lumière (il faut donc cent mille ans à la lumière pour traverser la Galaxie de part en part). Ce disque s'amincit à mesure que l'on approche de sa périphérie où l'épaisseur voisine le millier d'années-lumière. La région de forme sphérique qui entoure le disque s'appelle le halo. Il possède un diamètre de 65 000 années-lumière, soit une vingtaine de milliers de parsecs (20 kpc).

Notre Galaxie contient environ cent milliards d'étoiles de masses et d'âges très variés (voir *Le Pourquoi du Comment*, tome I, p. 186 et p. 201). Elles représentent

98 % de la masse totale visible de la Galaxie (voir « Qu'appelle-t-on masse cachée de l'Univers »). L'une de ces étoiles, le Soleil, se situe dans l'un des quatre bras de la spirale, en périphérie de la Voie lactée, à environ 30 000 années-lumière du centre galactique. C'est là que nous habitons, en banlieue de la structure spiralée, sur l'une des neuf planètes qui constituent le système solaire : Mercure, Vénus, Terre, Mars, Jupiter, Saturne, Uranus, Neptune et Pluton (sans oublier les astéroïdes et les comètes ni la soixantaine de satellites naturels répertoriés qui gravitent autour de certaines planètes).

Résumons. Il y a, dans l'Univers, au moins une centaine de milliards de galaxies dont certaines contiennent probablement plusieurs centaines de milliards d'étoiles. Notre Galaxie (donc une parmi cent milliards) contient au bas mot une centaine de milliards d'étoiles. Parmi elles, le Soleil autour duquel gravite la Terre.

Mais toutes les galaxies ne se ressemblent pas. Il faut cependant attendre le XVIIIe siècle pour que l'astronome britannique William Herschel (1738-1822) émette les premières hypothèses relatives à l'existence d'autres structures stellaires comparables à celles de notre Galaxie. En observant des taches brillantes diffuses (nébuleuses) qui ne pouvaient pas s'identifier à des étoiles, Herschel (qui par ailleurs découvrit Uranus en 1781) ouvrait alors la voie à une nouvelle conception de l'Univers qui, dans les esprits, se résumait jusqu'ici à la Voie lactée. Intuition relayée par le philosophe allemand Emmanuel Kant (1724-1804) dans ses premiers ouvrages traitant de physique et d'astronomie. Kant imagine des « îles-univers » excessivement lointaines et semblables à notre système stellaire.

La confirmation scientifique viendra de Edwin Hubble (1889-1953). En 1924, l'astronome américain montre qu'il existe bel et bien des nébuleuses composées d'étoiles au-delà des limites de notre Galaxie. Hubble va alors répertorier les galaxies selon leur forme. Classification aujourd'hui affinée. Ainsi, distingue-t-on trois grandes catégories de galaxies.

Tout d'abord, il y a le groupe des galaxies elliptiques et lenticulaires. Sortes de taches plus ou moins aplaties sans structure apparente, les galaxies elliptiques représentent 15 % de l'ensemble des galaxies. Certaines ne possèdent que quelques millions d'étoiles dans un diamètre de 6 000 années-lumière. D'autres contiennent des centaines de milliards d'étoiles dans des diamètres de 300 000 années-lumière. Il s'agit en quasi-totalité d'étoiles dites « vieilles » (5 milliards d'années). Quant aux galaxies lenticulaires, elles diffèrent des précédentes dans la mesure où elles présentent une esquisse de structure (noyau et disque mais pas de bras).

Ensuite, il y a les galaxies spirales, composées d'un bulbe central, d'un disque et d'un halo. Deux ou plusieurs bras plus ou moins ouverts partent du noyau. La Voie lactée appartient à ce type de galaxie. Lorsqu'une barre traverse distinctement le noyau, les bras spiralés prennent alors naissance à chaque extrémité de cette « branche » centrale. Les astronomes parlent alors de spirales barrées (par opposition aux spirales normales).

Enfin, restent les galaxies irrégulières. Très riches en gaz, nuages moléculaires et étoiles « jeunes », elles ne possèdent pas de noyau et ne présentent aucune structure clairement définie ni aucune symétrie.

Pour compléter cette ébauche de description de l'Univers, il faut encore préciser que les scientifiques regroupent les galaxies en amas, puis en superamas. Par exemple, notre Galaxie appartient à un amas appelé Groupe local qui s'étend sur dix millions d'années-lumière, soit 3 millions de parsecs (Mpc). Il est constitué d'une vingtaine de galaxies, dont Andromède et les Nuages (avec une majuscule !) de Magellan. On peut d'ailleurs considérer les Nuages de Magellan comme des satellites de notre Galaxie. Il s'agit de deux petites galaxies irrégulières très proches de la Voie lactée (le Petit Nuage de Magellan navigue à 160 000 années-lumière et le Grand Nuage à 200 000 années-lumière).

Les amas réguliers, compacts et sphériques, possèdent souvent une galaxie dominante. Ils peuvent contenir plusieurs milliers de galaxies (plutôt elliptiques et lenticulaires). Pour leur part, les amas irréguliers possèdent des formes et des dimensions très diversifiées. Ils renferment entre une dizaine et un millier de galaxies. L'amas de la Vierge (plus de 6 millions d'années-lumière « d'envergure », soit 2 Mpc) se trouve à environ 33 millions d'années-lumière (10 Mpc) du Groupe local.

Dans cette hiérarchie cosmique, restent les superamas, eux-mêmes composés de plusieurs amas de galaxies. Par exemple, le superamas local contient le Groupe local et l'amas de la Vierge.

Voici une petite synthèse des différentes distances abordées dans les explications qui précèdent. Des ordres de grandeur qu'il convient d'avoir à l'esprit. D'abord pour mieux se situer dans l'Univers. Ensuite, pour rappeler à davantage d'humilité (les occasions ne manquent pas) tous les infatués rodomonts bouffis de suffisance qui ont une fâcheuse propension à se prendre pour le nombril du monde !

• Diamètre de la Terre : 13 000 kilomètres.

• Terre-Lune : 384 000 kilomètres.

• Terre-Soleil : 150 millions de kilomètres (ce qui correspond par convention à une unité astronomique).

• Soleil-Pluton : 39,3 unités astronomiques (près de 6 milliards de kilomètres). Pluton est la dernière planète du système solaire.

• Soleil-Ceinture de Kuiper : environ 7 milliards de kilomètres. La ceinture de Kuiper est une sorte de réservoir de corps célestes étudiés depuis 1992. Ces « gros cailloux » de tailles diverses ont également été baptisés objets transneptuniens.

• Terre-Nuage d'Oort : 100 000 unités astronomiques (environ 15 000 milliards de kilomètres, soit un peu plus de 1 année-lumière).

• Terre-Proxima : 4,3 années-lumière. L'année-lumière équivaut à 10 000 milliards de kilomètres (l'étoile Proxima, la plus proche de la planète bleue, se trouve donc à 43 000 milliards de kilomètres). Le parsec (pc) vaut 3,26 années-lumière (soit plus de 30 000 milliards de kilomètres).

• Soleil-centre de notre Galaxie : 30 000 années-lumière.

• Diamètre du disque de notre Galaxie : 100 000 années-lumière.

• Diamètre du bulbe central de notre Galaxie : 15 000 années-lumière.

• Épaisseur de la périphérie du disque de notre Galaxie : environ 1 000 années-lumière.

• Notre Galaxie-Nuages de Magellan : entre 160 000 et 200 000 années-lumière.

• Notre Galaxie-Andromède : 2,9 millions d'années-lumière.

- Étendue du Groupe local : 10 millions d'années-lumière (3 Mpc).
- Notre Galaxie-amas de la Vierge : 33 millions d'années-lumière (environ 10 Mpc).
- Confins de l'Univers observable : 10 à 15 milliards d'années-lumière.

On peut aussi s'amuser au petit jeu des réductions proportionnelles pour donner une idée « palpable » aux distances gigantesques. Par exemple, si on considère que la planète Terre a un diamètre d'un millimètre, les distances Terre-Lune et Terre-Soleil deviennent respectivement : 2,95 cm et 11,53 mètres.

OÙ S'ARRÊTE L'UNIVERS ?

Pour répondre à une telle question, il faut d'abord revenir aux premiers instants de l'Univers, c'est-à-dire à cette explosion initiale connue sous le nom de big-bang. Adoptée par une large majorité de spécialistes en cosmologie, cette théorie fait état d'une explosion colossale qui se serait produite il y a environ 15 milliards d'années (voir « Quelles sont les grandes étapes de l'évolution qui ont succédé au big-bang ? »).

L'Univers va donc naître de cette exceptionnelle déflagration primordiale qui va immédiatement déclencher une libération d'énergie et de matière gigantesque. Pour prendre une image, on a coutume de dire que l'Univers tenait en cet instant précis dans une tête d'épingle. Autrement dit, dans un concentré de température et de densité exorbitants.

Essayons maintenant d'imaginer les premiers instants qui suivent l'explosion. Pour comprendre sans difficulté ce qui va suivre, juste un petit rappel : une nanoseconde, c'est-à-dire un milliardième de seconde, s'écrit dix puissance moins neuf (10^{-9}). Soit une seconde divisée par dix puissance neuf (10^9). Avec un petit effort, on peut encore matérialiser ce laps de temps. Eh bien ! dites vous qu'à cet instant précis, il y a belle lurette que l'Univers galope. Il a même déjà connu une fulgurante expansion, comme si une éternité venait de s'écouler depuis l'indicible bouleversement qui a suivi la déflagration primordiale.

En effet, à 10 $^{-43}$ seconde après le big-bang, l'Univers a un diamètre de 10 $^{-33}$ centimètre (dans le cliché évoqué plus haut, la tête d'épingle semble cette fois monstrueuse). Avant ce seuil fatidique nommé temps de Planck, dans cet environnement de densité et de température extrêmes, les lois connues de la physique ne s'appliquent pas (notamment la théorie classique de la gravité). Puis, à 10 $^{-32}$ seconde, une expansion fulgurante (période dite d'inflation) s'achève. Et l'Univers, sorte de soupe composée de quarks et anti-quarks, a déjà la taille d'une orange. Autour de la nanoseconde (10 $^{-9}$), notre potage bouillonne dans les limites d'une sphère de près de 400 millions de kilomètres de diamètre. Et à l'approche du millionième de seconde (10 $^{-6}$), l'Univers a l'envergure de notre actuel système solaire (dix milliards de kilomètres de diamètre).

Survient alors le moment symbolique du passage de la seconde. Là, protons et neutrons s'assemblent pour créer des noyaux atomiques stables. On trouve alors une large majorité de noyaux d'hydrogène, environ 20 % de noyaux d'hélium et des traces de lithium. La quasi-totalité de la matière de l'Univers se forme donc entre une seconde et trois minutes.

À cette époque, les photons émis sont absorbés par les particules du milieu ambiant. Il faut attendre tranquillement la barrière de 300 000 années après le big-bang. Une étape décisive. Car les conditions de densité et de température permettent aux noyaux atomiques de capturer les électrons pour donner naissance aux premiers atomes d'hydrogène et d'hélium. Progressivement (jusqu'à un million d'années après le big-bang) cette phase de recombinaison (découplage entre les photons et la matière) génère un milieu transparent. Autrement dit, les photons peuvent désormais traverser l'Univers sans obstacle.

Cette théorie du big-bang a reçu une confirmation de poids en 1965 grâce à l'extraordinaire puissance des radiotélescopes. Ils identifièrent le fameux rayonnement fossile provenant de tout point de l'espace. Ce rayonnement caractéristique serait donc le résidu de l'énergie déployée lors du découplage matière/photons. À cet instant charnière situé 300 000 ans après l'explosion primordiale.

L'incommensurable puissance dégagée à l'instant même du big-bang a donc entraîné ce mouvement d'expansion qui semble éloigner les galaxies les unes des autres et les amas de galaxies les uns des autres. Edwin Hubble (1889-1953) va d'ailleurs démontrer cette expansion de l'Univers en 1929. Selon l'astronome américain, plus les galaxies sont éloignées les unes des autres, plus elles s'éloignent rapidement. Cette dilatation uniforme de l'Univers se produit de la même manière dans toutes les directions.

Cette relation entre vitesse d'éloignement et distance a permis d'évaluer avec davantage de précision l'âge de l'Univers. Notamment grâce au télescope spatial Hubble. Les observations conduisent à des estimations de distances plus rigoureuses qui débouchent sur une explosion primordiale vers 10 milliards d'années. En se fondant sur une technique qui vise à étudier les plus vieilles étoiles, on obtient plutôt 15 milliards d'années. Et comme pour contenter tout le monde, on lit de plus en plus souvent dans les ouvrages scientifiques le chiffre de 12 milliards d'années. Ainsi, en s'appuyant sur la théorie du big-bang et de l'expansion de l'Univers, on peut considérer qu'âge et taille de la structure céleste sont intimement liés. Les confins de l'Univers se situeraient donc entre 10 et 15 milliards d'années-lumière. De toutes les façons, quelle que soit la « date » précise de la déflagration, reste que l'on ne pourra jamais observer l'Univers au-delà d'un point remarquable évoqué plus haut : 300 000 années après le big-bang (avant cet instant, la matière emprisonnait la lumière).

Mais face à cette dilatation de l'espace, il convient de placer un élément contraire : la quantité totale de matière que contient l'Univers. Cette concentration de masse (densité) est d'ailleurs associée à la courbure de l'espace et elle va déterminer l'évolution de l'Univers. Mais simplifions. La force gravitationnelle qui s'exerce sur toutes les masses de l'Univers nous permet d'établir les deux schémas suivants.

Si la matière contenue dans l'Univers n'est pas suffisante pour dégager une force gravitationnelle susceptible de contrecarrer l'expansion, l'Univers continuera de s'étendre inexorablement, de plus en plus lentement. Matière et énergie se dilueront sans cesse dans une étendue de plus en plus vaste et l'ensemble se refroidira inéluctablement. Ce scénario s'appelle la mort thermodynamique de l'Univers.

En revanche, si la matière l'emporte au point que la gravitation peut supplanter l'expansion, l'Univers subira alors une phase de contraction qui succédera à celle de la dilatation. Les galaxies se précipiteront les unes sur les autres. Cette théorie se termine par une phase d'effondrement appelée « big crunch ». Face à ce vaste débat qui mobilise l'énergie des chercheurs du monde entier, vous comprendrez que l'on ne peut donc pas répondre d'une simple phrase ou d'un chiffre à la question initialement posée. Il convient également d'examiner désormais les travaux publiés en 1998 par des chercheurs ayant étudié des images obtenues par le satellite Chandra. Observations et calculs qui semblent montrer qu'une énergie sombre constante serait à l'origine d'une accélération de l'expansion de l'Univers depuis six milliards d'années (voir « Qu'appelle-t-on masse cachée de l'Univers »).

QU'APPELLE-T-ON MASSE CACHÉE DE L'UNIVERS ?

Calculs et observations montrent que la masse totale de l'Univers ne correspond absolument pas à la matière visible, celle que les astrophysiciens peuvent détecter. En fait, il existe bel et bien une masse invisible et mystérieuse qui porte le nom de matière noire et que les spécialistes qualifient aussi parfois de masse cachée (ou manquante) de l'Univers. Cette matière invisible n'émet ni n'absorbe de lumière, elle ne produit aucun rayonnement électromagnétique et échappe donc à toute observation ou détection directe. En revanche, la présence de cet Univers obscur a été révélée par des observations indirectes qui ont permis d'échafauder diverses théories susceptibles d'expliquer sa présence. Car, si aucune explication n'a encore été fermement reconnue par l'ensemble de la communauté scientifique, les astrophysiciens s'accordent aujourd'hui pour estimer que la matière noire constitue environ 90 % de la masse totale de l'Univers.

Tout commence en 1933. Fritz Zwicky (1898-1974), astronome américain d'origine suisse, décide d'étudier un amas de galaxies (voir « Quels sont les principaux composants de l'Univers »). Il choisit l'amas de Coma composé de sept petites galaxies. Objectif : calculer la masse totale de cet amas en étudiant la vitesse des galaxies qui le composent. Car, en considérant qu'elles sont inévitablement liées entre elles par l'attraction gravitationnelle, on peut établir une relation entre leur vitesse et la quantité de matière contenue dans l'amas. Zwicky en déduit les masses respectivement dynamique et lumineuse de l'amas de Coma. Mais, en les comparant, l'astronome parvient à une étrange conclusion : la masse dynamique est quatre cents fois supérieure à la masse lumineuse !

Curieusement, les surprenants résultats de cet éminent astrophysicien (spécialiste de la distribution des galaxies dans l'Univers) n'intéressent aucun de ses confrères. Il faut dire que les travaux reposent à l'évidence sur de larges incertitudes de mesure dues notamment au matériel utilisé à l'époque. De surcroît, la forte personnalité, souvent controversée, de Fritz Zwicky le place en marge de la communauté scientifique par ailleurs fort absorbée par l'activité bouillonnante qui règne alors dans la recherche physique. Pourtant, les observations et calculs de Zwicky sont confirmés en 1936 par des mesures réalisées sur l'amas de la Vierge. Les astronomes estimèrent que la masse dynamique était deux cents fois supérieure à la masse lumineuse. Depuis, toutes ces premières approches ont été confirmées et affinées par des études sans cesse plus précises. Aujourd'hui, les astrophysiciens considèrent que la masse visible contenue dans un amas ne permet pas d'expliquer la vitesse excessive des galaxies qui la composent. Sauf à accepter l'existence d'une matière noire (invisible donc) qui correspond à 90 % de la masse totale de l'amas.

L'intérêt des scientifiques pour la matière noire renaît à partir de 1970. Ils s'appuient cette fois sur l'étude des gigantesques galaxies spirales et sur la seconde loi de Kepler (voir « Quelle est la vitesse de rotation de la

Terre ») : lorsqu'un corps tourne autour d'une masse centrale, sa vitesse angulaire décroît à mesure qu'il s'éloigne de cette masse. Ainsi, plus une étoile s'éloigne du centre de sa galaxie, plus sa vitesse de rotation (autour du noyau) doit décroître. Or, une quarantaine d'années plus tard, les constatations et calculs réalisées par Fritz Zwicky au niveau d'un amas de galaxies se vérifient à l'échelle d'une seule galaxie spirale. La vitesse de rotation des étoiles situées dans le halo galactique (loin du noyau, voir « Quels sont les principaux composants de l'Univers ») reste étonnamment proche de celle observée pour les étoiles qui gravitent dans le disque (plus proche de son centre). Autrement dit, les étoiles situées au plus loin du centre de la galaxie affichent des vitesses de rotation excessives, c'est-à-dire très largement supérieures à ce qu'elles devraient indiquer en tenant compte de la seule matière visible qui compose la galaxie. Ce qui signifierait que les étoiles (*a priori* principales composantes de la masse d'une galaxie) ne respectent plus les lois de la gravitation !

Là encore, il faut donc se rendre à l'évidence, un tel phénomène prouve que la matière s'étend bien au-delà des limites visibles, comme si une importante quantité de matière noire enveloppait la galaxie. Ainsi, chacune d'elles (y compris bien sûr la Voie lactée) serait donc entourée d'une masse invisible, d'une sorte de monstrueux halo massif indétectable qui représente environ 90 % de la masse totale de la galaxie. Toujours incomplète, cette théorie ne manque cependant pas de séduire. D'autant qu'elle présente l'avantage de la simplicité. En effet, si l'on « ajoute » à la matière visible d'une galaxie un colossal halo de matière noire, les étoiles situées dans le disque et le halo galactique se retrouvent ainsi relativement « proches » du noyau (par rapport aux limites de la masse cachée). Toutes les étoiles gravitent ainsi quasiment « au centre » de la matière (visible plus invisible) qui compose la galaxie et leurs vitesses respectives ne défient donc plus les lois de la gravitation ! En d'autres termes, les étoiles situées en périphérie de la galaxie visible ne sont pas suffisamment éloignées du centre réel (le centre du « bloc » masse lumineuse plus matière noire) pour que leur vitesse angulaire diminue.

Cette matière noire enveloppant les galaxies décroîtrait à mesure que l'on s'écarte du noyau. Selon certains astronomes, le halo massif invisible de notre Galaxie pourrait se déployer jusqu'à 200 kpc, voire 300 kpc. Rappelons qu'un parsec (pc) équivaut à 3,26 années-lumière. Par comparaison, on se souvient que le diamètre du disque de notre Galaxie n'atteint que 30 kpc (autour de cent mille années-lumière) et que son halo galactique s'étend jusqu'à une vingtaine de kpc. Quant au Soleil, il se situe à 8,5 kpc du centre de la Voie lactée. Pour sa part, la galaxie la plus proche de nous, Andromède, se trouve à 890 kpc (2,9 millions d'années-lumière).

Face à de telles considérations, qui ne restent encore que des hypothèses de travail, il convient évidemment de s'interroger sur la nature précise de cette mystérieuse matière noire. D'emblée, les astrophysiciens ont évoqué les naines brunes, ces objets célestes compacts mais trop peu massifs pour avoir pu produire en leur cœur les réactions thermonucléaires qui en auraient fait des étoiles visibles. Ils ont aussi pensé aux naines blanches, ces vieilles étoiles dont ne subsiste qu'un noyau inerte, excessivement dense (plus de 100 kg/cm^3), et qui terminent leur vie dans un halo de gaz et de poussières (voir *Le Pourquoi du Comment*, tome I, p. 201).

Une naine brune se détecte car elle dévie la trajectoire d'un rayonnement lumineux placé en arrière-plan. Pour découvrir la présence de naines brunes, il faut scruter l'éventuelle courbure de rayons lumineux provenant des étoiles, ce que l'on appelle l'effet de lentille gravitationnelle. De vastes campagnes ont été lancées dès 1990 pour tenter de détecter des naines brunes dans notre Galaxie, mais aussi dans le Grand Nuage de Magellan et dans Andromède. Mais ces investigations n'ont capté que très peu d'effets de lentille gravitationnelle. Les astrophysiciens ont conclu que moins de 10 % du halo massif de notre Galaxie serait formé de naines brunes. Quant au « poids » des naines blanches dans le total de la masse de notre Galaxie, il se situerait autour de 5 % (d'autres études avancent des chiffres bien supérieurs, mais sans réelle certitude). En fait, l'hypothèse des naines blanches semble la moins vraisemblable. Car il faudrait que l'Univers contienne quinze fois plus d'étoiles mortes que d'étoiles lumineuses pour « combler » la masse cachée. Postulat peu crédible au regard des observations du plus lointain espace. Dans le haut de la fourchette des plus sérieuses estimations, le cumul des naines brunes et blanches, ce que les spécialistes baptisent des « Macho » (*Massive compact halo objects*), représente une masse qui vaudrait à peine 30 % de la matière noire (certains spécialistes avancent de 15 à 20 % seulement). Il faut donc chercher ailleurs l'essentiel de cette toujours mystérieuse masse cachée.

Outre les naines brunes et blanches, d'autres candidats sérieux se sont présentés : nuages d'hydrogène froid, nuages de gaz ionisé et trous noirs. Mais aucun ne peut se prévaloir du titre tant envié de matière cachée. Pas même les très denses trous noirs (de parfois dix mille masses solaires) qui existent en nombre trop restreint pour résoudre à eux seuls l'énigme de l'Univers obscur. En fait, les hypothèses qui mettent en scène des corps composés de matière connue n'aboutissent à aucune conclusion pleinement satisfaisante. Aussi les chercheurs se penchent-ils sur l'existence d'une éventuelle matière inconnue. Ils ont alors imaginé la possible présence dans l'Univers de particules élémentaires massives qui n'absorbent ni n'émettent aucun rayonnement électromagnétique aujourd'hui connu et donc repérable. En fait, il s'agirait de particules qui n'interagissent pas avec la matière décrite dans les lois de la physique classique. Nous sommes là dans le domaine d'une matière de nature non baryonique, très différente de celle qui compose la matière « ordinaire ». Il s'agirait donc d'une matière « exotique » formée de particules élémentaires autres que les traditionnels atomes, neutrons et protons.

Ces particules se répartissent en deux catégories. D'une part, des éléments qui produiraient de la matière noire « chaude » (*Hot Dark Matter, HDM*) et qui se déplaceraient à une vitesse proche de celle de la lumière. D'autre part, des particules très massives (cent mille fois plus lourdes que les protons) et de vitesse excessivement faible. Elles produiraient une matière noire « froide » (*Cold Dark Matter, CDM*).

Au sein des HDM, figure le neutrino, imaginé en 1930 (un an avant le neutron) par le physicien suisse Wolfgang Pauli (1900-1958) et détecté en 1956. Certes le neutrino est la particule la plus abondante dans l'Univers (après les photons) et même si elle possède une masse non nulle, cette dernière reste beaucoup trop faible pour constituer l'essentiel de la matière noire. Cependant, une expérience japonaise a révélé en 1998 que les neutrinos pourraient représenter entre 18 et 20 % de la masse manquante.

Du côté des CDM, qui sont aussi baptisés Wimps (*Weakly Interactive Massive Particles*), figure le neutralino. Il s'agirait là d'une particule massive agissant très faiblement avec la matière et qui, à ce jour, n'a encore jamais été observée. De nombreuses équipes travaillent actuellement à travers le monde sur ce concept. Et notamment en France autour du projet Edelweiss dans le laboratoire souterrain de Modane (Haute-Savoie).

En ce début de XXIe siècle, personne ne sait donc à quoi correspond très précisément la matière noire. On l'a vu, les pistes évoquées s'appuient sur la matière « ordinaire » (dite baryonique) et sur une hypothétique matière inconnue (non baryonique). Mais, en additionnant les chiffres évoqués plus haut, chacun perçoit que le compte n'y est pas. En effet, une évaluation basse de la masse des « Macho » (naines brunes et blanches) ajoutée à celle des neutrinos nous conduit à un total de 33 % de masse cachée « découverte ». Aujourd'hui, beaucoup d'astronomes pensent que ces estimations sont surévaluées. Certes, ils acceptent l'idée d'une masse connue (détectable et visible) située autour de 10 % de la masse totale, mais ils considèrent que la matière noire, composée de particules connues ou inconnues ne dépasse pas les 20 % (« Macho » plus neutrinos). Selon eux, les 70 % restants prendraient la forme d'une énergie inconnue : la constante cosmologique, encore baptisée énergie sombre (à ne pas confondre, comme certains le font trop souvent, avec la matière noire).

Lorsqu'il s'attache à mettre en équations l'Univers, Albert Einstein (1879-1955) introduit dans les calculs de la relativité générale une constante cosmologique. En effet, comme tous les scientifiques de l'époque, Einstein croit en un Univers statique et immuable. Et si la gravitation tend à ralentir l'expansion, il faut une force pour agir en sens inverse et pour maintenir ainsi la stabilité. Mais dès qu'il paraît évident à tous les astronomes que l'Univers est bel et bien en expansion (et non pas statique), la constante cosmologique d'Einstein disparaît logiquement des équations. Mais, en 1998, grâce aux images de vingt-six amas de galaxies produites par le satellite Chandra, des chercheurs ont montré que l'expansion de l'Univers ne se ralentissait pas comme beaucoup d'astrophysiciens le croyaient. Bien au contraire ! En fait, une phase d'accélération de l'expansion a commencé il y a environ six milliards d'années. Phénomène qui serait dû à l'action d'une sorte de gravité répulsive appelée énergie sombre. Autre découverte de taille : il semble bien que cette énergie sombre soit pratiquement constante. Ce qui remet d'une certaine façon au goût du jour la constante cosmologique d'Albert Einstein (même si les conséquences ne sont pas celles primitivement imaginées par le génial physicien).

Une énergie sombre constante implique donc que l'Univers poursuive pour toujours son expansion. Sachant que les structures déjà reliées par un système gravitationnel (galaxies, systèmes planétaires de type solaire) devraient *a priori* rester identiques. En revanche, une énergie sombre qui augmente avec le temps produirait un *big-rip*, c'est-à-dire que cette force étrange qui symbolise en quelque sorte « l'énergie du vide » viendrait à écarteler les amas de galaxies, puis à déchirer les galaxies et à disséquer tous les systèmes gravitationnels en allant jusqu'à désintégrer les atomes ! L'autre théorie s'appuie sur une énergie sombre qui se dissiperait lentement (ou, pourquoi pas, qui s'inverserait). Elle mènerait pour sa part au *big-crunch*, un scénario dans lequel la gravité dominerait l'Univers au point qu'il se contracte et s'effondre sur lui-même (voir « Où s'arrête l'Univers »).

Mais la question continue de se poser : quelle est la nature précise de cette énergie sombre ? Et nous sommes de nouveau au cœur de multiples spéculations. On peut bien sûr avancer qu'il s'agit là d'une propriété fondamentale de l'Univers, mais encore faudrait-il la définir et, surtout, en expliquer la naissance. Évidemment, dans l'état actuel de nos connaissances, l'hypothèse la plus sage (et la plus sérieuse) conduit à évoquer là encore l'existence de particules inconnues. Générées au moment du big-bang, elles auraient jusqu'ici échappé aux calculs et observations. Après tout, personne ne sait ce qui a pu se passer avant ce seuil fatidique du temps de Planck, à 10^{-43} seconde après le big-bang. C'est probablement là qu'il faut chercher la masse cachée de l'Univers (voir « Quelles sont les grandes étapes de l'évolution qui ont succédé au big-bang ? »).

QU'EST-CE QU'UN QUASAR ?

Le vaste espace hiérarchisé de l'Univers se compose notamment d'étoiles, de galaxies classiques, d'amas de galaxies, de superamas, de gaz et de poussières (voir « Quels sont les principaux composants de l'Univers ? »). Mais on y rencontre aussi d'autres galaxies que les astronomes qualifient d'actives.

Il y a tout d'abord les radiogalaxies. Découvertes en 1954 grâce aux progrès spectaculaires de la radioastronomie, elles se présentent sous la forme de galaxies elliptiques géantes qui émettent un intense rayonnement radio. Ce qui les différencie des galaxies classiques qui n'ont pas, ou très peu, d'émission radio. Ces radiogalaxies sont souvent associées à des sources de rayonnement X intense. Par exemple, la radiogalaxie Virgo A se trouve au centre de l'amas de la Vierge.

Quant aux quasars (abréviation de l'expression anglaise *Quasi Stellar Astronomical Radiosource*), il s'agit d'astres excessivement lumineux qui, dans un premier temps, pouvaient faire penser à des étoiles. En réalité, les astrophysiciens ont montré, dans les années 1960, qu'il s'agissait d'objets très lointains caractérisés par une taille réduite. En effet, tandis que leur luminosité équivaut de cent à mille fois celle d'une galaxie ordinaire, leur diamètre ne dépasse pas le centième de celui d'une galaxie moyenne. À ce jour, les astronomes ont identifié près de vingt mille quasars.

Apparaissant à l'observateur comme des sources ponctuelles semblables aux étoiles, les quasars sont dotés de structures qui produisent souvent d'intenses émissions en ondes radio similaires à celles des radiogalaxies. Certains astronomes pensent donc que quasars et radiogalaxies seraient des objets de même nature observés sous des angles différents. Ainsi, quasars et radiogalaxies contiendraient tous deux, en leur centre, un trou noir de masse gigantesque.

QU'EST-CE QU'UNE SUPERNOVA ?

L'explosion d'une supernova donne lieu à un gigantesque dégagement d'énergie et de matière. En moins d'une seconde, le processus se déroule de la façon suivante.

Le phénomène de supernova concerne les étoiles massives (plus de huit fois la masse solaire) qui arrivent en fin de vie. Elles ont brûlé tout leur combustible (de l'hydrogène) et leur rayonnement s'affaiblit. Pour simplifier, disons que l'équilibre de l'étoile (combustion, rayonnement de lumière et de chaleur) se brise subitement. Dès lors, l'étoile s'effondre sur elle-même. Et, par une espèce de rebond, la matière comprimée s'éjecte violemment dans l'espace, à une vitesse qui peut atteindre 150 000 km/s : c'est l'explosion d'une supernova. Elle va donner naissance à une nébuleuse (nuage de gaz et de poussières) qui mettra parfois des millénaires à se désagréger.

Le phénomène de supernova se matérialise donc par l'apparition foudroyante d'une intensité lumineuse exceptionnelle (la luminosité produite peut dépasser dix milliards de fois celle du Soleil). De telles observations restent excessivement rares. En février 1987, les astronomes ont cependant pu admirer l'éblouissant éclat d'une supernova qui habitait le Nuage de Magellan, une galaxie proche de la nôtre (voir « Quels sont les principaux composants de l'Univers ? »).

Au cours du processus d'effondrement gravitationnel d'une étoile massive, une monstrueuse quantité de matière se comprime. On a vu que cette énergie provoque une réaction exceptionnelle : le phénomène de supernova, c'est-à-dire l'explosion de l'enveloppe stellaire. Mais la contraction de matière génère aussi la fusion des protons et des électrons qui se transforment en neutrons. Dans le cœur résiduel de l'étoile, ne subsiste plus qu'un noyau extrêmement dense que l'on appelle alors une étoile à neutrons. Et, dans certaines conditions (notamment de masse), ce résidu stellaire peut continuer de se contracter. Il poursuit son processus d'effondrement gravitationnel. L'étoile à neutrons se transforme alors en un trou noir, une région qui va engloutir à tout jamais la matière qui s'aventure à proximité. Y compris la lumière ! (voir « Qu'est-ce qu'un trou noir ? »).

Quant à l'étoile à neutrons, elle possède une vitesse de rotation excessivement rapide (parfois plus de six cent tours par seconde). Mais elle conserve aussi un intense champ magnétique. Et, un peu comme dans une banale dynamo, le mouvement cinétique associé à un puissant champ magnétique va générer un champ électrique qui produira d'intenses faisceaux de rayonnement radio. L'étoile à neutrons donne ici naissance à un pulsar (abréviation de l'anglais *pulsating star*). Le premier pulsar fut découvert en 1967 par la jeune astronome britannique Jocelyn Bell, alors étudiante dans le service d'Anthony Hewish à l'observatoire de Cambridge.

Lorsque la Terre se trouve par hasard balayée par une brève pulsation d'ondes radio, les astronomes détectent alors l'existence d'un pulsar. Dans notre seule

Galaxie, les chercheurs ont répertorié environ six cents pulsars. Mais les astrophysiciens estiment que la Voie lactée en contient probablement plusieurs centaines de millions.

QU'EST-CE QU'UN TROU NOIR ?

Le champ gravitationnel d'un trou noir possède une telle intensité qu'aucun rayonnement ne peut s'extraire de ce mystérieux objet céleste. Par nature, il ne peut donc émettre la moindre information (qu'elle soit lumineuse ou d'autre nature), ce qui le rend évidemment impossible à examiner. Toutefois, on sait que le trou noir se crée sur les vestiges d'une étoile à neutrons (voir « Qu'est-ce qu'une supernova ? »).

Dès le XVIIIe siècle, Pierre Simon de Laplace (1749-1827) imagine par le calcul l'existence de corps invisibles capables d'emprisonner la lumière. Une théorie remise au goût du jour grâce à la relativité générale d'Albert Einstein (1879-1955). Elle prévoit que la lumière est sensible à la gravitation, alors même que les photons qui la composent ne possèdent pas de masse. Ainsi, depuis les années 1970, les trous noirs fascinent la communauté des astrophysiciens au point que l'étude de ces objets célestes figure parmi les enjeux majeurs de la recherche astronomique.

Le trou noir, résultat de l'effondrement d'une étoile très massive sur elle-même, possède en son centre un point de singularité de densité indicible où les lois de la physique classique ne s'appliquent plus. Quant à la « surface » du trou noir qui ingurgite goulûment tout ce qui passe à sa portée – y compris la lumière ! – elle porte le nom d'horizon des événements. Le rayon de cette

« surface » où toute matière disparaît sans espoir de retour dépend de la masse de l'étoile. Ce rayon a été défini par la formule de l'astronome allemand Karl Schwarzschild (1873-1916).

Rien ne peut donc s'échapper d'un trou noir. Pas même la lumière. Pourtant, on sait que la vitesse de libération permet à tout objet de s'échapper de l'attraction gravitationnelle d'un astre. À condition qu'il dispose d'une vitesse initiale suffisante. Par exemple, la vitesse de libération à la surface de la Terre s'élève à 11 km/s. Une sonde destinée à explorer le système solaire doit donc posséder une vitesse de propulsion de 11 km/s pour s'affranchir de l'attraction terrestre. Et cette vitesse de libération est directement proportionnelle à la masse de l'astre considéré (elle est de 620 km/s pour le Soleil). Dans le cas d'un trou noir, la vitesse de libération doit être forcément supérieure à la vitesse de la lumière. Car même si les corpuscules qui composent un faisceau lumineux se déplacent à 300 000 km/s, cette vitesse reste insuffisante pour arracher les photons de l'attraction gravitationnelle d'un trou noir.

À défaut – par définition ! – de pouvoir observer un trou noir, les astronomes examinent les abords de ce curieux objet céleste. Car, dès que la matière approche de l'horizon des événements, elle va subir une exceptionnelle attraction qui l'entraîne inexorablement vers le trou noir dans un mouvement de rotation de plus en plus rapide, jusqu'au moment où elle franchit le fatidique rayon de Schwarzschild. Dans cette chevauchée tourbillonnante, la matière happée s'échauffe. D'exceptionnelles chaînes d'explosions se produisent et l'énergie gravitationnelle se transforme en rayonnements électromagnétiques. Cette intense activité énergétique, notamment sous forme de rayons X, signe l'existence d'un trou noir qui se goinfre de matière.

Finalement, l'observation d'un trou noir ne peut se faire que de façon indirecte. Comme nous venons de l'expliquer, le concept même de ce curieux objet céleste repose sur une originalité saisissante : il ne peut émettre aucune information intrinsèque. Les astrophysiciens en sont donc réduits à déceler la présence d'un trou noir en étudiant les effets qu'il produit sur la matière environnante. Ainsi, ce qui ressemble dans notre Galaxie à un halo de puissants rayons X indique la présence possible d'un trou noir.

Par approximation, des astrophysiciens ont avancé que notre seule Galaxie pourrait abriter un million de trous noirs stellaires. Par ailleurs, il semble que le noyau central de chaque galaxie possède un trou noir géant dit supermassif (voir « Qu'est-ce qu'un quasar ? »). Par exemple, selon certains calculs, le noyau de la galaxie M87 serait un trou noir qui affiche quatre milliards de masses solaires.

EXISTE-T-IL D'AUTRES PLANÈTES EN DEHORS DU SYSTÈME SOLAIRE ?

La première planète extérieure au système solaire a été découverte en 1995 par deux astrophysiciens suisses de l'observatoire de Genève (Michel Mayor et Didier Queloz). Comme toute planète qui se respecte, cet astre orbite autour d'une étoile (51 Pégase b) qui se situe à une quarantaine d'années-lumière de la Terre. Mayor et Queloz avaient sélectionné cent cinquante étoiles relativement brillantes pour travailler à partir du télescope de Haute-Provence (193 cm de diamètre). Et ils ont découvert une masse gazeuse qui faisait le tour de son étoile en quatre jours (par comparaison, Jupiter accomplit sa révolution autour du Soleil en onze ans). Depuis cette date, les astronomes du monde entier ont déjà identifié plus de cent cinquante planètes gravitant dans notre Galaxie autour d'une étoile. Ces objets portent le nom d'exoplanètes ou encore de planètes extrasolaires.

Pendant près de dix ans, toutes les exoplanètes repérées autour d'étoiles de notre Galaxie ressemblaient aux planètes géantes gazeuses de notre système solaire, à savoir : Jupiter, Saturne, Uranus et Neptune (voir « Combien dénombre-t-on de satellites naturels dans le système solaire ? »). La plupart de ces astres, qui accusent une masse considérable (plusieurs centaines de fois celle de la Terre), ressemblent donc davantage à Jupiter (318 fois la masse de la Terre). Certaines de ces planètes affichent même une masse dix fois supérieure à celle de Jupiter. Dans ces cas extrêmes, il s'agit vraisemblablement de naines brunes, autrement dit d'étoiles ratées. Mais, au cours de l'été 2004, des astronomes ont identifié trois planètes extrasolaires « légères ». Leur masse oscille entre quatorze et vingt fois celle de la Terre et elles possèdent une croûte solide. Nous sommes donc cette fois en présence d'exoplanètes telluriques.

La première planète extrasolaire tellurique a été repérée par une équipe européenne depuis le télescope de l'European Southern Observatory (ESO), à La Silla (Chili). Elle se situe à cinquante années-lumière et gravite autour de l'étoile Mu (constellation de l'Autel). Cette étoile de type solaire abrite aussi une planète géante gazeuse comparable à Jupiter. Quatorze fois plus massive que la Terre, cette exoplanète semble constituée d'un corps rocheux et elle possède une fine atmosphère.

Identifiée par une équipe de l'université du Texas, la seconde planète extrasolaire orbite autour de l'étoile 55 du Cancer. Dix-huit fois plus massive que la Terre (pour un diamètre double) et composée de roche et de glace (ou de roche et de fer), elle tourne autour de son étoile en 2,8 jours terrestres. Et elle n'est distante de son étoile que de six millions de kilomètres. Le plus remarquable tient au fait que 55 du Cancer possède déjà trois autres planètes de type géantes gazeuses. En conséquence, nous sommes bel et bien en présence d'un système structuré comparable à notre système solaire. Ce premier exosystème jamais découvert possède donc au moins quatre planètes (une tellurique et trois gazeuses).

Enfin, la paternité de la troisième exoplanète repérée pendant l'été 2004 revient à l'université de Californie. Elle a identifié l'objet autour de l'étoile Gliese 436 (constellation du Lion). Cette planète avoisine une vingtaine de masses terrestres et elle effectue une révolution autour de son étoile en même temps qu'une rotation sur elle-même. En d'autres termes, à l'instar de la Lune par rapport à la Terre, elle présente toujours la même face à son étoile.

Ces planètes extrasolaires (telluriques ou gazeuses) ont été identifiées de manière indirecte. C'est-à-dire en observant la perturbation engendrée par l'étoile qu'elles contournent. La méthode la plus utilisée consiste à étudier le mouvement de l'étoile supposée abriter une exoplanète. Une oscillation périodique du mouvement peut indiquer qu'un corps orbite autour de l'étoile. Plus ce corps est massif et proche, plus il perturbe le mouvement de l'étoile. Une première technique consiste à examiner les variations dans le spectre de la lumière émise par l'étoile. La mesure de ces variations permet de calculer le mouvement de l'étoile et d'en déduire une hypothétique présence de planète. Mais une autre technique s'appuie, par exemple, sur le fait que le passage d'une planète entre une étoile et la Terre modifie la lumière qui nous parvient. S'ensuivent là encore observations, mesures et calculs complexes pour traquer l'éventuelle planète. Soulignons toutefois que la première image infrarouge directe de deux exoplanètes déjà connues a été captée par le télescope spatial Spitzer en mars 2005. Il s'agit de planètes situées à 500 et à 150 années-lumière.

L'exploration de ces nouveaux mondes va se multiplier dans la décennie qui vient. Grâce aux multiples données que fourniront des satellites munis, notamment, de télescopes comme Corot (CNES) et Kepler (NASA), ne doutons pas que l'on assistera encore à de passionnantes découvertes de planètes extrasolaires, voire d'exosystèmes comparables à notre système solaire. Et, dans le lot, il y aura très probablement une multitude d'exoplanètes telluriques « légères ». D'ailleurs, des chercheurs britanniques précisaient, dès 2002, lors du Congrès national des astronomes, à Bristol, que notre seule Galaxie « devait contenir au moins un milliard d'autres Terres ». Cette simulation s'appuie sur le fait que notre Galaxie contient au bas mot une centaine de milliards d'étoiles. Mais quand on sait que l'Univers abrite une centaine de milliards de galaxies (dont certaines contiennent probablement plusieurs centaines de milliards d'étoiles), cela laisse un exceptionnel champ d'investigation aux futures générations d'explorateurs d'exosystèmes.

QU'EST-CE QU'UNE ÉTOILE FILANTE ?

Tout d'abord, il convient de rappeler que le système solaire ne se résume pas aux planètes et à leurs satellites. Il contient une multitude de corps célestes de dimensions beaucoup plus réduites : comètes, astéroïdes et météoroïdes (à ne pas confondre avec les météorites, on le verra plus loin).

Astéroïdes et comètes proviennent de l'inimaginable chambardement provoqué par la formation du système solaire. L'astronome néerlandais Jan Oort (1900-1992) fut le premier à envisager l'existence de ce « nuage » qui porte son nom. En réalité, il s'agit d'un faramineux réservoir situé entre 50 000 et 100 000 unités astronomiques du Soleil (une unité astronomique correspond à 150 millions de kilomètres, la distance Terre-Soleil). Le nuage d'Oort se niche donc à quelque quinze mille milliards de kilomètres, soit un peu plus d'une année-lumière. Mais il semble que nombre de comètes proviennent également de la ceinture de Kuiper (du nom de l'astronome américain d'origine néerlandaise, Gerard Kuiper, 1905-1973, spécialiste du système solaire). Beaucoup plus proche de nous, cette autre réserve de comètes se situe à une cinquantaine d'unités astronomiques du Soleil (soit entre cinq à six milliards de kilomètres, c'est-à-dire aux alentours de l'orbite de Pluton).

Éjectées du nuage d'Oort ou de la ceinture de Kuiper, les comètes se réchauffent progressivement en pénétrant dans le système solaire. Mélange de glaces (principalement de glace d'eau) et de poussières riches en carbone, la comète a l'apparence d'une masse de neige sale. Elle mesure quelques kilomètres de diamètre. Ce corps céleste va donc se métamorphoser à mesure qu'il s'approche du Soleil. Les glaces se vaporisent et la comète libère alors d'immenses quantités de matière volatile. Ce qui donne naissance à une auréole (la chevelure) et provoque aussi la création d'une ou deux queues (l'une, plus étroite et bleutée, constituée de gaz ; l'autre, plus large et jaunâtre, essentiellement formée de poussières). La queue, orientée dans la direction opposée du Soleil, s'étire de plus en plus à mesure que la comète s'approche de la boule de feu solaire. Et la queue rétrécit et se condense dès que la comète a contourné le soleil et qu'elle repart vers le nuage d'Oort.

En attendant son éventuelle future visite dans la banlieue des planètes telluriques, la comète reprend alors son aspect initial, celui d'un noyau de matière inerte : agglomérat poreux de cristaux de glace qui emprisonne notamment des molécules de méthane et des particules d'éléments chimiques. Reste à attendre le prochain passage de l'objet ! Car si les comètes ont des orbites fermées, le rythme de leurs apparitions dans le système solaire varie de façon considérable. Aussi les classe-t-on en deux grandes catégories.

D'une part, il y a les comètes à courtes périodes, qui reviennent au moins une fois tous les deux cents ans (on en compte plus de 150). D'autre part, il y a toutes celles dites à longues périodes (plus de 650 répertoriées) qui ne daignent même pas se montrer tous les deux siècles. Il faut dire qu'elles voyagent sur d'interminables orbites elliptiques souvent très inclinées par rapport au plan de l'écliptique (surface dans laquelle gravitent les planètes du système solaire). Par exemple, figure dans la première catégorie la célèbre comète de Halley qui revient nous visiter tous les 76 ans. Elle doit son nom au savant anglais Edmond Halley (1656-1742) qui montra le premier que les comètes décrivent des orbites susceptibles de les ramener régulièrement dans le ciel terrestre. Son dernier séjour parmi les planètes internes remonte à 1986. Pas moins de cinq sondes spatiales furent envoyées à sa rencontre afin d'analyser au mieux ses caractéristiques. La comète de Halley nous rendra de nouveau visite en 2064.

Pour leur part, les astéroïdes se promènent tout près de nous. Fragments rocheux ou métalliques, ils gravitent dans le vaste espace interplanétaire situé entre Mars et Jupiter. Seuls une dizaine des cinq à six mille astéroïdes aujourd'hui répertoriés ont une forme sphérique, une orbite clairement déterminée et un diamètre de plusieurs centaines de kilomètres (pour quelques spécimens seulement). C'est par exemple le cas de Cérès, le plus gros des astéroïdes (près d'un millier de kilomètres de diamètre, la moitié de Pluton). Il aurait d'ailleurs pu être considéré comme une planète. Sauf que Cérès subit l'influence gravitationnelle de Jupiter et pas uniquement celle du Soleil, notion fondamentale pour gagner ses galons de planète (voir *Le Pourquoi du Comment*, tome I, p. 191). Les autres objets de la ceinture d'astéroïdes (probablement plusieurs centaines de milliers de roches) présentent des formes irrégulières, car leur faible masse (ils ne font parfois qu'un mètre de diamètre) et l'autogravitation trop lente ne leur permet pas d'obtenir la forme d'une sphère.

Restent donc les météoroïdes. Il s'agit là de petits

corps célestes – débris d'astéroïdes ou de comètes – d'un diamètre inférieur au mètre. Lorsqu'un météoroïde pénètre dans l'atmosphère terrestre à une vitesse moyenne de 50 km/s, il se heurte aux molécules de l'air à une altitude d'environ cent kilomètres. L'objet s'échauffe et se consume en quelques fractions de seconde jusqu'à complète volatilisation. À 70 km d'altitude : plus rien !

Ce phénomène provoque dans le ciel nocturne une superbe traînée lumineuse que l'on appelle météore. Ou, plus communément : étoile filante (bien que le terme d'étoile soit ici parfaitement impropre). À certaines périodes de l'année, on observe même des pluies d'étoiles filantes, notamment lorsque la Terre traverse un nuage de débris en suspension dans l'espace.

Lorsque le météoroïde ne se consume pas totalement au cours de son passage dans l'atmosphère, il produit un résidu appelé météorite (par abus de langage, beaucoup confondent donc météoroïde et météorite). Le premier appartient aux corps célestes qui peuplent le système solaire, la seconde ressemble à une « pierre » qui vient d'atterrir ! Car la météorite n'est rien d'autre qu'un météoroïde mal consumé qui s'écrase sur la surface terrestre. Fort heureusement, la plupart du temps, les météorites qui touchent notre sol n'ont qu'une faible masse. Mais ces espèces de « cailloux », noircis en surface, recèlent des trésors d'informations qui permettent de mieux étudier l'état de la matière primitive du système solaire. On sait également que la collision avec une grosse météorite provoquerait un imposant cratère dévastateur à la surface du globe. Ce fut le cas il y a environ 50 000 ans lorsqu'une météorite d'un diamètre de cinquante kilomètres s'est écrasée dans l'actuel

Arizona (le site de cet impact spectaculaire s'appelle le Barringer Meteor Crater).

Chaque année, environ 220 000 tonnes de ces corps célestes (météoroïdes) pénètrent dans l'atmosphère terrestre pour illuminer le ciel de météores. Et plus de trois mille météorites percutent le sol.

QU'APPELLE-T-ON ÉTOILE DU BERGER ?

Une nouvelle fois, nous sommes en présence d'une utilisation impropre du mot étoile (voir « Qu'est-ce qu'une étoile filante ? »). Car ce point brillant qui apparaît dans le ciel du soir avant que les véritables stars de la nuit se mettent à scintiller appartient en réalité à la même famille que la Terre. En effet, l'étoile du Berger correspond à Vénus, l'une des quatre planètes rocheuses internes, dites telluriques (en partant du Soleil : Mercure, Vénus, Terre et Mars). On dit d'ailleurs parfois que Vénus est la sœur de la planète bleue. Elle possède le même diamètre (12 000 km), une masse légèrement inférieure et elle tourne autour du Soleil en 224 jours. En revanche, Vénus possède une atmosphère très dense et opaque constituée à 95 % de gaz carbonique. Et elle affiche une pression atmosphérique en surface près de cent fois supérieure à celle que nous connaissons sur Terre.

Ce point brillant de la voûte céleste est donc le premier à apparaître le soir quand le Soleil se couche, mais aussi le dernier à s'effacer chaque matin lorsque le Soleil se lève. Et cette façon d'accompagner les gardiens de troupeaux en rythmant leur accord avec la nature valut à Vénus le surnom d'étoile du Berger.

Située à une centaine de millions de kilomètres de l'étoile du système solaire, Vénus donne donc à l'observateur terrien le sentiment d'accompagner la course du

Soleil. Et, dans la mesure où son épaisse atmosphère en fait un véritable miroir, Vénus apparaît donc pour nous (évidemment après le Soleil et la Lune) comme l'astre le plus brillant du firmament.

À QUEL PHÉNOMÈNE CÉLESTE PEUT-ON RATTACHER L'ÉTOILE DE BETHLÉEM ?

L'Évangile selon Matthieu (chapitre II, versets 1 à 12) évoque des mages venus de l'Orient qui arrivent à Jérusalem au temps d'Hérode Ier le Grand (73-4 av. J.-C.). Ces nobles pèlerins se réfèrent à la prophétie de Michée qui annonce la naissance d'un Messie, futur libérateur du royaume d'Israël. Et ceux qui deviendront, dans la tradition chrétienne, les « rois mages » (Melchior, Gaspard et Balthasar) se disent guidés par une étoile qui doit les conduire à Bethléem, en Judée. L'astre en question conduit donc les rois mages au chevet de l'Enfant Jésus.

Dans la mesure où Hérode, alors roi des Juifs reconnu par les Romains, est clairement cité dans l'Évangile de Matthieu, les historiens s'accordent à penser que la naissance du Messie se déroula entre 8 et 4 avant notre ère. Il faut donc chercher l'existence d'un phénomène céleste autour de cette période et non pas vers l'an zéro ! Par ailleurs, le massacre des Innocents attribué à Hérode le Grand se serait déroulé en l'an VII avant notre ère. Or, Hérode redoutait l'arrivée d'un nouveau roi libérateur. Et l'Évangile de Matthieu (chapitre II, verset 16) précise qu'Hérode fit massacrer « tous les enfants de moins de deux ans à Bethléem et dans toute la région ».

Compte tenu de ces diverses informations historiques, les hypothèses ne manquent pas. Certains astronomes ont d'abord évoqué le possible passage d'une comète. Mais, dans la mesure où ces objets annonçaient plutôt moult malédictions pendant l'Antiquité, on conçoit mal qu'une telle apparition ait pu évoquer la naissance d'un Messie. D'autres ont parlé d'un possible phénomène de supernova, étoile massive qui arrive en fin de vie (voir « Qu'est-ce qu'une supernova ? »).

En fait, la théorie émise par l'astronome allemand Johannes Kepler (1571-1630) semble toujours convaincre une majorité de chercheurs. Il a émis l'hypothèse que la conjonction (alignement) de Jupiter et de Saturne aurait pu apparaître comme le signe annonciateur d'un événement exceptionnel aux yeux de ses confrères de l'époque. Et le phénomène s'est produit en l'an VII avant notre ère.

Quel que soit le phénomène céleste observé par les « rois mages », il ne faut pas confondre l'étoile de Bethléem et l'étoile du Berger. On sait que la seconde, en fait la planète Vénus, existe (voir « Qu'appelle-t-on étoile du berger ? »). Pour la première, difficile de se forger une opinion.

QUELLE EST LA VITESSE DE ROTATION DE LA TERRE ?

Ceux qui se croient immobiles et bien calés au fond de leur fauteuil n'imaginent probablement pas que leur tranquillité reste toute relative. Car, en fait, ils voyagent à des vitesses vertigineuses. Explication.

Le premier mouvement que nous subissons tous – sans même bouger le petit orteil – est bien sûr directement lié à la rotation de la Terre. Une mobilité rythmée par le jour et la nuit dont chacun peut donc facilement prendre conscience. Ainsi, la Terre effectue un tour complet sur son axe en 24 heures. Mais cette vitesse de rotation dépend de la latitude. Bien évidemment, un point situé sur l'équateur parcourt la plus grande distance possible en une journée. C'est donc lui qui tourne le plus vite : à environ 1 700 km/h. À la latitude de la France, la vitesse n'est plus que de 1 100 km/h, contre environ 900 km/h au niveau de l'Écosse. Non loin des pôles, on pourrait suivre le rythme de la planète à pied (la vitesse de rotation n'excède pas les 3 km/h).

L'astronome Edmund Halley (1656-1742) fut le premier à constater que la Terre tournait de moins en moins vite autour de son axe. Il y a 400 millions d'année, il ne lui fallait qu'environ 22 heures pour boucler un tour complet. La responsabilité de ce freinage permanent incombe à la Lune.

Petit rappel. La Lune produit une attraction gravitationnelle sur tous les éléments qui se trouvent à la surface du globe. Par exemple, la croûte terrestre se soulève en moyenne d'une vingtaine de centimètres sous l'influence lunaire. Mais cette attraction génère surtout le phénomène exemplaire des marées (dont l'intensité dépend de la position relative de la Terre, de la Lune et du Soleil). Par exemple, lorsque les trois astres sont alignés, le Soleil amplifie l'attraction de la Lune : on assiste alors à une forte marée, dite période de vive-eau (sans la Lune, l'amplitude des marées serait beaucoup plus faible car uniquement due à la gravité du Soleil). Or, la Lune tourne autour de la Terre en 29 jours, 12 heures et 44 minutes. Beaucoup plus lentement que la Terre ne tourne sur elle-même. Pour schématiser les conséquences complexes de cette attraction mutuelle entre la Terre et la Lune, on peut en conclure que le phénomène des marées freine légèrement la rotation terrestre. D'environ deux millisecondes par siècle ! Il faudra ainsi une heure de plus à la Terre pour effectuer un tour complet sur elle-même dans 180 millions d'années.

La vitesse de rotation de la Terre va donc lentement diminuer. Mais la force d'attraction gravitationnelle que les deux astres exercent l'un sur l'autre les rend solidaires. Ainsi, la Lune freine la rotation de la Terre qui oblige elle-même la Lune à s'éloigner d'environ quatre centimètres par an. L'orbite de la Lune va donc s'allonger à mesure que la Terre ralentit. Jusqu'à ce que la longueur d'un jour terrestre égale celle d'un mois lunaire. Dès lors, le système Terre/Lune sera en parfaite synchronisation. Stabilité qui déboucherait sur un tour complet en 47 de nos jours actuels !

Un tel scénario mettrait probablement plusieurs milliards d'années à s'accomplir. En attendant, n'oublions pas que la planète bleue tourne aussi autour du Soleil, qui aura lui-même fini de briller dans 4,5 milliards d'années (voir *Le Pourquoi du Comment*, tome 1, p. 201). La Terre, inclinée à 23°26' par rapport au plan de translation (écliptique), effectue sa révolution autour de l'étoile du système solaire en 365 jours. Il lui faut parcourir une ellipse de 18 millions de kilomètres. Et la vitesse moyenne atteint cette fois 108 000 km/h. Soulignons que les planètes proches du Soleil font plus rapidement le tour de leur orbite. Ainsi, sur Mercure et sur Mars, l'année dure respectivement 88 et 224 jours. En revanche, il faut 248 années terriennes à Pluton pour boucler le tour de son orbite.

Mais revenons à la révolution de la Terre autour du Soleil et à cette notion de vitesse « moyenne ». N'oublions pas que l'orbite décrite est une ellipse. Et, selon la seconde loi de Kepler, la droite reliant une planète au Soleil balaye des secteurs égaux dans des intervalles de temps égaux. Pour que les aires balayées soient identiques en un laps de temps donné, le point qui se déplace sur l'ellipse doit donc se déplacer plus vite lorsqu'il est proche du foyer (à vitesse constante, la droite planète/Soleil étant plus courte, l'aire serait plus petite). Ainsi, quand la Terre passe à son périhélie (point de l'orbite le plus proche du Soleil), la vitesse dépasse légèrement les 109 000 km/h. À son aphélie (point de l'orbite le plus éloigné), la vitesse se réduit à un peu plus de 105 000 km/h.

Toutes ces vitesses restent encore acceptables. Mais accrochez-vous au fauteuil. Cette fois, on décolle ! Certes, la Terre tourne sur elle-même et, simultanément, elle voltige autour du Soleil. Mais l'ensemble du système solaire auquel elle appartient effectue, lui aussi, une révolution autour du centre de notre Galaxie. Et ce déplacement se produit à la vitesse exceptionnelle de 774 000 km/h (215 km/s). Il faut alors 220 millions d'années pour boucler le tour complet de la Voie lactée. Ce qui correspond à une année cosmique.

Quant à notre Galaxie, outre cette rotation d'une année cosmique à la vitesse de 215 km/s, elle se déplace également dans l'espace comme un ensemble autonome afin d'équilibrer l'attraction gravitationnelle des masses, c'est-à-dire les autres galaxies, du Groupe local (voir « Quels sont les principaux composants de l'Univers ? »). Ainsi, le Grand Nuage de Magellan s'éloigne de nous à la vitesse de 972 000 km/h, tandis que la galaxie d'Andromède se rapproche de la Voie lactée plus lentement : 324 000 km/h. De la même façon, un amas de galaxies comme celui du Groupe local (nous sommes dedans) est attiré par l'amas de la Vierge à la vitesse de deux millions de kilomètres par heure (600 km/s). Ne soyez donc plus étonnés d'avoir parfois le tournis !

QUELLE EST LA PLANÈTE LA PLUS MASSIVE DU SYSTÈME SOLAIRE ?

Tout d'abord, un petit rappel qui a ici son importance. Il convient de ne jamais confondre la masse et le poids d'un corps. Car si la notion de masse exprime une quantité de matière, le poids mesure, pour sa part, la force gravitationnelle exercée sur ce même objet. Pour simplifier, disons que le poids représente la force d'attraction qu'exerce la masse de la Terre sur la masse de l'objet considéré.

Ainsi, la quantité de matière (la masse donc) ne dépend jamais de l'endroit où se situe l'objet, qu'il soit sur notre planète ou sur la Lune, voire sur Mars. En revanche, le poids est fonction de l'intensité de la pesanteur qui s'exerce en un lieu donné. Un objet situé au niveau de la mer à 45° de latitude nord sera plus lourd qu'au sommet d'une montagne placée sur la ligne de l'équateur. Enfin, une masse s'exprime en kilogrammes et le poids en newtons. Dans le premier cas, on utilise une balance, dans le second un dynamomètre. Le poids mesure donc l'attraction de la Terre sur une masse donnée.

S'il existe bel et bien une différence fondamentale entre la masse et le poids d'un corps, ces deux notions sont toutefois reliées par une célèbre formule :

$P = M \times g$.

Autrement dit : le poids d'un objet (P) est égal à sa masse (M) multipliée par la constante g qui représente l'intensité de la pesanteur. À la surface de la Terre, g vaut environ 9,81 N/kg (newton par kilogramme). Mais, à la surface de la Lune, l'attraction exercée sur un objet sera environ six fois plus faible que sur notre planète. Une masse de 100 kg pèse 981 newtons sur Terre et 160 newtons sur la Lune.

À l'évidence, nous ne pouvons donc comparer que les masses des différentes planètes qui composent le système solaire. Pour sa part, la Terre affiche une masse de 6 000 milliards de milliards de tonnes (soit 6.10^{24} kg). Quant à Jupiter, la planète la plus massive du système solaire, elle possède une masse 318 fois supérieure à celle de la Terre. Planète géante gazeuse, Jupiter met près de douze ans à effectuer un tour complet sur son orbite autour du Soleil. En revanche, une rotation sur elle-même ne prend que 10 heures (voir *Le Pourquoi du Comment,* tome I, p. 191).

Pour les besoins de la comparaison, supposons que la masse terrestre soit égale à la constante 1 (sachant que $1 = 6.10^{24}$ kg). On peut donc exprimer les masses des planètes géantes gazeuses par un coefficient multiplicateur exprimé ici entre parenthèses : Jupiter (318), Saturne (95), Uranus (14,5) et Neptune (17). En revanche, toutes les autres planètes du système solaire sont beaucoup moins massives que la Terre. Selon le même principe, on a cette fois : Mercure (0,06), Vénus (0,82), Terre ($1 = 6.10^{24}$ kg), Mars (0,11), Pluton (0,002).

Reste que l'addition de toutes ces masses ne pèse pas bien lourd ! En effet, le Soleil, monstrueuse boule incandescente de plasma stellaire, occupe 99 % de la masse totale du système solaire. Cette étoile qui a vu le jour (si l'on peut oser l'expression puisqu'elle l'a en fait créé) il y a 5 milliards d'années, affiche une masse 334 000 fois supérieure à celle de la Terre.

COMBIEN DÉNOMBRE-T-ON DE SATELLITES NATURELS DANS LE SYSTÈME SOLAIRE ?

Les neufs planètes qui composent le système solaire se répartissent en deux groupes bien distincts. Il y a, d'une part, les planètes telluriques, aussi appelées planètes internes : Mercure, Vénus, Terre et Mars. De petite taille, elles se composent essentiellement de roches et de fer (voir *Le Pourquoi du Comment*, tome I, p. 191). La seconde catégorie regroupe les planètes externes, aussi appelées planètes géantes gazeuses : Jupiter, Saturne, Uranus et Neptune. Beaucoup plus imposantes que leurs quatre sœurs telluriques, elles sont principalement constituées d'hélium, d'hydrogène et de glace.

Reste Pluton. Découverte en 1930, la neuvième et la plus petite planète (2 300 km de diamètre) se situe aux confins du système solaire. Non loin de la ceinture de Kuiper, sorte de réservoir de corps célestes glacés. Étudiés depuis 1992, ces « objets transneptuniens » gardent une bonne part de leur mystère. Car l'éloignement (7 milliards de km) interdit pour l'instant l'analyse précise de ces objets hybrides qui tiennent à la fois de la comète et de l'astéroïde, bien que ces derniers évoluent plutôt entre Mars et Jupiter (voir *Le Pourquoi du Comment*, tome I, p. 197).

Ainsi, nombre d'astronomes pensent aujourd'hui que Pluton ne serait qu'un objet appartenant à la ceinture de Kuiper. Par ailleurs, la planète subit l'influence gravitationnelle de Neptune. Or, pour qu'un corps céleste gagne ses galons de planète, il faut que l'orbite ne soit gouvernée que par le seul potentiel gravitationnel de son étoile. Mais, pour l'heure, Pluton a conservé son statut de planète. Par ailleurs, la ceinture de Kuiper a révélé en 2002 trois nouveaux corps célestes (Quaoar, Ixion et Varuna) qui gravitent autour du Soleil. Leur modeste diamètre varie entre 900 et 1 280 kilomètres. De surcroît, leur faible masse n'incite pas les astrophysiciens à les inscrire au rang de planètes. Ils les considèrent plutôt comme des « gros cailloux » de la ceinture de Kuiper.

Soulignons que les progrès considérables de la technologie (informatique, télécommunications, optique) et des engins d'observation (télescopes, satellites) permettent des découvertes régulières en la matière. Les astrophysiciens annoncent une nouvelle découverte presque tous les ans. Ainsi, des astronomes du California Institute of Technology ont-ils localisé, en novembre 2003, une « planète » située à environ 13 milliards de kilomètres du Soleil. Cet astre baptisé Sedna mesure entre 1 300 et 1 800 kilomètres de diamètre. Un « gros caillou », plus gros que Quaoar.

De son côté, l'observatoire du mont Palomar (Californie) a repéré en juillet 2005 un objet recouvert de méthane gelé (référence 2003 UB13). Il est presque aussi brillant que Pluton alors qu'il se situe à une distance de près de vingt milliards de kilomètres. Par ailleurs, cet objet transneptunien possède une orbite inclinée de 45 degrés par rapport aux autres planètes et il fait le tour du Soleil en 560 années ! Les astrophysiciens estiment son diamètre à environ 2 800 kilomètres, soit une taille à peu près comparable à celle de Pluton (2 200 kilomètres). Difficile cette fois de parler de « gros caillou » ! En réalité, d'éminents spécialistes de l'Union astronomique internationale pensent que ces objets célestes (Quaoar, Sedna et UB13) ne méritent pas le nom de planète. Mais ils ajoutent que Pluton elle-même n'aurait jamais dû être répertoriée parmi les planètes. Selon eux, au même titre que les astres récemment découverts, Pluton appartiendrait donc plutôt aux objets glacés de la ceinture de Kuiper. En l'absence de définition scientifique universelle précise pour le terme planète, le débat reste ouvert. Et il faudra bien le trancher rapidement dans la mesure où le nombre d'objets gravitant autour du Soleil qui appartiennent à la ceinture de Kuiper ne va cesser de croître.

Mais venons-en aux satellites naturels. Dans le champ des planètes telluriques, la moisson n'a rien de pléthorique. Mercure et Vénus ne possèdent aucun satellite. La Terre se contente de son unique Lune (seul objet céleste à ce jour visité par l'homme) et Mars de deux minuscules amis : Deimos et Phobos (probablement deux anciens astéroïdes capturés par la planète).

La collecte prend une tout autre dimension dès que l'on s'intéresse à l'entourage des planètes gazeuses. Jupiter possède une soixantaine de satellites à ce jour répertoriés et sa famille ne cesse de s'étendre au fil des observations. Les quatre plus imposants (Io, Europe, Ganymède et Callistro) ont été baptisés satellites galiléens.

Une trentaine de satellites gravitent autour de Saturne. Le plus connu s'appelle Titan, une boule (légèrement plus grosse que Mercure) composée de roches et de gaz gelés. De son côté, Uranus possède une vingtaine de petits satellites peu massifs. Quant à Neptune, huit satellites l'accompagnent, dont l'imposant Triton (2 700 km de diamètre), le corps céleste le plus froid du système solaire (– 236 °C à la surface). Enfin, Pluton ne dispose que d'un seul satellite baptisé Charon, qui fait un bon millier de kilomètres de diamètre (la moitié de la taille de Pluton). De dimensions voisines, Triton, Charon et Pluton sont probablement des corps célestes originaires de la ceinture de Kuiper.

Dans l'état actuel des observations effectuées en ce début de XXIe siècle, le système solaire possède donc un peu plus de cent vingt satellites naturels.

SCIENCES

Quelles sont les grandes étapes de l'évolution qui ont succédé au big-bang ?

L'Univers naquit d'une exceptionnelle déflagration primordiale qui va immédiatement déclencher une libération d'énergie et de matière gigantesque. À 10^{-43} seconde après le big-bang (temps de Planck), l'Univers possède un diamètre de 10^{-33} centimètres. Souvenons-nous : une nanoseconde équivaut à un milliardième de seconde, soit dix puissance moins neuf (10^{-9}), c'est-à-dire une seconde divisée par 10^9.

Avant le seuil fatidique du temps de Planck, dans un environnement de densité et de température extrêmes, les lois connues de la physique ne s'appliquent pas. Et nos connaissances actuelles butent toujours sur cette borne que constitue l'ère de Planck. L'histoire que savent décrire les cosmologistes débute après le temps de Planck. Ainsi sait-on qu'une expansion fulgurante (période dite d'inflation) s'achève à 10^{-32} seconde. L'Univers, sorte de soupe composée de quarks et antiquarks, a déjà la taille d'une orange (voir « Où s'arrête l'Univers »). Autour de la nanoseconde (10^{-9}), notre potage bouillonne dans les limites d'une sphère de près de 400 millions de kilomètres de diamètre. Et un millionième de seconde (10^{-6}) après le big-bang, l'Univers possède cette fois l'envergure de notre actuel système solaire (dix milliards de kilomètres de diamètre).

Au passage symbolique de la seconde, protons et neutrons s'assemblent pour créer des noyaux atomiques stables. On trouve alors une large majorité de noyaux d'hydrogène, environ 20 % de noyaux d'hélium et des traces de lithium. La quasi-totalité de la matière de l'Univers se forme entre une seconde et trois minutes. À cette époque, les photons émis sont absorbés par les particules du milieu ambiant.

Il faut attendre la barrière décisive des 300 000 années après le big-bang pour que les conditions de densité et de température permettent aux noyaux atomiques de capturer les électrons afin de donner naissance aux premiers atomes d'hydrogène et d'hélium. Progressivement, dans cette phase dite de recombinaison qui va s'échelonner jusqu'à un million d'années après le big-bang, le découplage entre les photons et la matière génère un milieu transparent. Autrement dit, dès lors, les photons peuvent traverser l'Univers sans obstacle.

S'ensuit un processus d'une extrême complexité que les scientifiques ont encore beaucoup de difficultés à pleinement comprendre. Pour simplifier, il semble que des fluctuations de température et de densité aient conduit à de multiples réactions débouchant sur la formation de la matière et sur la création des structures de l'Univers. De ce magma en effervescence vont surgir les étoiles, les supernovas et les trous noirs, mais aussi les galaxies, la Galaxie, le système solaire et ses planètes.

Voici un petit récapitulatif chronologique de l'après-big-bang qu'il convient de rapprocher de la synthèse des distances dans l'Univers (voir « Quels sont les principaux composants de l'Univers ? »). Des repères indispensables pour nous situer avec humilité dans l'espace et le temps.

• Big-bang : 15 à 12 milliards d'années.

• Terre : 4,6 milliards d'années.

• Premiers noyaux de croûte continentale : entre 4 et 2,5 milliards d'années.

• Bactéries et photosynthèse : vers 3,8 milliards d'années.

• Stromatolithes (colonies de cyanobactéries qui se développent dans des eaux peu profondes sur des centaines de kilomètres et sur des épaisseurs considérables) : vers 3 milliards d'années.

• Algues, éponges, méduses, mollusques et crustacés : à partir de 560 millions d'années.

• Premiers vertébrés (poissons primitifs au squelette cartilagineux) : 530 millions d'années.

• Poissons au squelette minéralisé : vers 475 millions d'années.

• Conquête du milieu terrestre. Plantes dépourvues de racines et possédant des feuilles sans nervure conductrice de sève ; insectes sans ailes : vers 410 millions d'années.

• Premiers tétrapodes (sorte d'intermédiaire entre la salamandre moderne et le poisson). Ils vivaient dans l'eau et n'en sortaient qu'occasionnellement : 360 millions d'années.

• Libellules géantes : 350 millions d'années.

• Fossile du plus ancien tétrapode terrestre : 338 millions d'années.

• Reptiles (notamment reptiles mammaliens) : entre 300 et 200 millions d'années.

• La Pangée : vers 250 millions d'années (fin de l'ère primaire), l'ensemble des masses continentales actuelles sont réunifiées en un seul et unique continent appelé la Pangée.

- Reptiles non mammaliens : 200 millions d'années.
- Premiers mammifères : vers 200 millions d'années.
- Plantes à fleurs : 100 millions d'années.
- Disparition des dinosaures : 65 millions d'années.
- Premiers primates : vers 58 millions d'années.
- Singes de l'Afrique septentrionale : 35 millions d'années.
- Singes hominoïdes : 17 millions d'années.
- Australopithèques : de 4 à 2,5 millions d'années.
- *Homo habilis* : de 2,5 à 1,6 million d'années.
- Premiers outils de pierre taillée : entre 2,6 et 2,3 millions d'années.
- *Homo erectus* : d'environ 1,5 million d'années à 100 000 ans.
- Maîtrise du feu : 400 000 ans.
- *Homo sapiens* ancien : de 120 000 à 12 000 ans.
- Homme de Neandertal : de 120 000 à 32 000 ans.
- Premières sépultures : 100 000 ans pour la sépulture de Qafzeh, au sud-ouest du lac de Tibériade (aujourd'hui en Israël). En France, la plus ancienne sépulture se situe sur le site de La Ferrassie, en Dordogne (40 000 ans).
- Premiers témoignages de communication artistique (figurines et objets gravés en pierre, corne, os ou ivoire) : 40 000 ans.
- Art rupestre (gravures et peintures sur des surfaces rocheuses) : vers 30 000 ans, notamment en Tanzanie. Plaquettes peintes retrouvées dans une grotte en Namibie (30 000 ans). Seules les œuvres réalisées sur des supports durables ont pu être conservées. Les experts estiment donc que les premières créations artistiques remontent probablement à 50 000 ans.
- Fresques de Lascaux (Dordogne) : 17 000 ans.

• *Homo sapiens* « moderne » : à partir de 12 000 ans.

• Jéricho : vers 7500 av. J.-C., dans la vallée du Jourdain à proximité de la mer Morte, un village primitif succède à des campements semi-nomades. Déjà au Proche-Orient, dès 10000 av. J.-C., les vestiges d'un « habitat fixe » (ancêtre des maisons) témoignent d'un début de sédentarisation de groupes de chasseurs-cueilleurs. L'esquisse de « villages », entourés de camps temporaires, apparaît vers 8000 av. J.-C.

• Céramique : vers 7000 av. J.-C.

• Agriculture et débuts du Néolithique : environ 6000 av. J.-C. L'homme accède à une économie productive. Il abandonne la tradition nomade de prédateur (chasse, pêche et cueillette) et adopte un mode de vie sédentaire fondé sur le développement de l'agriculture, de l'élevage et de la domestication d'animaux. Développement de la pierre polie et de la céramique.

• Métaux : vers 5000 av. J.-C. (cuivre), vers 3500 av. J.-C. (bronze), vers 1500 av. J.-C. (fer).

• Invention de la roue (Mésopotamie) et de la voile (Égypte) : vers 3500 ans av. J.-C.

• Découverte de l'écriture cunéiforme à Sumer : vers 3000 ans av. J.-C.

COMMENT SE SONT FORMÉS LES CONTINENTS ?

La réponse à cette question vient compléter moult aspects de la mutation de notre planète à partir d'environ 4 milliards d'années (voir « Quelles sont les grandes étapes de l'évolution qui ont succédé au big-bang ? »). D'aucuns négligent trop souvent ce phénomène qui doit impérativement s'insérer dans la compréhension du développement de la vie sur la Terre.

Le système solaire a donc vu le jour – façon de parler ! – par la condensation d'un indicible nuage de poussières et de gaz. Et les planètes, dont la Terre, se sont formées par accrétion de matières il y a 4,6 milliards d'années. Les premiers noyaux de croûte continentale apparaissent entre 4 et 2,5 milliards d'années. À l'époque, leur étendue ne dépasse pas 25 % de la surface des continents actuels. Nous sommes là dans la période archéenne (Précambrien).

Pendant les deux milliards d'années qui suivent (Protérozoïque), les noyaux de croûte continentale vont croître de manière considérable. À la fin du Précambrien (Archéen plus Protérozoïque), soit vers 540 millions d'années, le volume des masses continentales atteint celui que nous connaissons aujourd'hui. Ainsi, de la naissance des noyaux continentaux (Archéen) à leur croissance (Protérozoïque), il s'est écoulé 3,5 milliards d'années. Soit 90 % du temps géologique de notre planète. Et pourtant, il ne s'était pas encore passé grand-chose !

Vers 650 millions d'années, les masses continentales de la planète sont agglutinées en un gigantesque continent unique appelé Rodinia. Un peu comme si une île monstrueuse flottait au beau milieu d'un océan (lui aussi unique) qui recouvrait la surface du globe depuis 3,8 milliards d'années.

Mais, vers 600 millions d'années, ce « mégacontinent » va commencer à se fragmenter. Et cinq à six grandes masses se dispersent. Elles semblent partir à la dérive avant d'amorcer, vers 500 millions d'années, un mouvement de convergence. Tant et si bien que ces masses se réunifient de nouveau en un seul continent appelé Pangée vers 250 millions d'années (fin du Permien et de l'ère primaire).

La Pangée va rester stable pendant cinquante millions d'années. Puis, la tectonique des plaques va de nouveau se mettre en action pour engendrer ce que l'on appelle communément la dérive des continents. Tout commence donc vers 200 millions d'années (débuts du Jurassique). La Pangée se disloque progressivement. D'abord en deux sous-ensembles : au nord, la Laurasie (Amérique du Nord, Europe et Asie) ; au sud, le Gondwana (Amérique du Sud, Afrique, Australie et Antarctique). Entre ces deux continents s'étend un vaste océan : la Téthys.

Vers 130 millions d'années, il y a un début de rupture entre l'Amérique du Sud et l'Afrique. Ouverture qui se confirme définitivement vers 100 millions d'années. Pendant cette même période qui correspond sensiblement au Crétacé (140-65 millions d'années), les plaques nord-américaine et eurasiatique vont s'écarter l'une de l'autre pour donner naissance à l'Atlantique Nord. Cette dérive se poursuit de nos jours au rythme de quelques centimètres par an.

Mais, au début de l'ère tertiaire (vers 65 millions d'années), Australie, Amérique du Sud et Antarctique sont encore reliés entre eux. L'Australie et l'Amérique du Sud se séparent de l'Antarctique entre 50 et 40 millions d'années. Tous ces grands blocs continentaux vont ensuite continuer de « migrer » pendant encore une vingtaine de millions d'années pour enfin parvenir à une configuration géographique proche de celle que nous connaissons aujourd'hui. Cependant, la plaque indienne entra en collision avec la Chine il y a seulement dix millions d'années, créant ainsi la chaîne de l'Himalaya.

À l'évidence, il convient de rapprocher, d'une part, cet incessant mouvement géologique et, d'autre part, l'évolution de la vie sur Terre. On oublie trop souvent l'intime imbrication de ces deux phénomènes dans le développement des espèces animales et végétales (voir « Quelles sont les grandes étapes de l'évolution qui ont succédé au big-bang ? »).

Un seul exemple : les marsupiaux (gestation intra-utérine de très courte durée et développement du petit dans une poche maternelle, caractères dentaux spécifiques, os supplémentaire au bassin). Les marsupiaux vont continuer d'évoluer sur le continent australien lorsque celui-ci se sépare de l'Antarctique (vers 40 millions d'années). Le territoire devient alors une île isolée de tout contact. Dès lors, les marsupiaux sont les seuls mammifères à se développer. Et, en l'absence de concurrence, ils occupent toutes les niches écologiques disponibles. Apparaissent de grands herbivores, kangourous, koalas, rhinocéros marsupiaux et carnivores marsupiaux.

De la même façon, des plantes connaissent un développement propre au territoire australien (par exemple l'eucalyptus). Par ailleurs, l'homme sera le premier primate à débarquer en Australie, il y a seulement 60 000 ans. Alors que les primates apparaissent il y a une cinquantaine de millions d'années en Amérique du Nord, Europe et Asie.

QU'APPELLE-T-ON L'EFFET DE SERRE ?

L'essentiel de l'énergie émise par le Soleil nous parvient sous la forme d'un rayonnement lumineux. Environ un tiers de cette énergie est renvoyé dans l'espace. Atmosphère, océans et continents absorbent le reste de ce rayonnement lumineux qui se transforme alors en rayonnement infrarouge (chaleur). La lumière a donc traversé sans difficulté l'atmosphère. En revanche, le rayonnement thermique infrarouge va « rebondir » sur certaines molécules de gaz contenues dans l'atmosphère, créant ainsi une sorte de barrière qui emprisonne la chaleur. Le rayonnement infrarouge est donc renvoyé vers la surface de la Terre. Ce mécanisme de réchauffement naturel des planètes pourvues d'une atmosphère s'appelle l'effet de serre, expression inventée par le mathématicien et physicien français Joseph Fourier (1768-1830) qui mena de nombreux travaux sur la théorie de la chaleur. Mais, depuis une trentaine d'années, la confusion s'installe dans l'esprit du public à propos de cet énigmatique effet de serre. En réalité, il faut donc bien distinguer deux choses : d'une part, le phénomène naturel et bénéfique qui permet à la vie de se maintenir sur Terre ; d'autre part, l'intensification du mécanisme due aux conséquences néfastes de l'activité humaine et industrielle.

Sans effet de serre, la Terre ressemblerait à un vaste désert de glace sans vie avec une température en surface de 18 °C au-dessous de zéro. Car, en absorbant une partie du rayonnement infrarouge émis par la Terre, le processus limite la déperdition d'énergie vers l'espace. Grâce à ce flux de rayons réfléchis dans les basses couches de l'atmosphère, notre planète affiche une température moyenne de 13 °C.

Les deux principaux gaz contenus dans l'atmosphère, azote (71 %) et oxygène (21 %), ne réfléchissent pas le rayonnement infrarouge. Ils ne participent donc pas au processus de réchauffement naturel. En revanche, cette tâche incombe aux molécules de gaz précisément appelés à effet de serre : vapeur d'eau, dioxyde de carbone (gaz carbonique), méthane, oxyde nitreux. Sans oublier les chlorofluorocarbures (CFC), des gaz de synthèse élaborés à partir d'atomes de carbone, d'hydrogène, de chlore et de fluor. Ces gaz artificiels sont essentiellement utilisés dans les aérosols et les mousses synthétiques. Il faut encore ajouter le protoxyde d'azote lié à l'utilisation abusive des engrais azotés. Et même si certains de ces éléments ne figurent dans l'atmosphère qu'à l'état de traces, ils produisent une action intensive dans le mécanisme de réflexion du rayonnement infrarouge vers la Terre.

Évidemment, l'excès des gaz à effet de serre entraîne une augmentation de la température à la surface du globe. Or, aux cours des deux siècles passés, industrialisation galopante, agriculture intensive et modes de consommation ont considérablement accru l'émission des gaz à effet de serre dans l'atmosphère. Selon les spécialistes, la seule teneur en gaz carbonique augmente de 0,5 % par an. À cause notamment de l'utilisation des combustibles fossiles et de la déforestation. Et, si l'on exclut la vapeur d'eau, le dioxyde de carbone agit à hauteur de 55 % dans l'effet de serre. Quant aux chlorofluorocarbures, même s'ils n'existent qu'en quantités infimes dans l'atmosphère, ils contribuent néanmoins pour 20 % au processus de réchauffement (vapeur d'eau exclue).

Reste qu'il semble encore difficile d'envisager avec précision l'ampleur du réchauffement climatique accolé à l'émission des gaz à effet de serre directement générés par l'activité humaine. Certains spécialistes prévoient que la teneur en gaz carbonique dans l'atmosphère pourrait doubler au cours du XXIe siècle. Mais l'ensemble des paramètres à prendre en considération (et leurs interactions respectives) rend délicate une modélisation rigoureuse. Un seul exemple : le réchauffement de la planète entraîne une évaporation de l'eau et la vapeur d'eau demeure le principal artisan de l'effet de serre. Certes, mais la plus grande quantité de nuages (conséquence de l'évaporation) réfléchirait vers l'espace davantage de rayonnements lumineux en provenance du Soleil.

Aussi ne dispose-t-on, à ce jour, que de prévisions approximatives. Pour le siècle à venir, les études en cours annoncent une augmentation de la température moyenne comprise dans une fourchette allant de 1,5 à 5,8 °C. Quel que soit le chiffre, il ne s'agit là que d'une moyenne à la surface de la Terre. Dans tous les cas, les experts s'accordent pour prédire un renforcement des écarts de température entre les grandes régions du globe.

Prenons, pour terminer, l'exemple de deux autres planètes du système solaire : Vénus et Mars. La première possède une atmosphère presque uniquement composée de gaz carbonique très dense. Résultat : un considérable effet de serre qui induit une température de 470 °C sur Vénus. De son côté, Mars dispose également d'une atmosphère très majoritairement constituée de gaz carbonique, mais avec une très faible densité. Conséquence : un effet de serre réduit et une température négative (environ 55 °C au-dessous de zéro).

EXISTE-T-IL UN MYSTÈRE DU TRIANGLE DES BERMUDES ?

Voilà bien une exceptionnelle supercherie relayée à l'échelle de la planète par les tenants de l'obscurantisme et par les suppôts de situations prétendument paranormales. Et, comme ces illusionnistes rencontrent des jobards ou de crédules esprits fragiles toujours enclins à gober les plus étranges billevesées, la rumeur enfle, s'enracine et continue de courir sans entrave. Pourtant, rien de mystérieux ne s'est jamais produit dans le célèbre Triangle des Bermudes, expression inventée par Vincent Gaddis en février 1964 (dans un article intitulé « The deadly Bermuda Triangle » que publia le magazine américain *Argosy*).

Le Triangle des Bermudes correspond à une surface de l'Atlantique Nord délimitée par trois points : Miami (au sud de la Floride), l'archipel des Bermudes et Porto Rico. La légende prétend qu'un nombre considérable de navires et d'avions disparaît mystérieusement lorsqu'ils traversent cette zone. Et, pour rendre l'énigme encore plus croustillante, les complices de cette vaste fumisterie s'amusèrent à surenchérir dans le champ de la bêtise pour expliquer les naufrages. Souvenons-nous des ridicules hypothèses avancées au milieu des années 1970 : forces occultes, monstres marins, rencontres du troisième type, extraterrestres, phénomènes antigravité (?), rayons de la mort, sans oublier la vengeance de l'Atlantide engloutie !

En réalité, des études sérieuses (notamment celles de Larry Kusche publiées en 1976) ont mis en lumière des points essentiels. D'une part, nombre de disparitions comptabilisées ne se produisirent absolument pas dans les limites du fameux Triangle. D'autre part, moult accidents tragiques ont ensuite été parfaitement expliqués : erreurs humaines, pannes matérielles, péripéties météorologiques. Par ailleurs, il semble tout à fait logique que des accidents surviennent à l'intérieur de la zone du Triangle des Bermudes (aussi appelé Triangle du Diable) qui affiche une surface de 3,9 millions de km^2. Compte tenu de l'étendue du Triangle et de l'intense trafic maritime et aérien qui le traverse chaque jour, il serait particulièrement insolite qu'aucun accident ne s'y soit jamais produit ! Et les statistiques prouvent qu'il n'y a pas davantage de drames dans cette zone que dans une autre étendue comparable (à circulation et conditions météo comparables).

Reste que ce Triangle des Bermudes se situe dans une zone où les manifestations météorologiques s'avèrent complexes et changeantes. Par exemple, de monstrueux cumulo-nimbus se développent dans cette région, notamment au-dessus de l'archipel des Bermudes. Or, des scientifiques ont montré que l'énergie thermique contenue dans les cumulo-nimbus peut provoquer des « rafales descendantes », une sorte d'avalanche d'air qui s'abat à la vitesse de 300 km/h pendant quelques minutes. Sa violence dévastatrice peut facilement chavirer un navire ou détruire un avion. Et le phénomène peut parfaitement se produire sur une mer calme, ce qui engendre un trouble évident chez les rescapés.

Évoquée dès le XIXe siècle, la légende du Triangle des Bermudes prit une nouvelle dimension le 5 décembre

1945. Ce jour-là, cinq avions de l'aéronavale américaine décollent de Floride... et disparaissent sans laisser de trace. L'avion qui part à leur recherche explose en plein vol ! Selon toute vraisemblance, pendant cette mission d'entraînement, le compas du pilote instructeur (le lieutenant Charles Taylor) a dû se détraquer. Or, les avions-écoles ne possédaient pas d'instruments de navigation. Taylor et ses élèves se sont tout simplement perdus, puis, faute de carburant, abîmés en mer. Quant à l'accident de l'appareil de secours, il faut sûrement se tourner vers l'hypothèse d'un réservoir défectueux.

Six avions d'un coup, de surcroît ceux de l'aéronavale à une époque où l'Amérique venait de prouver au monde sa toute-puissance militaire, il n'en fallait pas davantage pour enflammer les imaginations. Et pour désigner derrière ce drame la main du diable ou celle d'une force paranormale. Une histoire de manipulation des esprits tout à fait exemplaire.

COMMENT UN BATEAU EN MÉTAL PEUT-IL FLOTTER ?

Lorsqu'un corps est plongé dans un liquide, il reçoit une poussée verticale qui s'exerce du bas vers le haut et qui est égale au poids du volume de liquide déplacé. Chacun connaît cet énoncé qui fait, bien évidemment, référence au célèbre principe d'Archimède, nom du génial savant grec (287-212 av. J.-C.) auteur d'une œuvre scientifique monumentale en mathématiques, mécanique et physique. Archimède rédigea notamment le premier traité de statique et les principes fondamentaux de l'hydrostatique (voir « D'où vient l'expression " Eurêka ! " ? »).

Pour qu'un objet flotte, tout devient une question de densité. Petit rappel. La densité d'un solide est le rapport entre la masse du corps et la masse d'eau pure correspondant au même volume (à 4 °C). Imaginons un objet quelconque occupant un volume donné. Puis comparons son poids avec le poids du même volume d'eau. Si le corps en question est plus dense que l'eau : il coule (ce qui signifie que son poids est supérieur au poids du même volume d'eau). Si le poids de l'objet est inférieur au poids du même volume d'eau : il flotte.

Prenons un exemple tout simple. Celui d'un bloc de bois qui a un volume de 100 cm^3. La masse de ce bloc de bois est égale à 60 g. La masse volumique du bois (rapport entre la masse du corps et le volume occupé par cette masse) correspond ici à 0,6 g/cm^3. Or, on sait que la masse volumique de l'eau pure équivaut à 1 g/cm^3. Un volume d'eau comparable au volume du bloc de bois que nous avons pris pour exemple pèserait donc 100 g (100 cm^3 × 1 g/cm^3). Le poids de l'objet est inférieur à celui qu'occuperait le même volume d'eau : le morceau de bois va donc flotter.

Poursuivons l'expérience. Appuyez sur ce morceau de bois en l'enfonçant profondément dans l'eau, vous constaterez qu'il remonte à la surface pour flotter. Logique. Nous observons ici la conséquence directe du principe d'Archimède : le bloc de bois va se stabiliser à un niveau de flottaison qui marque l'équilibre entre la masse d'eau déplacée et la masse du bois. Dans notre exemple : 60 g. Ce qui nous permet également de déduire que notre brave bloc de bois déplace un volume d'eau de 60 cm^3. Autrement dit, un objet qui possède une densité égale à 0,6 (six dixièmes) flotte dans l'eau pure avec six dixièmes de son volume sous l'eau.

Une fois assimilé le principe de base de la poussée d'Archimède, on comprend parfaitement qu'un bateau en métal puisse flotter. Car, même si chaque plaque qui le compose plongerait immédiatement au fond de l'océan, l'assemblage de tous ces éléments définit le volume du navire. Pour qu'un bateau de volume déterminé ne coule pas, il faut que son poids soit inférieur à celui d'une quantité d'eau qui occuperait le même volume. Exprimons ce même principe sous une autre forme : un navire en métal peut flotter quand le poids du volume qu'occupe le bateau est inférieur au poids du même volume d'eau.

Pour mieux comprendre, réalisez une expérience très simple. Remplissez d'eau l'évier de la cuisine. Prenez un bol en faïence de petit déjeuner. Vous concevez fort bien que tous les morceaux du bol cassé finissent au fond de l'évier ! Tout comme les plaques en métal qui peuvent servir à la construction d'un bateau. Maintenant, placez délicatement un bol vide sur l'eau : il flotte, en s'enfonçant plus ou moins selon la densité de sa matière d'origine. Remplissez-le d'un peu d'eau : le niveau de flottaison se rapproche des bords du bol, mais il flotte toujours. D'ailleurs, le bol continuera de flotter tant que sa masse volumique totale (celle du bol plus celle de l'eau contenue à l'intérieur) sera inférieure à la masse volumique de l'eau (1 g/cm^3). Ou, si vous préférez, tant que le poids total du volume occupé par le bol sera inférieur au poids du même volume d'eau.

POURQUOI L'EAU OCCUPE-T-ELLE DAVANTAGE DE VOLUME EN GELANT ?

La matière existe à l'état solide, liquide ou gazeux. Et cette situation dépend de l'agencement des particules qui la compose (voir « À quoi correspond le zéro absolu ? »). Toutefois, la structure d'une substance se modifie très facilement puisqu'un corps solide chauffé se transforme en liquide par fusion, puis ce liquide devient un gaz par évaporation.

La structure de la matière s'articule sur l'assemblage d'atomes qui sont eux-mêmes constitués de particules plus petites. Le noyau d'un atome contient des protons (charge positive) et des neutrons (charge neutre). Protons et neutrons sont eux-mêmes formés de quarks « soudés » par les gluons. Les électrons (charge négative) gravitent autour du noyau. Dans un atome, charges positives et négatives s'équilibrent. Enfin, l'établissement de liaisons entre deux ou plusieurs atomes donne la molécule. Par exemple, une molécule d'eau se compose de deux atomes d'hydrogène (H) et d'un atome d'oxygène (O). Ce qui permet de désigner cette substance sous la forme d'une formule chimique : H_2O.

Dans un gaz, l'état de la matière n'a ni volume ni forme. Les molécules, très éloignées les unes des autres, se déplacent à grande vitesse. Une agitation qui les propulse dans toutes les directions pour occuper le volume disponible. Un gaz est donc très compressible.

À l'état liquide, la matière possède un volume défini. En revanche, elle n'a pas de forme définie. Si vous renversez un verre d'eau, son contenu s'étend en une flaque aux contours irréguliers. Dans un liquide, la vibration des molécules ne suffit pas pour qu'elles s'échappent les unes des autres. Elles sont ainsi maintenues par des forces de cohésion. Un liquide peut se déformer, mais il est peu compressible.

Reste l'état solide qui caractérise un corps ayant une forme et un volume parfaitement définis. Ici, les molécules se serrent les unes contre les autres. Mais elles ne sont pas totalement immobiles et vibrent légèrement autour d'une position moyenne. Cependant, la très faible agitation de ces particules leur interdit d'échapper à l'attraction de leurs voisines. Dans le cas d'un corps solide, nous avons là une structure parfaitement définie. Les molécules s'organisent en rangs serrés et répondent à une organisation géométrique scrupuleuse.

Venons-en à un phénomène fondamental de la chimie organique : la liaison hydrogène. Explication. La liaison hydrogène intermoléculaire est une interaction électrostatique entre un atome d'hydrogène et un atome très électronégatif, tel que l'atome d'oxygène, de fluor ou d'azote. Or l'eau (H_2O) possède précisément des atomes d'oxygène et d'hydrogène. Et, dans une molécule d'eau, l'atome d'oxygène va attirer vers lui les électrons des deux atomes d'hydrogène. Ces derniers deviennent donc légèrement positifs (ils ont une charge partielle positive). L'atome d'oxygène affichant pour sa part une charge partielle négative. Conséquence : une liaison hydrogène peut s'établir entre un atome d'hydrogène (électropositif) appartenant à une première molécule et un atome d'oxygène (électronégatif) appartenant à une autre molécule.

Pas d'impatience, on approche de la solution ! À mesure que l'agitation des molécules diminue, la température de l'eau baisse, puis la glace se fige. Et là, les liaisons hydrogène (très faibles dans l'eau à l'état liquide) prennent une importance capitale. L'agencement des molécules va s'ordonner de manière très spécifique, car ces liaisons hydrogène conditionneront la structure même du solide. Dès lors, quand l'eau se transforme en glace, chaque molécule établit quatre liaisons hydrogène avec quatre molécules voisines. Ce qui dessine un tétraèdre (pyramide composée de quatre triangles).

Bien évidemment, le processus se répète pour chaque molécule d'eau contenue dans un récipient. Et lorsque l'eau se transforme en glace, l'échafaudage de tétraèdres produit une structure géométrique plus « aérée ». Mais fortement « disciplinée ». Tant et si bien que l'édifice ainsi construit occupe davantage de volume. Les molécules d'eau à l'état liquide n'obéissent absolument pas à un arrangement aussi fortement ordonnancé. Et voilà donc comment une même quantité de molécules d'eau occupe davantage de volume à l'état solide (glace) qu'à l'état liquide. Seule responsable : la liaison hydrogène.

À QUOI CORRESPOND LE ZÉRO ABSOLU ?

Molécules et atomes qui composent la matière ne restent pas immobiles (voir « Pourquoi l'eau occupe-t-elle davantage de volume en gelant ? »). Ce mouvement excessivement rapide et souvent désordonné des particules s'appelle l'agitation thermique. En fait, chaque fois que vous déterminez la température d'un corps, vous mesurez le niveau d'agitation de ses particules. La température se mesure en degrés Celsius (astrophysicien suédois, 1701-1744), en degrés Kelvin (physicien britannique, 1824-1907) ou en degrés Fahrenheit (physicien allemand, 1686-1736).

Le zéro absolu correspond à un état de la matière dans lequel les molécules ne bougent plus du tout. Par principe, on ne peut donc pas descendre au-dessous de cette limite fatidique... Sauf à concevoir un état où des atomes figés dans un rigoureux immobilisme pourraient encore bouger moins ! Ce point s'appelle le zéro degré Kelvin (0°K). Il équivaut à – 273,16 °C.

Du point de vue thermodynamique, le zéro absolu ne correspond pas exactement à l'immobilisme des particules de la matière. Disons qu'il caractérise le minimum d'énergie généré par un mouvement moléculaire. En réalité, il ne s'agit pas d'un repos complet, mais d'un état où le corps ne peut plus transmettre la moindre chaleur à une substance voisine. Tout simplement parce que les atomes et les molécules ne peuvent plus céder leur énergie cinétique.

À la température du zéro absolu, certains corps développent des propriétés spécifiques qui ouvrent des champs d'investigation susceptibles de déboucher sur des applications prometteuses. Ainsi, certains métaux ou alliages perdent toute résistance électrique (supraconductivité). Et des fluides abandonnent leur viscosité (superfluidité). Mais la limite du zéro absolu reste encore théorique. On parvient toutefois assez facilement à une valeur qui se situe autour de 0,2 °K. Et à des valeurs encore plus basses dans des situations expérimentales très spécifiques.

Un iceberg contient-il de l'eau douce ou de l'eau salée ?

Sur le continent Antarctique (les terres du pôle Sud), la température dépasse rarement 0 °C l'été. L'hiver, le thermomètre descend à – 80 °C. Conséquence : une épaisse calotte glaciaire (plus de 4 000 mètres en certains endroits) recouvre la quasi-totalité du continent. Un tel environnement donne évidemment naissance à d'impressionnants glaciers (par exemple, le glacier Lambert dans la partie orientale de l'Antarctique).

À l'opposé, c'est-à-dire au pôle Nord, se trouve l'océan glacial Arctique, notamment entouré du Groenland (vaste île largement couverte d'un manteau de glace), du Canada, de l'Alaska (États-Unis), de la Russie. En fait, la majeure partie de l'océan Arctique se compose d'une couche de glace qui atteint deux à quatre mètres d'épaisseur (plus de dix mètres par endroits). Formée par congélation de l'eau de mer, la banquise contient donc de l'eau salée. Et, lorsqu'elle se fragmente, il s'en détache des radeaux de glace que l'on appelle des *floes* (eux aussi salés).

Mais attention, il ne faut surtout pas confondre *floes* et icebergs ! Car, si les premiers proviennent de morceaux de banquise brisée, les seconds se détachent d'un glacier continental ou d'un inlandsis (gigantesque glacier très épais et très étendu qui se propage dans toutes les directions). Et, comme glaciers et inlandsis se forment par accumulation de neige, les icebergs contiennent donc pour leur part... de l'eau douce.

D'immenses icebergs, sortes d'îles flottantes de plusieurs dizaines de kilomètres de long, se détachent régulièrement des grands glaciers du Groenland, mais surtout de l'inlandsis de l'Antarctique. On a même repéré un iceberg qui possédait une superficie comparable à celle de la Corse.

La densité de la glace étant inférieure à celle de l'eau salée, les icebergs flottent sur l'océan et ne laissent dépasser en surface que le septième de leur masse. Aussi présentent-ils un réel danger pour la navigation maritime. Le drame du *Titanic* a d'ailleurs probablement contribué à entretenir la légendaire réputation maléfique de l'iceberg sournois. Le *Titanic*, paquebot moderne, luxueux et considéré comme insubmersible, appareille de Southampton (sud de l'Angleterre) le 10 avril 1912. Dans la nuit du 14 au 15 avril, le navire heurte un iceberg au sud des bancs de Terre-Neuve. Le bâtiment sombre en moins de trois heures. Sur les 2 220 passagers et membres d'équipage, 1 513 trouvent la mort dans cette catastrophe.

COMBIEN MESURE UN MÈTRE ?

Vous avez bien lu : combien mesure un mètre ? Posez la question autour de vous. Dans le meilleur des cas, vous obtiendrez une réponse du genre : « Eh bien ... un mètre. » Certes ! Mais encore ? En d'autres situations, vous aurez droit à un rire goguenard accompagné d'un regard ahuri en guise de ponctuation au silence qui s'ensuit.

Alors, formulons la question autrement. Et remplaçons-la par une tournure propice à éveiller la réflexion : « À quelle longueur de référence correspond le mètre ? » Car, si chacun considère à juste titre que le mètre possède aujourd'hui une valeur étalon, cette unité de mesure élémentaire a forcément été établie à partir d'un critère de référence. Alors, lequel ? La longueur du mètre repose donc, à n'en point douter, sur un « modèle » que l'on conçoit assez difficilement sorti de la besace d'un savant fou qui aurait jeté un morceau de bois à la face du monde en disant : « Voilà, dorénavant, le mètre fera cette longueur-là ! » En réalité, la naissance du mètre repose sur une exceptionnelle aventure où se mêlent compétence scientifique, courage physique et abnégation. Le tout sur fond d'obscurantisme, de Terreur révolutionnaire et d'expansionnisme commercial.

Aux abords de la Révolution française, l'ensemble des unités de mesure – qu'il s'agisse des longueurs, poids, volumes ou surfaces – diffèrent selon les régions. Voire d'une ville à l'autre. Car le moindre petit seigneur a le droit de fixer ses propres règles en la matière. De son côté, le roi jouit évidemment du même pouvoir, ce qui ajoute encore à la confusion dans la mesure où des marchands veulent parfois imposer la suprématie des références royales lorsque cela les arrange dans une négociation. Aussi en arrive-t-on à une véritable anarchie dans la pratique commerciale quotidienne. Une situation tout aussi délicate dès qu'il fallait aborder les activités administratives ou scientifiques. Passe encore que les unités utilisées ici ou là aient des noms différents. Dans ces conditions, chacun sait à quoi s'en tenir. Mais il arrive aussi qu'une mesure qui porte le même nom dans deux régions différentes ne corresponde pas à la même valeur quantitative. Par exemple, la livre était plus ou moins lourde selon les endroits !

Le corps humain servait souvent de référence pour tout ce qui touche à la mesure des longueurs. Ainsi, parlait-on de toise, de pied, de coudée ou de pouce. Mais il y avait aussi la ligne ou la brasse. Pour les surfaces, on comptait souvent en journées (étendue qu'un paysan peut faucher en une journée de travail). Mais il existait aussi les perches. Quant aux mesures de poids, outre la livre déjà évoquée, il existait également le curieux grain. Référence à un grain d'orge, ni trop humide ni trop sec et « normalement gros » ! L'obole valait dix grains. Avec deux oboles vous faisiez un scrupule (donc vingt grains). Et vingt-quatre scrupules égalaient une once ! Vous suivez ? Et avec douze onces, vous aviez finalement une livre. Mais attention, une livre médicinale ou une livre romaine. Car, pour la livre de Paris, il fallait alors pousser jusqu'à seize onces !

À la lumière de ces exemples amusants, vous aurez

compris que chacun appelait de ses vœux une réglementation digne de ce nom. Les premières tentatives virent d'ailleurs le jour dès le IXe siècle. Mais jamais elles n'aboutiront, faute d'une réelle volonté politique. Il faudra donc attendre le 8 mai 1790 pour que l'Assemblée nationale constituante décide la mise en place rapide d'un système des poids et mesures unique sur l'ensemble du territoire. Aux yeux de tous, ce projet possède l'immense mérite de rendre obsolète l'incohérence d'un système soutenu jusqu'ici par l'ancien pouvoir féodal. Chacun comprend aussi que cette réforme porte en elle la notion d'universalité chère au siècle des Lumières et qu'elle pourra, de surcroît, largement contribuer à l'unification de la nation. Objectif : créer un système de mesure simple, stable, uniforme, précis, invariable dans le temps et l'espace. Le cahier des charges stipule également la nécessité de trouver un nom totalement nouveau et facile à retenir. Par ailleurs, dans la mesure où la France et l'Angleterre décident, dans un premier temps, d'unir leurs efforts pour tenter de bâtir un modèle international, il convient bien évidemment que les normes retenues ne s'attachent à aucune référence nationale. Vaste programme donc.

Les scientifiques de l'époque commencent par plancher sur la mise au point du fameux étalon de référence. Dans un premier temps, ils songent à s'appuyer sur les propriétés du pendule simple dont la période d'oscillation dépend de la longueur. Une idée fort intéressante puisque la notion du temps aurait ainsi permis d'établir une unité de longueur. Borda, Condorcet et Lavoisier travaillent donc sur ce projet fondé sur la longueur du pendule simple battant la seconde à la latitude de 45 degrés. En d'autres termes, il s'agissait de déterminer la longueur (dans l'espace géographique) d'une seconde de l'espace-temps ! Mais les premières mesures démontrent que la longueur varie en fonction du lieu (altitude et latitude). Aussi cette référence perd-elle immédiatement toute valeur universelle. De chaudes discussions s'ensuivent entre Anglais et Français. Vers la fin de l'année 1790, elles débouchent finalement sur le retrait pur et simple des Britanniques.

Laplace et Monge rejoignent la commission chargée de poursuivre l'étude. Et, en mars 1791, cette belle brochette de scientifiques va préconiser de recourir au méridien terrestre, un cercle imaginaire qui passe par les deux pôles et dont la longueur peut indiscutablement servir de base universelle à l'élaboration d'une référence *a priori* immuable. Dès 1683, l'astronome Jean-Dominique Cassini avait lancé une grande campagne de mesures, tout comme l'avait fait avant lui le mathématicien et brillant médecin Jean Fernel (1497-1558). Évidemment, l'évaluation de ces grandeurs se faisait par des mesures partielles sur le terrain auxquelles il convenait d'associer des calculs et extrapolations. Fernel s'était attaqué à l'arc Paris-Amiens, tandis que Cassini mesura un axe de près de neuf degrés entre Dunkerque et Collioure. Mais la commission juge que ces mesures manquent de précision et elle décide donc de tout reprendre à zéro, en travaillant cependant sur un tracé connu : Dunkerque-Perpignan-Barcelone. Un arc qui ne représente bien évidemment qu'une petite partie de ce quart de méridien terrestre qui doit servir de référence pour définir la future unité de mesure universelle. Mais la distance reste cependant suffisante pour en déduire de façon précise la longueur du quart de méridien. L'Assemblée confie la responsabilité de l'expédition à deux éminents astronomes géodésiens français : Jean-Baptiste Delambre (1749-1822) et Pierre Méchain (1744-1804). Delambre s'occupe de la portion Dunkerque-Rodez et Méchain du tronçon Rodez-Barcelone.

À l'évidence, aucune route parfaitement rectiligne et sans aucun relief ne relie Dunkerque à Barcelone. Les deux hommes vont donc utiliser la technique de la triangulation mise au point, au début du XVIIe siècle, par le géomètre Willebrod van Roijen Snellius (1591-1626). Une méthode éprouvée qui repose notamment sur une succession de mesures d'angles. Il suffit de construire une suite de triangles qui ont deux à deux un côté commun. Les sommets de ces deux triangles juxtaposés étant des points visibles de type clocher, tour, colline, voire balise artificielle, etc. Des visées permettent la mesure des angles de ces triangles. On en déduit la distance réelle entre deux points par calculs trigonométriques et projection.

À ce stade commence une exceptionnelle aventure humaine qui va durer six longues années (1792-1798). Une véritable épopée conduite par deux hommes d'exception. Car l'un et l'autre doivent d'abord contrôler la rigueur scientifique des multiples mesures et effectuer moult calculs et vérifications, mais il leur faut également motiver leurs équipes respectives qui menacent à plusieurs reprises de tout abandonner. En effet, malgré leurs papiers officiels en bonne et due forme, curés et villageois illettrés se méfient de Méchain et Delambre. Ils les prennent pour des groupes de fuyards ou de brigands, voire pour des espions. Et quand ils doivent par malheur peindre de blanc (la couleur du roi !) un signal d'observation destiné à leurs visées, de violentes bagarres éclatent.

Les hommes dorment sous la tente, dans des étables ou à la belle étoile alors que presbytères et mairies devaient fort logiquement les accueillir. Bref, dans une France meurtrie par la Révolution et menacée sur son propre sol par les armées de la première coalition (Autriche, Angleterre, Hollande et Espagne), l'opération tourne au véritable cauchemar. D'autant qu'il ne faut pas négliger l'intense fatigue due notamment au transport du matériel. Que ce soit en plein cœur de l'hiver sous la neige, la pluie et le froid, ou au meilleur de l'été sous une canicule harassante, les hommes reprennent parfois la même visée une centaine de fois. Mais les mesures continuent et, finalement, l'expédition avance, vaille que vaille. Et on évite le drame lorsque Pierre Méchain, victime d'un grave accident, reste plusieurs jours entre la vie et la mort. Il se rétablit mais perd définitivement l'usage de son bras droit. Cependant, l'astronome poursuivra jusqu'au bout sa mission. Avec une passion inaltérable.

Le périple des deux astronomes prend fin en avril 1798. Et l'histoire retiendra que les mesures et calculs de Méchain et Delambre (551 584,7 toises) donneront un résultat quasiment identique à la référence internationale produite en 1980 ! Seulement voilà : la Convention s'impatiente. Elle n'a pas attendu les résultats du travail colossal décidé en 1791. Et, dès le 1er août 1793, elle s'appuie sur les mesures (elles aussi très proches de la réalité) de Cassini. La Convention décrète que l'unité de mesure vaudra désormais la dix millionième partie du quart du méridien terrestre.

Cette longueur de référence prendra le nom de mètre, du grec *metron* qui signifie mesure. Mais une fois la référence de base déterminée, il faut désormais mettre au point les multiples et les sous-multiples de l'unité. Les tenants d'un « découpage » par dix s'affrontent à ceux qui préfèrent une division (ou multiplication) par douze. Après quelques tergiversations, on adopte finalement le partage sur la base du chiffre dix. Les multiples donneront les préfixes deca, hecto, kilo. Et les sous-multiples s'attacheront milli, centi ou déci. Quant à la loi constitutive du système métrique décimal qui officialise l'existence d'un seul étalon pour l'ensemble de la République, elle voit le jour le 7 avril 1795. Il s'ensuit la fabrication d'une règle de platine sur laquelle sera tracé le mètre de référence. Et pour que nul n'ignore la vraie longueur de cette nouvelle mesure, la Convention fait construire en de nombreux lieux publics des édifices de marbre qui portent le tracé de ce nouveau mètre, l'étalon officiel.

La mise en place de l'unité de mesure des longueurs va enfanter l'unité de masse. Dans un premier temps, on définira l'unité de capacité : un cube d'un décimètre de côté. Il suffira d'emplir ce cube d'un liquide universel pour obtenir l'unité de masse. Le choix se portera sur une eau pure (distillée) à la température de 4 °C (c'est-à-dire à son maximum de densité). Le kilogramme sera donc défini comme étant la masse d'un décimètre cube d'eau distillée à la température de 4 °C. Les étalons prototypes du mètre et du kilogramme seront déposés le 22 juin 1799 aux Archives de la République. Une loi du 10 décembre 1799 les propulse au rang « d'étalons définitifs des mesures de longueur et de poids dans toute la République ».

Le pari semble donc gagné. Et pourtant ! De multiples réticences voient le jour. D'autant que les tolérances transitoires acceptées ici ou là ne facilitent pas l'application des normes officielles. Une fois la Révolution passée, chacun s'arc-boute dans sa région sur les bonnes vieilles mesures d'antan. Conséquence : le nouveau système métrique a du plomb dans l'aile dès le début du XIXe siècle. Au point qu'il a même failli disparaître en 1812, époque où des décrets impériaux tolèrent l'utilisation de « mesures usuelles » dans le commerce de détail et les usages journaliers. Finalement, le système métrique décimal s'imposera en 1840. Date à laquelle il devient résolument obligatoire. La République helvétique (1803), les Pays-Bas (1816) et la Grèce (1836) utilisaient déjà le système métrique décimal. Il fut introduit en Allemagne en juin 1868. Les prototypes internationaux seront placés au Pavillon de Breteuil en septembre 1889. L'étalon du mètre se présente sous la forme d'une règle de 102 centimètres marquée de deux repères à chaque extrémité. La distance comprise entre ces deux traits représente la dix millionième partie du quart du méridien terrestre.

Mais, dans une formulation plus moderne qui nous ramène à la notion de temps abordée jadis avec le pendule simple, le mètre a été défini par la XVIIe Conférence internationale des poids et mesures (octobre 1983) comme étant « la longueur du trajet que parcourt la lumière dans le vide pendant 1/299 792 458e de seconde » !

COMMENT LES BIOLOGISTES CLASSENT-ILS LE VIVANT ?

Pour répondre à une telle question, il convient d'effectuer un petit voyage dans l'univers passionnant de l'évolution et de ses perpétuelles découvertes qui nous aident à mieux comprendre l'adaptation de la vie à son environnement.

Les premiers « êtres vivants » apparaissent il y a environ 3,5 milliards d'années. Les scientifiques les appellent les procaryotes. Il s'agit d'organismes unicellulaires dépourvus d'un noyau figuré. Leur paroi cellulaire possède des enzymes et ils se reproduisent par le principe de la division asexuée (fission, bourgeonnement, fragmentation). Les organismes à structure procaryote se divisent en deux types différents : d'un côté, les archéobactéries ; de l'autre, les eubactéries. Des spécificités chimiques et lipidiques (notamment dans la constitution de la membrane plasmique et de la paroi cellulaire) permettent de distinguer ces deux bactéries procaryotes.

Le microbiologiste américain Carl Woese (université de l'Illinois, né en 1928) découvre les archéobactéries en 1977. C'est un groupe d'organismes unicellulaires très hétérogènes dont certaines espèces connues (la liste s'enrichit tous les ans) peuvent vivre dans des milieux extrêmes de chaleur (300 °C), de salinité, voire d'acidité. Mais certaines archéobactéries se développent aussi dans les milieux froids. Elles vivent (sous forme sphérique, spirale ou en bâtonnet) dans un contexte aquatique ou terrestre.

Les eubactéries disposent également d'une structure procaryote (sans noyau). Elles vivent dans tous les milieux et, selon les cas, tirent leur énergie de la lumière (pour les phototrophes), de la matière organique vivante ou morte (hétérotrophes), de composés chimiques (chimiotrophes). Par exemple, les eubactéries remplissent une fonction prépondérante dans le recyclage des déchets organiques. Mais parmi les eubactéries figurent surtout les célèbres cyanobactéries. Ces bactéries ont la particularité de pratiquer la photosynthèse, c'est-à-dire qu'elles utilisent la lumière comme source première d'énergie (pour fabriquer des sucres) et dégagent de l'oxygène. Il y a environ trois milliards d'années, les cyanobactéries ont connu une expansion considérable dans les mers de petite profondeur et elles ont incontestablement joué un rôle essentiel dans le développement de la vie en étant à l'origine de la production de l'oxygène qui caractérise l'atmosphère de notre planète. Et ces bactéries photosynthétiques continuent de jouer un rôle fondamental dans l'écosystème terrestre.

Vers 1,5 milliard d'années vont se développer des structures vivantes beaucoup plus complexes que les procaryotes (archéobactéries et eubactéries). Les biologistes vont les appeler les eucaryotes. Cette fois, il s'agit d'organismes qui possèdent un noyau cellulaire entouré par une membrane délimitant un matériel génétique organisé en chromosomes. Par ailleurs, les eucaryotes présentent le plus souvent une reproduction de type sexuée. Dès lors, les eucaryotes vont provoquer un gigantesque bouleversement dans le monde du vivant qui va successivement s'enrichir d'eucaryotes unicellulaires et d'eucaryotes pluricellulaires. L'exceptionnelle effervescence de la vie maritime va engendrer les premiers organismes mous (vers, mollusques), puis elle donnera naissance aux premiers vertébrés considérés comme les ancêtres de nos poissons vers 500 millions d'années. S'ensuivra bien évidemment la fabuleuse aventure de l'évolution, mise en théorie par Charles Darwin (1809-1882) en 1859 avec la publication de son ouvrage *De l'origine des espèces.*

La thèse de Darwin a bien sûr subi approfondissements, raffinements et corrections à la lumière de plus d'un siècle et demi de travaux. Mais ces apports scientifiques sérieux qui montrent la complexité des multiples facettes de la théorie de l'évolution biologique ne viennent en aucune façon, et sous aucune forme, remettre en cause les principes du darwinisme. Une théorie dans laquelle Darwin expose notamment deux concepts fondamentaux. Dune part, celui de la transformation des espèces en d'autres espèces par modification du patrimoine héréditaire, variations qui permettent aux organismes de mieux s'adapter à leur environnement. D'autre part, il ajoute la notion de sélection naturelle en la définissant comme la « préservation des variations favorables dans la lutte pour la vie et le rejet des variations préjudiciables ». Les généticiens modernes résumeront ce mécanisme sous le nom de couple « mutation/sélection ».

Rappelons que la théorie de Charles Darwin se heurtait au principe de l'invariabilité des espèces. Théorie notamment défendue par Carl von Linné (1707-1778) dans *Systema Naturae.* Le botaniste suédois y présente une classification naturelle issue d'une création divine décrite dans le Livre de la Genèse. Cette thèse du fixisme des espèces était largement approuvée par la communauté scientifique du XIXe siècle et notamment par le zoologiste et paléontologue français Georges Cuvier (1769-1832). Ironie de l'histoire : les remarquables travaux (classement et découvertes d'espèces disparues) du père de la paléontologie servirent de base à l'élaboration des premières théories du transformisme.

Mais revenons à notre classification du vivant. Il existe des eucaryotes unicellulaires et des eucaryotes multicellulaires. Les eucaryotes unicellulaires sont rassemblés dans le règne des protistes. Ce règne du vivant se divise généralement en deux parties : les protozoaires (animaux) et les protophytes (végétaux). Quant aux eucaryotes pluricellulaires, ils vont se répartir en trois règnes : champignons (mycètes), plantes (végétaux chlorophylliens) et animaux. Cette classification du vivant a évidemment varié depuis la fin du XIXe siècle. Et elle va continuer de se modifier au fil des découvertes, prouvant ainsi la vigueur des recherches en la matière. Par exemple, les champignons ont d'abord appartenu au règne végétal. Mais ils sont dépourvus de racines, tiges ou feuilles et, surtout, de chlorophylle. De surcroît, ils se nourrissent de matières organiques. Les biologistes ont donc décidé de leur attribuer un règne à part entière.

La classification scientifique traditionnelle propose donc cinq règnes du vivant : 1) Procaryotes (archéobactéries, eubactéries). 2) Protistes (eucaryotes unicellulaires). 3) Champignons. 4) Végétaux. 5) Animaux. Ces trois derniers règnes étant occupés par des eucaryotes multicellulaires. Mais de nombreux chercheurs ont remis en cause cette organisation et ils pensent, par exemple, que le règne des protistes n'a plus rien de pertinent. En effet, certains biologistes préfèrent s'appuyer sur une classification phylogénétique qui se fonde en priorité sur l'existence de liens de parenté génétiques, tandis que la classification traditionnelle se fonde plutôt sur des traits phénotypiques (caractères physiques visibles) et sur des préférences nutritionnelles.

La classification phylogénétique s'est développée dans les années 1960. Ses adeptes modernes s'intéressent aussi aux caractères visibles (anatomie et morphologie), mais vont, pour leur part, jusqu'à la prise en compte des séquences d'ADN en passant par l'étude des protéines. Autrement dit, la phylogénétique (encore appelée phylogénie moléculaire ou phylogénie biochimique) décrit les liens entre les espèces en s'appuyant sur la théorie de l'évolution. Ainsi, en partant des espèces actuelles, les chercheurs peuvent reconstituer l'histoire de l'évolution. Ils établissent entre les organismes vivants des relations de parenté qui débouchent sur la construction d'une sorte de gigantesque arbre généalogique. La formidable explosion de la biologie moléculaire et l'exploration de l'ADN des espèces actuelles (ou disparues) ont mis en évidence l'existence de « distances génétiques » qui constituent finalement des liens de parenté entre espèces différentes. Sans cesse remaniée, cette classification sous la forme d'un arbre phylogénétique repose sur trois domaines (et non plus règnes) : archéobactéries, eubactéries et eucaryotes. *Exit* donc l'opposition procaryotes/eucaryotes. Quant aux protistes, ils explosent dans tous les sens. Toutes ces recherches ouvrent incontestablement un champ d'investigation prodigieux dont on ne connaît manifestement que les balbutiements.

Aussi nous faut-il revenir, pour une meilleure compréhension globale, à la classification scientifique traditionnelle. Outre les cinq règnes, elle repose ensuite sur l'organisation suivante : embranchement, classe, ordre, famille, genre et espèces. Chacune de ces divisions pouvant être elle-même composée de sous-divisions. Prenons deux exemples classiques. Dans le règne animal, embranchement des vertébrés, classe des oiseaux, ordre des apodiformes, figurent des animaux comme le colibri ou le martinet. Toujours dans le règne animal, embranchement des arthropodes, classe des insectes, ordre des siphonaptères, figurent les puces. Dans une autre branche de la classe des insectes, ordre des coléoptères, figure le lampyre, appelé communément ver luisant (voir *Le Pourquoi du Comment*, tome I, p. 147).

POURQUOI LE SANG EST-IL ROUGE ?

Propulsé par le cœur, le sang chemine à travers le corps pour transporter l'oxygène et les substances nutritives dont chacune de nos cellules a besoin pour fonctionner. Le sang se compose : d'une part, du plasma ; d'autre part, d'éléments dits figurés (les cellules) qui représentent environ 45 % du volume sanguin total. Ces éléments figurés sont les globules rouges (hématies), les globules blancs (leucocytes) et les plaquettes (thrombocytes). La masse totale du sang contenue dans le corps humain représente entre 6 à 8 % du poids d'un individu.

Les globules rouges (environ cinq millions par millimètre cube) sont autant de petits ballons d'hémoglobine, une molécule constituée de quatre chaînes de protéines liées chacune à un atome de fer. L'hémoglobine capte l'oxygène au niveau des poumons pour la distribuer dans nos tissus. Mais, en fixant l'oxygène, le composé ferrique de chaque molécule forme de l'oxyhémoglobine... de couleur rouge. Une teinte d'autant plus intense que chacun des petits ballons est saturé en oxygène.

Ainsi, après son passage dans le circuit pulmonaire, le sang oxygéné que véhiculent les artères possède une couleur d'un rouge franc. À l'inverse, celui que transportent les veines paraît pâle, voire bleuté. En effet, les veines caves supérieure et inférieure conduisent à l'oreillette droite du cœur le sang qui a libéré son oxygène au niveau des tissus.

UN MAMMIFÈRE PEUT-IL PONDRE DES ŒUFS ?

Toute espèce vivante se rattache à une nomenclature codifiée qui porte le nom du genre et de l'espèce (sachant que le langage international exige toujours une majuscule au nom du genre). Chaque espèce pouvant à son tour être composée de sous-espèces ou de variétés (voir « Comment les biologistes classent-ils le vivant ? »). Prenons un nouvel exemple (langage international entre parenthèses). Dans le règne animal *(Animalia)*, embranchement des vertébrés *(Vertebrata)*, classe des mammifères *(Mammalia)*, ordre des carnivores *(Carnivora)*, famille des félidés *(Felidae)*, genre des grands félins *(Panthera)*, on trouve l'espèce du tigre... qui s'écrit donc : *Panthera tigris.* La classe des mammifères compte 4 600 espèces. Dont celle qui pond des œufs !

L'espèce se définit comme une population dont les sujets peuvent se reproduire entre eux dans des conditions naturelles, leur descendance étant elle-même féconde (on parle alors d'interfécondité). Cette notion de reproduction possible de la descendance est ici fondamentale. Prenons en effet l'exemple des ânes et des chevaux. Le croisement d'un étalon et d'une ânesse est possible. Il donne naissance à un bardot ou à une bardine. Le résultat des amours d'un âne et d'une jument engendre, pour sa part, une mule ou un mulet. Mais il s'agit là d'animaux hybrides qui ne peuvent générer aucune descendance directe. Tous les mâles sont stériles (et les femelles aussi, à de très rares exceptions près). Conclusion, ânes et chevaux appartiennent à deux espèces différentes (voir *Le Pourquoi du Comment*, tome I, p. 141) puisque le fruit de leur croisement n'est pas interfécond.

Dans l'embranchement des vertébrés, figure donc la classe des mammifères qui apparaissent vers 225 millions d'années et prolifèrent vers 65 millions d'années. Les mammifères possèdent notamment les caractéristiques suivantes : température corporelle constante (entre 36 et 39°) ; allaitement des petits par la femelle ; os de l'oreille clairement séparés de la mâchoire inférieure. Les mammifères portent généralement des poils qui régulent la température corporelle et qui ont pu évoluer en piquants, voire en écailles. Car certains mammifères sont adaptés à la vie en milieu aquatique ou marin : cétacés (baleine, dauphin), pinnipèdes (phoques, otaries, morses).

La classification des mammifères s'avère particulièrement complexe. Cependant, la zoologie reconnaît trois grandes catégories. Il y a tout d'abord les mammifères placentaires (répartis en plusieurs ordres) qui présentent le mode de reproduction le plus évolué : le jeune effectue la totalité de son développement dans l'utérus de la femelle. Donc à l'intérieur de l'organisme maternel. L'embryon se nourrit grâce au placenta (d'où le nom de mammifère placentaire). Vient ensuite l'ordre des marsupiaux (ou métathériens), surtout présents en Australie, Océanie et Amérique du Sud (koalas, kangourous, wombats, opossums, etc.). Chez les marsupiaux, le développement du jeune commence dans l'utérus. Mais la croissance se poursuit dans la poche ventrale de la mère (poche dans laquelle débouchent les glandes mammaires). Reste enfin l'ordre des monotrèmes qui regroupe quatre espèces différentes. Trois chez les échidnés plus l'ornithorynque. Et la particularité des monotrèmes réside dans le fait que la femelle de ce mammifère atypique pond des œufs, comme les animaux appartenant à la classe des oiseaux. Les monotrèmes sont donc des mammifères ovipares.

Couverts d'un mélange de fourrure et de piquants, les échidnés possèdent une petite bouche, une fine mâchoire sans dents, une langue collante pour attraper thermites et arthropodes. Il existe une espèce d'échidné à nez court *(Tachyglossus aculeatus)* n'excédant généralement pas cinq kilos et que l'on rencontre en Australie et Tasmanie. Et deux espèces à nez long *(Zaglossus bruijni* et *attenboroughi)* dont le poids peut atteindre dix kilos et qui vivent en Nouvelle-Guinée. La femelle pond généralement un seul œuf (rarement deux) après une vingtaine de jours de gestation. Elle le place alors dans une sorte de poche placée sur son abdomen. L'œuf éclôt au bout d'une dizaine de jours et le petit reste dans la poche pendant deux mois environ. Il se nourrit en suçant le lait qui coule des glandes mammaires situées dans la poche.

Quant à la quatrième espèce de l'ordre des monotrèmes, il s'agit de l'ornithorynque, une sorte de gros castor couvert de fourrure marron. Pourvu de quatre pieds palmés et d'un museau de canard, l'ornithorynque mesure de trente à soixante centimètres et possède une large queue plate d'environ quinze centimètres de long. Le mâle porte sur la face intérieure des pattes arrière des aiguillons venimeux. L'ornithorynque vit en milieu semi-aquatique à l'est de l'Australie et en Tasmanie (petit État insulaire séparé du continent australien par le détroit de Bass). Excellent nageur, il passe le plus clair de son temps dans l'eau et il se nourrit de larves d'insectes, vers et écrevisses, en fouillant la vase de son curieux bec caoutchouteux.

Comme chez tous les monotrèmes, la femelle de l'ornithorynque n'accouche donc pas de petits vivants. Elle pond ses œufs dans un nid (entre deux et quatre par couvée). À la naissance, les jeunes sont dépourvus de fourrure. Dès que les œufs éclosent, les petits s'agrippent à leur mère. La femelle n'ayant pas de mamelle apparente constituée, son lait s'écoule par de petites ouvertures pratiquées dans la peau, puis il se répand le long des poils que sucent alors les bébés ornithorynques pour se nourrir.

QUELLE TAILLE PEUT ATTEINDRE LA GIRAFE ?

Paisible mammifère ruminant, la girafe émerveille et impressionne les bambins, mais elle suscite encore et toujours la curiosité des zoologues qui cherchent à comprendre certaines de ses spécificités parfois déconcertantes. On pourrait d'ailleurs affirmer dire que la girafe ressemble à une sorte d'animal de l'extrême, tant elle collectionne de records au niveau de ses caractéristiques physiques. La taille d'abord. La girafe peut atteindre une hauteur maximale de six mètres. Ce qui en fait le plus grand des mammifères mais aussi le plus lourd des ruminants. La femelle pèse environ une tonne et le mâle cinq cents kilos de plus. Et lorsqu'une telle masse s'élance, elle peut atteindre 60 km/heure en pleine course. Une belle performance compte tenu de son poids, bien sûr, mais aussi du balancier que constitue ce cou de plus de deux mètres qu'elle doit maîtriser. Pourtant, la girafe n'utilise pas la technique la plus véloce. En effet, elle va à l'amble à l'instar de l'ours ou du chameau, c'est-à-dire que, pour courir, elle lève simultanément les deux pieds situés d'un même côté du corps. Autre particularité, à l'inverse de presque tous les ruminants, la girafe rumine debout. En fait, elle éprouve de grandes difficultés pour plier parfaitement les pattes et elle ne se couche pratiquement jamais. Le plus souvent, elle dort également debout.

Reste une caractéristique banale. Contrairement à ce que la longueur de son cou pourrait laisser penser, la girafe ne possède que sept vertèbres cervicales, comme tous les autres mammifères, y compris l'humain. Évidemment, chaque « pièce » mesure une trentaine de centimètres. Ce qui, ajouté à la taille de ses pattes, lui permet de culminer à environ six mètres de hauteur pour manger les feuilles d'acacia des steppes du centre et du sud de l'Afrique. Elle les arrache avec une langue de plus de cinquante centimètres, là encore un record de longueur parmi l'ensemble des ongulés qui regroupent quatre ordres : périssodactyles (nombre impair de doigts avec le cheval, l'âne, le rhinocéros et le tapir) ; artiodactyles (nombre pair de doigts, avec le sous-ordre des ruminants auquel appartient notamment la girafe et celui des non-ruminants auquel appartient par exemple le porc) ; proboscidiens (éléphant) et enfin hyracoïdes (damans).

Quant à l'origine de cet interminable cou longiligne, il a fait couler beaucoup d'encre et continue d'attiser bien des débats. La thèse simpliste qui consiste à dire que l'animal cherchait à manger des feuilles perchées de plus en plus haut pour subsister ne paraît vraiment pas satisfaisante. Certes, elle répond au principe de la sélection naturelle, de l'évolution et de l'adaptation, mais on peut aussi bien imaginer que la structure de la girafe résulte d'une variation infime ou d'une mutation fortuite de son matériel génétique qui lui aurait donné ce cou démesuré dont aurait hérité sa descendance. En fait, deux options se présentent. Il y a des feuilles d'acacia dont la girafe raffole à six mètres de haut, donc elle a un long cou. La girafe a un long cou, donc elle mange benoîtement les feuilles qui se présentent à sa hauteur. À vous de choisir.

Mais ceux qui ont longuement observé une girafe en train de boire peuvent aussi avancer une troisième hypothèse. Pour s'abreuver à la mare, l'animal doit écarter ses pattes antérieures qui, de surcroît, s'enfoncent dans la vase (souvenez-vous que la girafe plie ses membres avec difficulté). En cet instant précis, l'animal est d'ailleurs très vulnérable face aux lions prédateurs. On perçoit très nettement à ce moment sa peur et son regard craintif. Parfois, une autre girafe surveille d'ailleurs les alentours. Instincts qui prouvent que le besoin de se désaltérer (aussi important que celui de manger) pose problème au ruminant. Alors, supposons une girafe « primitive », aux longues pattes antérieures, pourvue d'un cou court. Ceux qui défendent la thèse du cou qui s'allonge pour manger peuvent tout aussi bien pencher pour le cou qui s'allonge pour boire plus facilement !

Outre les surprenantes caractéristiques que nous venons d'évoquer, subsiste cette merveilleuse machine de répartition sanguine dont bénéficie l'animal. Aujourd'hui encore, elle fait l'admiration des zoologues et l'objet d'études susceptibles de nous rendre quelques services futurs. En effet, la girafe possède un cœur de onze kilos qui pompe soixante litres de sang par minute ! Un véritable exploit. Ce moteur est associé à un réseau veineux très élaboré et l'ensemble constitue une « machinerie » performante : muscles annulaires pour « hisser » le sang, valves pour lui éviter de chuter brutalement et système de dérivation situé à la base du crâne capable de moduler l'afflux sanguin. Une « mécanique » qui permet d'irriguer le cerveau de la girafe, situé *grosso modo* deux mètres cinquante plus haut que le cœur, aussi bien que les membres inférieurs du ruminant. Et que dire du dispositif en question lorsque la girafe baisse la tête, pour boire ou pour s'occuper de ses petits. Eh bien ! le processus régule tranquillement le tout. Sans heurts ni à-coups ni syncope ! La prochaine fois que vous allez dans un zoo, prenez le temps d'observer une girafe.

POURQUOI PLEURE-T-ON EN ÉPLUCHANT DES OIGNONS ?

Plante herbacée de la famille des liliacées, à la fois légume et condiment, l'oignon possède des feuilles cylindriques creuses qui mesurent entre soixante centimètres et un mètre. Le bulbe de cette plante potagère se consomme cru ou cuit. Mais, dans les deux cas, il faut l'éplucher et sortir les mouchoirs.

Dans le règne des végétaux (voir « Comment les biologistes classent-ils le vivant ? »), les poireaux, l'ail et l'oignon appartiennent au genre *Allium*. Et ces trois espèces contiennent des molécules soufrées complexes. Dès que le couteau s'attaque au bulbe de l'oignon, pour l'éplucher ou pour le hacher, il va déchirer les tissus du légume. Transformées par des enzymes (les allinases), les cellules se dégradent et les molécules libèrent des composés volatils qui se répandent immédiatement dans l'air. La présence de soufre produit alors des substances comparables à celles que l'on trouve dans les gaz lacrymogènes utilisés par les forces de police pour disperser les manifestations. Ce composé soufré va alors irriter les muqueuses de la gorge et du nez. Ainsi que les glandes lacrymales qui sécrètent les larmes. Les yeux commencent alors à piquer et, en réponse à cette agression, la sécrétion de larmes augmente pour tenter de calmer l'irritation. Le canal lacrymo-nasal (situé dans la paupière inférieure) ne suffit plus pour écouler le surplus de liquide vers le nez. L'inondation gagne, les yeux débordent de larmes et, couteau en main... le cuisinier pleure.

Les molécules soufrées qui sont à l'origine de cette réaction en chaîne se diluent généralement dans l'eau. Éplucher un oignon sous le robinet permet donc d'atténuer la diffusion de ces très désagréables substances irritantes. En fait, associées à la forte odeur que dégage la plante, elles jouent le rôle d'une fonction défensive, voire répulsive, à l'encontre de la plupart des herbivores qui s'empressent d'aller brouter plus loin.

POURQUOI, QUAND ET COMMENT RÊVE-T-ON ?

Ce qui nous intéresse ici concerne l'activité psychique qui se déroule pendant le sommeil en produisant des images souvent élaborées sous la forme de petits films plus ou moins réalistes dont chacun se souvient au moment du réveil. Autrement dit, nous n'aborderons pas les fonctions liées à la rêverie, état dans lequel un individu parfaitement éveillé laisse vagabonder son imagination (éventuellement jusqu'aux confins de la divagation) au point d'être dans la lune ou dans les nuages, comme l'expriment si bien ces deux expressions populaires.

Toutes les activités cérébrales, et le rêve en particulier, restent un champ de recherche exceptionnel que les scientifiques commencent tout juste à défricher. Par exemple, les premières découvertes sérieuses sur le sommeil ne datent que de la seconde moitié du XXe siècle. Aussi faut-il s'arrêter un instant sur cette espèce de « petite mort » qui occupe le tiers de notre existence pour mieux comprendre la survenue et le fonctionnement des rêves.

Contrairement à ce que vous pensez peut-être, dormir n'est pas de tout repos... pour votre cerveau. Car, entre le moment où un individu s'endort et celui où il se réveille, se déroule une succession d'événements parfaitement « calibrés » et répétitifs. En effet, le sommeil se décompose en une suite de cycles semblables. Mais chacun de ces « cycles de base » possède son propre rythme. Il y a tout d'abord quatre phases de sommeil lent qui se prolongent pendant soixante-quinze minutes environ : Stade 1 : somnolence et assoupissement. Stade 2 : sommeil léger. Stade 3 : sommeil établi. Stade 4 : sommeil lent profond. Vient ensuite la phase du sommeil paradoxal qui dure environ vingt minutes. La succession de ces cinq périodes constitue le cycle du sommeil. Celuici va donc se répéter quatre à cinq fois pendant la nuit, en fonction de l'état de fatigue du sujet et de ses besoins naturels de sommeil. Car on sait que certains « petits dormeurs » se contentent de trois cycles pour obtenir un sommeil réparateur. Soulignons que la durée des différentes phases varie d'une personne à l'autre, notamment en fonction de l'âge. Aussi peut-on globalement considérer qu'un seul cycle de sommeil correspond à une période comprise entre quatre-vingt-dix et une centaine de minutes.

Les enregistrements (électroencéphalogrammes et électromyogrammes) montrent que l'activité du cerveau reste réduite pendant les quatre phases du sommeil lent. En revanche, les tracés s'affolent dès que commence le sommeil paradoxal. Cette période est caractérisée par une activité électrique cérébrale similaire à celle de l'éveil. Cependant, le sujet ne présente aucune tonicité musculaire. Mais les enregistrements laissent nettement apparaître de rapides mouvements oculaires, voire de très légers mouvements des doigts ou de certains muscles du visage. Le sommeil paradoxal, un état bien distinct du sommeil lent et de l'éveil, a été mis en évidence grâce aux travaux du neurobiologiste français Michel Jouvet en 1959.

Au cours du sommeil, nous perdons connaissance, au sens strict de l'expression. D'où cette notion de « petite mort » évoquée plus haut. Remarquons au passage que la mythologie grecque met en scène Hypnos. Ce dieu du sommeil représenté tout de douceur sous la forme d'un génie ailé a pour frère jumeau Thanatos, le dieu messager de la mort, enfanté par la nuit. Et l'un des nombreux fils d'Hypnos s'appelle Morphée, le dieu des songes, représenté sous les traits d'un jeune homme ailé. D'où l'expression « être dans les bras de Morphée » qui qualifie un sommeil juste et profond pendant lequel les dépenses énergétiques diminuent fortement. Par ailleurs, la tension artérielle chute de 20 %, le rythme cardiaque baisse d'environ 10 %, la respiration se ralentit... et les rêves foisonnent. Pour tout le monde. Car : qui dort rêve ! Même si certains sujets ne gardent aucun souvenir de leur vitalité onirique.

Le rêve se produit presque toujours pendant le sommeil paradoxal. Il y a peu de temps, on aurait dit exclusivement. Mais de récentes découvertes ont prouvé que quelques personnes rêvent aussi pendant le quatrième stade du sommeil lent. Mais ces songes expriment moins de richesses (détails, mouvements) et moins de charge émotionnelle. On sait aussi qu'un seul rêve peut occuper toute la durée d'une phase de sommeil paradoxal, soit quinze à vingt minutes. Le rêveur assiste alors à un véritable court-métrage dans lequel il joue parfois le rôle du héros. Néanmoins, les expériences les plus courantes relatent plutôt l'existence de plusieurs rêves à l'intérieur d'une seule période de sommeil paradoxal. Dans ces conditions, un individu qui enchaîne cinq cycles de sommeil pendant la nuit, donc cinq phases de sommeil paradoxal, va rêver pendant une centaine de minutes et il pourra produire une douzaine de rêves. Dans ces conditions, vous aurez compris qu'il devient très difficile de se rappeler de tout au moment du réveil. Ne subsistent souvent qu'un ou deux tableaux. Impossible de faire revivre l'origine et l'issue de tel ou tel scénario. Sauf, éventuellement, pour le rêve le plus structuré. Et, plus généralement, pour celui qui a émergé au plus près de l'éveil. En d'autres termes, quelqu'un qui peut décrire un songe dans ses moindres détails s'est réveillé juste après une phase de sommeil paradoxal.

Soulignons encore que les aveugles de naissance rêvent. Ils ne voient bien évidemment pas d'images, mais à défaut de rêves visuels, ces personnes développent une activité onirique auditive, olfactive et sensitive. En revanche, un individu frappé de cécité après l'âge de sept ans continue de rêver des images pendant dix à vingt ans.

Il nous faut aussi évoquer le cas de personnes qui assistent réellement à leur rêve comme à un véritable spectacle. En d'autres termes, ces sujets savent parfaitement qu'ils sont en train de rêver. Et certains parviennent même à contrôler les images, voire à « jouer » avec l'histoire en entrant ou en sortant du scénario. Cette spécificité, qui ne touche que 10 % de la population, s'appelle le rêve lucide. Elle a longtemps soulevé maintes polémiques, mais a été clairement établie et prouvée dans les années 1970. Depuis, le rêve lucide se définit comme un état pendant lequel se chevauchent l'activité cérébrale de zones liées au sommeil paradoxal et à l'éveil. Un peu comme s'il se produisait des interférences.

Neurologues et psychiatres tentent toujours de se repérer dans les méandres du rêve. Aujourd'hui, ces spécialistes s'accordent sur quelques points qui demandent cependant de plus amples études et confirmations. Sans donner dans la caricature, retenons que les rêves servent apparemment à stabiliser les souvenirs. Comme s'ils voulaient établir des liens entre les images du passé pour leur donner une structure logique, cohérente. On pourrait donc en déduire que cette activité psychique accompagnée d'images (parfois celles de la journée précédente) tente de classer les souvenirs. Et l'invraisemblable fatras dépourvu de toute parcelle de réalisme qui préside à certains rêves serait donc lié au fait que le cerveau cherche à établir des connexions entre les souvenirs récents et ceux plus profondément enfouis.

En publiant *L'Interprétation des rêves* en 1900, le neurologue autrichien Sigmund Freud (1856-1939) va révolutionner l'approche de cette activité cérébrale nocturne perçue jusqu'alors comme une manifestation de l'esprit pour le moins mystérieuse, voire inquiétante ou satanique. Pour le père de la psychanalyse, l'inconscient se construit de tous les éléments qu'un individu va ensevelir au plus profond de sa personnalité (mécanisme qui échappe d'ailleurs lui-même au conscient). Le refoulement chasse ainsi dans l'inconscient tous les éléments que la pensée consciente juge dangereux ou gênants. Tout ce qui pourrait venir troubler les « lois » bien établies est enterré pour des raisons morales, éthiques, religieuses, éducatives, sociales, etc. Et, pour Freud, le contenu apparent d'un rêve révèle en fait des désirs cachés. Il exprime des envies (ambitions, goûts, souhaits, aspirations, etc.) refoulées.

Avec Freud et la psychanalyse, le rêve devient un phénomène psychique qui puise en partie ses images et ses scénarios dans l'inconscient du rêveur. L'interprétation psychanalytique des songes doit permettre d'accéder à la connaissance de l'inconscient. Freud explique donc que le rêve permet de réaliser de façon symbolique un désir refoulé. Finalement, on peut aussi dire que le rêve libère l'inconscient, qu'il jouerait le rôle d'une espèce de soupape de sécurité. Bien évidemment, pour ceux que cette thèse séduit, il leur reste à interpréter correctement leurs rêves avec l'aide d'un psychothérapeute compétent. Car travailler à « décortiquer » ses rêves exige un cheminement et un travail profond qui doit être accompagné par un vrai professionnel reconnu (psychologue ou psychanalyste). Lorsqu'il s'agit de régler des conflits en puisant au tréfonds de soi, mieux vaut s'éloigner des charlatans de tout poil. Et ils pullulent en la matière.

De son côté, le psychiatre suisse Carl Gustav Jung (1875-1961) va apporter une vision complémentaire originale. D'abord disciple passionné de Freud, Jung s'écarte du maître dès 1906. Il va alors élaborer l'idée de l'inconscient collectif en le présentant comme le fonds commun de l'humanité. Pour Jung, cet inconscient collectif est structuré par des archétypes qui s'expriment dans les images symboliques (mythes, religions, contes, légendes, folklore), mais aussi au travers des œuvres d'art, des symptômes névrotiques et... des rêves individuels. Autrement dit, le concept d'inconscient personnel unique s'enrichit chez Jung d'une dimension collective. Et, pour lui, les songes doivent impulser une énergie susceptible d'entraîner une évolution profonde de l'individu. De surcroît, Jung avance ici l'idée d'un mécanisme compensatoire. À l'instar du système immunitaire qui protège l'organisme des agressions bactériennes et virales, le rêve aurait pour fonction de garantir l'équilibre psychique de l'individu.

Dans les années 1960, les travaux de Michel Jouvet

créent donc une rupture. Le rêve quitte le champ de la psychanalyse pour devenir un phénomène physiologique. Et il perd du même coup son exclusivité humaine puisque les études ont prouvé que le rêve s'applique à une grande partie du règne animal, des oiseaux à tous les mammifères. Aujourd'hui, le neurobiologiste propose une théorie qui explique l'activité onirique par la génétique. Michel Jouvet écrit en 2001 : « Pour moi, le rêve est la part innée de notre personnalité, celle qui ne se laisse pas influencer par la culture ou l'apprentissage. »

Un dernier mot pour évoquer les rêves prémonitoires qui engraissent là encore une faune d'escrocs et devins en tous genres, toujours prompts à exploiter la fragilité des plus faibles esprits. Bien évidemment, jamais personne n'a pu prédire l'avenir en rêvant. Ni prévoir ce qui va vous arriver en interprétant le contenu de vos rêves. Prenons l'exemple le plus banal. Si quelqu'un cherche activement un nouvel appartement, il va mobiliser toute son énergie vers cet objectif. Visites, images, souhaits, balcons, parquets et cheminées se mélangent. Pendant une telle période, le sujet va forcément idéaliser un appartement qu'il verra en rêve. Et il peut très bien le visiter deux jours plus tard sous une forme approchante. Il n'y a là rien de prémonitoire. On peut remplacer l'appartement par de multiples événements qui jalonnent la vie courante et mobilisent le psychisme d'un individu. Celui-ci va en effet se projeter dans une envie, il va l'exprimer dans son activité onirique habituelle, s'en souvenir au réveil, puis éventuellement le vivre dans le réel. À moins qu'il n'ait déjà évacué la chose dès le début de la matinée. Car il ne faut surtout pas perdre de vue que le rêveur aura tendance à faire le lien lorsque le songe « se réalise ». Mais quand le rêve n'a aucune retombée réelle, on a plutôt tendance à l'oublier. Dès lors, les supposés rêves prémonitoires censés annoncer une rencontre avec un ami, un mariage, une victoire au tennis ou une promotion ne sont donc que des mensonges de l'esprit !

Il ne faut surtout pas confondre hasard, probabilité ou coïncidence avec des entreprises de crétinisation parfaitement orchestrées. Non, le rêve prémonitoire n'existe pas ! De toutes les façons, aucun procédé, quel qu'il soit, ne peut annoncer l'avenir. Il ne s'agit là que de simples manipulations qui visent à perturber l'individu, à le rendre docile, malléable, inquiet, manipulable et peureux. Donc dépendant de forces paranormales inexistantes dont il a ensuite tant de mal à s'extraire.

La dépression majeure peut-elle provoquer un infarctus du myocarde ?

Les blessures de la vie, le stress, les perturbations émotionnelles, voire des caractéristiques de la personnalité peuvent avoir un impact sur la survenue de certaines pathologies. Mais aussi sur l'évolution d'une maladie. Ce que les spécialistes désignent par l'expression « approche psychosomatique » relève de l'étude de ces interactions qui peuvent exister entre les émotions (au sens large) et l'apparition d'un trouble physique avéré. Apparaissent donc de plus en plus d'études sérieuses qui s'attachent à comprendre ces relations complexes qui peuvent éventuellement s'instaurer entre des paramètres psychologiques (voire psychosociaux) et l'apparition d'une maladie.

L'approche psychosomatique va ainsi étudier l'impact de certains comportements émotionnels sur la santé physique d'un individu. Il convient évidemment de mener de véritables enquêtes épidémiologiques en s'intéressant à une pathologie psychologique aiguë, par exemple, la dépression majeure. Ainsi, plusieurs études montrent clairement que l'humeur dépressive peut jouer le rôle de « facteur de risque » dans le domaine des maladies cardio-vasculaires et plus précisément dans l'insuffisance coronaire qui déclenche notamment l'infarctus du myocarde. En revanche, toujours selon les mêmes travaux, les sujets touchés par une pathologie dépressive profonde et durable ne déclarent pas davantage de cancers que les individus non dépressifs. Mais ces recherches montrent également que l'humeur dépressive peut influencer de façon négative la guérison d'un infarctus du myocarde ou celle d'un cancer. Dans les deux cas, la dépression aggrave le risque de mortalité.

Il convient toutefois d'analyser comme il se doit ce type d'étude. Notamment pour tout ce qui touche aux possibles « facteurs de risque » censés favoriser la survenue d'un infarctus du myocarde. Les travaux épidémiologiques prouvent sans conteste que la dépression lourde et prolongée favorise donc l'apparition de maladies cardiovasculaires. Mais il faut sur ce point prendre en compte les conséquences de cette véritable maladie psychiatrique. Et pas seulement la pathologie en question. En effet, chacun sait qu'une personne souffrant d'humeur dépressive profonde n'adopte pas une hygiène de vie conforme aux principes éprouvés de la prévention. Autrement dit, un dépressif consomme généralement alcool et tabac en grandes quantités. De surcroît, il néglige souvent l'activité physique et ne tient aucun compte des conseils nutritionnels de base : d'une part, moins de viande mais davantage de poisson, de fruits et de légumes et, d'autre part, le moins possible de graisses, de sel et de sucres. Enfin, on sait que les sujets dépressifs ont tendance à moins bien suivre d'éventuelles prescriptions médicales. Certes, certains travaux mettent en avant les dérèglements biologiques observés chez des dépressifs (déséquilibres neurovégétatifs, troubles du rythme cardiaque, tachycardie ventriculaire, tendances inflammatoires, etc.). Dérégulations qui ne sont, là encore, peut-être pas intrinsèquement liées à l'humeur dépressive. Il faudrait donc valider qu'une personne « strictement » sujette à la dépression profonde et durable, mais qui, par ailleurs, respecte de façon irréprochable tous les fondamentaux d'une bonne hygiène alimentaire et comportementale encourt plus qu'une autre des risques de survenue de diverses pathologies cardio-vasculaires.

QU'EST-CE QU'UN PIXEL ?

L'incursion des nouvelles technologies dans la vie quotidienne véhicule un cortège de termes barbares que chacun répète à l'envi sans en connaître, dans la plupart des cas, l'ébauche d'une signification. Fût-elle même vague ou caricaturale. Il en va ainsi de tous les objets qui touchent au secteur de l'électronique et de l'informatique. Ceux qui maîtrisent correctement le sujet savent que maints vendeurs ânonnent une terminologie ronflante dont ils ne comprennent quasiment rien. D'autres se délectent avec gourmandise de ce verbiage. Mais il n'en reste pas moins que leur logorrhée est toujours inversement proportionnelle à la connaissance du sujet. Ainsi en est-il du fameux pixel conjugué à la puissance neuf dès que vous souhaitez acquérir un modeste appareil photo ou un banal scanner.

Une image numérique matricielle en deux dimensions existe sous la forme d'une juxtaposition de points. Chacun de ces points porte le nom de pixel. On peut donc dire que le pixel représente l'unité de base d'une image numérique. Son nom a pour origine l'expression de langue anglaise *picture element* (point élémentaire). Par abréviation et contraction sauvage (quatre lettres plus deux), cela engendre *pictel*. Néologisme qui donnera phonétiquement naissance au terme pixel.

Sur l'écran d'un ordinateur, la résolution d'une image se fait généralement entre 72 et 96 dpi. Un niveau bien inférieur à celui d'une imprimante grand public (autour de 300 dpi). Autre terme curieux que ce « dpi ». Mais il n'y a là rien de bien compliqué. Suivons pas à pas. L'abréviation dpi signifie *dots per inch*. En français : points par pouce (ppp). Petit rappel au passage, le pouce vaut 2,54 centimètres. Ainsi, la résolution d'une image s'exprime en points par pouce. Donc 75 dpi signifie que vous avez 75 points de base par pouce pour définir l'image sur sa longueur. Et 75 points par pouce pour la définir sur sa hauteur. Dans un carré d'un pouce de côté (2,54 cm de côté) vous avez donc 5 625 pixels (75 × 75).

Vous l'aurez donc compris, la résolution d'une image exprimée en dpi (ou en ppp) est directement liée à son nombre total de pixels et à ses dimensions réelles. Bien évidemment, la résolution de l'image augmente à mesure que le nombre de points (pixels) s'accroît. Autrement dit, plus il y a de pixels, meilleure sera la qualité globale de l'image grâce à une restitution plus précise des détails. Mais attention : si vous souhaitez une image de grande qualité, vous augmentez la quantité de pixels et la place nécessaire pour stocker le fichier dans la mémoire de l'ordinateur. Pour une application donnée, il faut donc trouver un compromis entre la qualité acceptable d'une image et la taille de mémoire occupée (certains parlent alors du « poids » de l'image). La résolution des images sur le réseau Internet (et sur les écrans) tourne en moyenne autour de 75 dpi. Celle des imprimantes grand public va de 360 dpi à 1 400 dpi. Quant aux scanners, ils offrent des résolutions qui oscillent entre 300, 600 ou 1 200 dpi. Actuellement, les machines professionnelles (presse, édition) fonctionnent le plus souvent autour de 4 800 dpi.

Prenons un exemple très simple : une image de dix centimètres (3,93 pouces) de haut et de quinze centimètres (5,9 pouces) de large traitée avec un scanner qui possède une résolution de 300 dpi. Combien cette photo possède-t-elle de pixels au total ? Sur la largeur, vous avez 300 dpi × 5,9 pouces. Soit 1 770 pixels. Sur la hauteur, on a cette fois 300 dpi × 3,93 pouces. Soit 1 179 pixels. Votre image possède au total un peu plus de deux millions de pixels (1 770 × 1 179). Pour bien saisir cette relation entre dimension, résolution et nombre total de pixels, amusez-vous, par exemple, à effectuer le calcul pour une image qui a la taille d'une feuille au format A4 (21 cm × 29,7 cm) scannée en 360 dpi. Réponse : la photographie possède plus de douze millions de pixels. Et soyons même un peu plus précis : 12 528 910 pixels. La prochaine fois que vous achèterez un caméscope, un appareil photo, un scanner, un fax ou une imprimante, vous ne consommerez pas idiot !

LES ANIMAUX PEUVENT-ILS SE SUICIDER ?

Dans l'état actuel des connaissances, les zoologues considèrent que les animaux n'ont pas la perception de leur mort future. Difficile, dans ces conditions, d'imaginer qu'un animal puisse exécuter sciemment une action précise en projetant dans l'avenir la conséquence néfaste de son « geste ». Autrement dit, un animal ne peut pas imaginer (prévoir) ce qu'il lui faudrait faire pour atteindre un objectif souhaité (mourir) alors qu'il ne perçoit même pas cette situation (la mort). Reste cette curieuse attitude des éléphants confrontés en milieu naturel au squelette d'un des leurs. Ils l'examinent longuement et touchent les os (voire les déplacent) en utilisant leur trompe. Puis ils recouvrent la carcasse de poussière. Cet étrange comportement ne se produit jamais lorsque les éléphants rencontrent des ossements appartenant à d'autres espèces animales. À ce jour, impossible de dire ce que ressent le pachyderme. Personne ne sait s'il se projette dans le squelette qu'il voit.

En fait, disons-le clairement, le suicide des animaux relève de la pure légende. Elle a pris corps dans l'observation erronée des multiples disparitions massives qui furent abusivement interprétées comme des suicides collectifs. Prenons l'exemple du lemming, un petit rongeur des régions boréales voisin du campagnol. D'aucuns ont propagé que ces mammifères commettent des suicides collectifs parce qu'ils se jettent par centaines dans la mer.

Erreur ! S'il existe une surpopulation flagrante de lemmings dans un espace donné, le rongeur se rassemble instinctivement en groupes de nomades pour aller peupler d'autres territoires. Et, dès qu'ils rencontrent un lac ou une rivière, cette joyeuse troupe de migrants franchit l'obstacle sans dommage. Elle rejoint l'autre rive en nageant, tout simplement. Lorsqu'ils atteignent un bord de mer, la réaction instinctive des lemmings ne change pas. Sauf qu'ils n'atteignent pas la terre opposée et qu'ils meurent d'épuisement et de noyade par centaines.

Le faux suicide des lemmings s'apparente à celui de nombreux autres animaux qui ne font que fuir la modification progressive ou brutale de leur environnement habituel. Prenons le cas d'un incendie de forêt. Il pousse les animaux dans une direction qui peut éventuellement les mener vers un précipice. Supposons une grande concentration de chevaux sauvages dans la région : ils se jettent dans le vide pour échapper aux flammes. Trois millénaires plus tard, au pied de la falaise, les archéologues découvrent un « cimetière » d'équidés préhistoriques qui n'ont jamais songé un seul instant à se suicider. Un gisement de ce type fut découvert en 1866 au pied de la colline de Solutré (monts du Mâconnais, Saône-et-Loire). Il date du Paléolithique supérieur (vers 20000 av. J.-C.).

Autre cas célèbre : celui des cétacés qui s'échouent sur une plage. Et là, on peut très bien ne découvrir qu'un seul animal. Alors, suicide ? Absolument pas ! Prenons l'exemple du dauphin. Son sonar émet des ultrasons qui reviennent vers lui s'ils rencontrent un obstacle. Si aucun signal ne lui parvient en écho, la voie est libre. Dans les endroits où la plage possède une pente très douce, les ultrasons ne détectent pas de barrière clairement établie.

Sans retour de signal le dauphin poursuit son chemin... et s'échoue sur le sable. De surcroît, le bruit des vagues qui déferlent sur la côte peut également perturber de faibles échos que le dauphin ne perçoit pas. Quant aux échouages collectifs de cétacés, ils révèlent un processus classique. Lorsqu'un animal se retrouve dans la situation évoquée à l'instant, il émet immanquablement des signaux de détresse parfois perçus par ses compagnons qui « volent » alors à son secours. En moult occasions, le groupe parvient à sauver le désespéré. Mais personne ne le sait ! Dans d'autres cas, la solidarité conduit la confrérie vers la mort. Pas un seul d'entre eux n'a voulu se suicider.

Citons pour terminer l'illustre exemple du scorpion, invertébré arthropode de la classe des arachnides (voir « Comment les biologistes classent-ils le vivant ? »). Chacun sait que les six cents espèces de scorpion possèdent une emblématique queue meurtrière terminée par un aiguillon venimeux. Et on lit malheureusement encore, ici ou là, qu'un scorpion entouré de flammes se donnerait la mort. Stupide ! L'animal détecte le danger grâce à de multiples capteurs tactiles, visuels et thermiques. Dans l'exemple retenu, ces derniers lui intiment l'ordre de se défendre d'un invisible agresseur. Et le scorpion se met à agiter frénétiquement sa queue dans tous les sens, par pur instinct d'autodéfense. Dans le feu de l'action (si l'on peut dire), l'animal en vient souvent à se piquer. Par erreur, par frénésie. Rien de plus facile puisque son aiguillon caudal se situe au-dessus de son dos, recourbé vers l'avant. Il arrive donc que le scorpion s'injecte son venin. Il en meurt aussitôt faute d'être immunisé contre ses propres toxines.

Des parents qui ont chacun les yeux marron peuvent-ils avoir un enfant aux yeux bleus ?

Voilà bien une question qui met en cause de nombreux facteurs, sans pour autant montrer du doigt celui qui distribue le courrier ! Car même si ce brave préposé à la distribution des lettres possède de splendides yeux bleus, il n'a rigoureusement aucune responsabilité dans la sérieuse affaire qui nous occupe ici. En effet, un couple dont chacun des deux partenaires possède des yeux marron peut parfaitement donner naissance à un enfant qui aura les yeux bleus. Explication.

Tout d'abord, un rapide rappel qui nous permettra de bien comprendre le mécanisme sollicité. Les cellules se trouvent à la base du fonctionnement de tout organisme (végétal ou animal). Pour fixer les idées, on sait que le corps humain se compose de quelque cent mille milliards de cellules. Et chacune de ces cellules contient le même patrimoine génétique que celui de la cellule-mère, l'œuf fécondé. Le père et la mère lèguent ainsi à leurs enfants des caractères héréditaires inscrits sous une forme chimique dans des molécules d'ADN logées à l'intérieur du noyau de chaque cellule de l'organisme.

En effet, le noyau de toute cellule eucaryote (voir « Comment les biologistes classent-ils le vivant ? ») renferme les chromosomes, ces longues molécules d'acide désoxyribonucléique (communément appelé ADN) qui possèdent une étrange configuration en double hélice enroulée sur elle-même. Ces chromosomes apparaissent sous leur forme caractéristique de bâtonnets. L'humain possède quarante-six chromosomes, ou, plus exactement, vingt-trois paires de chromosomes. Nombre immuable pour une espèce donnée. Ainsi, chaque cellule du corps humain possède donc quarante-six chromosomes (vingt-trois paires), sauf les cellules sexuelles (gamètes) qui n'en contiennent que vingt-trois.

Les chromosomes portent les gènes. Chaque gène se situe à un endroit bien spécifique sur l'un des chromosomes logé dans le noyau cellulaire. Les gènes, qui sont identiques d'une cellule à l'autre, se présentent sous la forme d'un segment d'ADN. Ces gènes sont responsables de nos traits héréditaires : par exemple la couleur des yeux. Encore un peu de patience !

Entouré d'une enveloppe nucléaire, le noyau flotte dans une sorte de gelée, le cytoplasme. Une membrane (composée de lipides, glucides et protéines) entoure, pour sa part, la cellule et orchestre les échanges d'énergie. Quant à l'information génétique que contient l'ADN, elle permet d'amorcer la synthèse des protéines nécessaires à la spécificité de chaque cellule (os, muscle, peau, etc.). En d'autres termes, chaque gène contient les instructions indispensables à la fabrication de protéines dont chaque cellule a besoin pour fonctionner.

Enfin, venons-en aux responsables de nos tourments colorés. Sur deux chromosomes homologues marchant par paires, deux gènes qui occupent le même « site » portent le nom d'allèles. Ces deux éléments (dits homologues) d'une paire de chromosomes codent les mêmes caractéristiques : couleur de peau, des cheveux... ou des yeux ! L'un d'eux représente l'information venue de la mère, l'autre celle issue du père. En effet, au moment de la fécondation, les vingt-trois chromosomes du spermatozoïde s'associent aux vingt-trois chromosomes de l'ovule pour donner naissance à une nouvelle cellule humaine, une cellule-mère qui renferme quarante-six chromosomes.

Comme dans tous les autres cas de transmission héréditaire, pour le gène qui code la couleur des yeux, l'enfant reçoit un des deux allèles du père et un des deux allèles de la mère. À cet instant de la démonstration, il faut savoir que certains caractères sont dits dominants, c'est-à-dire qu'ils s'expriment quel que soit le caractère de l'autre allèle. Ici, l'allèle marron l'emporte toujours sur l'allèle bleu. Dans notre exemple, si les deux conjoints ont les yeux marron, cela peut signifier que chacun des deux partenaires possède deux allèles marron. Dans ce cas de figure, pas de difficulté, nous sommes en présence de quatre allèles marron et aucune distribution ne permet donc d'obtenir des yeux bleus. Supposons maintenant que le papa possède un allèle bleu et un autre marron (il a bel et bien les yeux marron en vertu du caractère dominant de l'allèle marron). Et imaginons que la maman garde ses deux allèles marron. On peut donc obtenir une situation dans laquelle l'allèle bleu du père s'associe au marron de la mère. Mais là encore, l'enfant aura toujours les yeux marron (le caractère dominant du marron l'emporte).

Supposons cette fois que le papa et la maman aient chacun un allèle « yeux bleus », plus un allèle « yeux marron » (ils ont malgré tout les yeux marron en vertu du caractère dominant du marron). Toutefois, à l'instant magique de la naissance d'une nouvelle cellule humaine, le père et la mère peuvent très bien associer leurs deux allèles « yeux bleus ». Dans cette distribution précise, et parfaitement possible, le caractère dominant du marron ne peut plus se manifester puisqu'il n'y a pas d'allèle marron. L'enfant aura donc bien les yeux bleus ! C'est-à-dire qu'il possédera deux allèles « yeux bleus ». Si ce charmant bambin procrée plus tard avec un partenaire qui possède lui aussi les yeux bleus (donc qui a forcément deux allèles bleus, sinon l'allèle marron l'aurait emporté), on se retrouve en présence de quatre allèles « yeux bleus ». Aucune autre distribution de codage n'est possible et leur progéniture aura obligatoirement les yeux bleus.

Pour terminer sur une note amusante. Si une dame qui a les yeux marron ne résiste pas au regard azuréen du facteur (l'homme de lettres) évoqué au début, l'enfant issu de ce moment d'égarement et de plaisir furtif pourra très bien avoir les yeux marron. Ce qui rassurera le mari s'il a, lui aussi, les yeux marron... et s'il n'a pas lu ce livre. Mais le gamin pourra aussi avoir les yeux bleus, si la dame aux yeux marron possède un allèle bleu.

En fait, la coloration des yeux dépend de l'abondance de mélanine (un pigment brun) dans la partie antérieure de l'iris (la partie colorée de l'œil). Le gène des yeux bleus empêche la production de mélanine à l'avant de l'iris. Sans ce colorant, l'œil apparaît bleu car il disperse la composante bleue de la lumière (un peu comme une eau claire et profonde). Le bleu se réfléchit, donc l'œil paraît bleu. En revanche, le gène des yeux bruns (l'allèle dominant) favorise la production de mélanine dans la partie antérieure de l'iris. L'abondance de ce colorant brun donne donc un œil sombre. Mais les choses se compliquent dans la mesure où d'autres gènes interviennent dans la distribution des quantités de mélanine qui se déposent sur la partie antérieure de l'iris. Et l'on obtient alors des nuances plus ou moins sombres, voire des particularités comme un contour brun et un centre bleu. Il existe aussi des cas relativement rares où deux parents ont les yeux bleus alors que l'un des deux partenaires possède pourtant un allèle brun. En effet, sous l'influence d'autres gènes, l'allèle brun n'a pas réussi à déposer suffisamment de mélanine pour masquer le bleu. Pour simplifier, dans ce couple aux yeux bleus, il y a donc un allèle brun « sournois » qui ne s'est pas pleinement exprimé, comme contrarié par un autre gène intervenant dans la coloration de l'iris. Ce couple très particulier pourrait donc avoir un enfant aux yeux marron.

Soulignons pour terminer que les nourrissons ont toujours les yeux bleus car ils ne possèdent pas de mélanine dans la partie antérieure de l'iris. Même s'ils sont porteurs du gène « yeux marron ». Dès que ce gène devient actif, le pigment se dépose et l'œil acquiert sa couleur définitive.

INDEX THÉMATIQUE

A

Aberdeen (George), 137
Adjani (Isabelle), 98
ADN, 279
Agriculture, 66, 211
Ail, 260
Allèle, 279
Alliance, 109
Amas de galaxie, 155, 162, 167
Amulette, 115
Andromède, 152, 155
Animal, 245, 276
Anneau, 109
Anne de Bretagne, 125
Année cosmique, 197
Année-lumière, 152
Annulaire, 109
ANPE, 105
Antarctique, 235
Anthony (Richard), 36
Apéritif, 56
Aphélie, 149
Archimède, 29, 227
Arctique, 235
Arizona, 188
Arobase, 23
Astéroïde, 149, 188
Atmosphère, 188, 193, 220
Atome, 230
Attraction gravitationnelle, 167, 181, 197
Aumale (comte d'), 125
Australie, 76, 216, 252
Australopithèque, 211
Automobile, 40, 80, 90
Aveugle, 262
Azote, 220

B

Bactérie, 245
Balthasar, 195
Bantam, 90
Barcelone, 237
Bateau, 227
Beau de Rochas (Alphonse), 40
Benz (Carl), 40
Berkeley, 140
Bermudes, 224

Bethléem, 195
Big-bang, 162, 167, 211
Big-crunch, 162, 167
Big-rip, 162, 167
Bikini, 36
Bissextile, 66
Boîte de vitesse, 90
Bombe atomique, 36
Borda (Jean), 237
Boston, 62
Bouddha, 115
Breteuil (Pavillon de), 237
Brézé (Louis de), 125
Bronze, 95, 115, 211
Browning (Tod), 98
Bulbe, 260
Butts (Alfred), 76

C

Calendrier, 66
Callistro, 204
Cancer, 207
Carême, 122
Carpates, 98
Cassini (Jean-Dominique), 237
Cécité, 262
Cellule, 245
Celsius, 233
Cérès, 188
César (Jules), 66
César, 95
Chabot (Guy), 125
Champignon, 245
Champlain (lac), 52
Chance, 33
Chapeau (Coup du), 43
Charles II d'Anjou, 122
Charles IX, 83, 125
Charles Quint, 23, 125
Charon, 204
Chat, 115
Cheney (Dick), 52
Chlorofluorocarbures, 220
Chromosome, 279
Classe, 245
Claude de France, 125
Code de la route, 40
Cœur, 256
Collioure, 237
Comète, 188
Condorcet (Marie Antoine), 237
Confetti, 122
Coppola (Francis Ford), 98
Corot, 204
Courrier électronique, 23, 45
Crémone, 125
Crétacé, 216
Cuivre, 95
Cuvier (Georges), 245

D

Dalida, 36
Darwin (Charles), 245
Dauphin, 276
Davis (Bette), 95
Déforestation, 220
Deimos, 204
Delambre (Jean-Baptiste), 237
Densité, 162, 211, 227
Diane de Poitiers, 125
Dilatation, 167

Dinosaures, 211
Dioxyde de carbone, 220
Dracula, 98
Dunkerque, 237
Dunlop (John), 40

E

Eau, 31, 227, 230, 235
Échidnés, 252
Écliptique, 149, 188, 197
Effet de serre, 220
Einstein (Albert), 167
Électrons, 230
Éléonore d'Autriche, 125
Éléphant, 276
Ellipse, 149
Embranchement, 245
Énergie sombre, 162, 167
Épiphanie, 122
Éplucher, 260
Espèce, 245
Étoile à neutrons, 178, 181
Étoile de Bethléem, 195
Étoile du Berger, 193
Étoile filante, 188
Eubactérie, 245
Eucaryote, 245
Eurêka !, 29
Europe, 204
Évolution, 245
Excentricité, 149
Exoplanète, 184
Exosystème, 184
Expansion (Univers en), 162

F

Fahrenheit, 233
Famille, 245
Fer, 251
Fer à cheval, 33
Fernel (Jean), 237
Fisher (Terence), 98
Football, 43
Ford, 90
Ford (Henry), 40
Fourier (Joseph), 220
Frac, 102
François Ier, 83-125
Franklin (Benjamin), 62
Freud (Sigmund), 262

G

Gaddis (Vincent), 224
Galaxie, 155
Gand, 52
Ganymède, 204
Gaspard, 195
Gaynor (Janet), 95
Gaz à effet de serre, 220
Gaz carbonique, 193, 220
Gène, 279
Genre, 245
Gibbons (Cedric), 95
Girafe, 256
Glace, 230, 235
Gluon, 230
Gondwana, 216
Gore (Spencer), 83
Gravitation, 162, 167, 181
Green (Alfred), 95

Grégoire XIII, 66
Grégorien, 66
Grog, 31
Groupe local, 155
Gutenberg (Johannes), 23

H

Halley (Edmund), 188
Harris (Benjamin), 62
Hat trick, 43
Hématies, 251
Henri II, 83, 125
Henri IV, 83
Hérode Ier le Grand, 195
Herrick (Margaret), 95
Herschel (William), 155
Hertz (John D.), 80
Herzog (Werner), 98
Hiroshima, 36
Hochet, 93
Hockey sur glace, 43
Homme de Neandertal, 211
Homo erectus, 211
Homo habilis, 211
Homo sapiens, 211
Horizon des événements, 181
Hormel Foods, 45
Hubble, 155
Hubble (Edwin), 155-162
Hyland (Brian), 36
Hypnos, 262

I

Iceberg, 235
Inconscient, 262
Infarctus, 270
Inlandsis, 235
Internet, 23, 45
Io, 204
Ixion, 204

J

Jannings (Emil), 95
Jarnac, 125
Jaune, 80
Jeep, 90
Jéricho, 211
Jérusalem, 195
Jésus, 195
Jeu de paume, 83
Journal, 62, 137
Jouvet (Michel), 262
Jung (Carl Gustav), 262
Jupiter, 149, 155, 184, 204

K

Kant (Emmanuel), 155
Kelvin, 233
Kepler, 149, 197
Kepler (Johannes), 149
Kilogramme, 237
Kinski (Klaus), 95
Kuiper (Ceinture de), 155, 188

Kuiper (Gerard), 188
Kusche (Larry), 224

L

La Ferrassie, 211
La Gazette, 105
Langella (Frank), 98
Laplace (Pierre Simon de), 181
Larmes, 260
Lascaux, 211
La Silla, 184
Lavoisier (Antoine), 237
Lawn-tennis, 83
Lee (Christopher), 98
Lemming, 276
L'Enfant (Pierre), 52
Leucocytes, 251
Levassor (Émile), 40
Liaison hydrogène, 230
Linné (Carl von), 245
London Times, 137
Los Angeles, 140
Loudun, 105
Louis IX, 122
Louis XI, 83
Louis XII, 125
Louis XIII, 83
Louis XIV, 62, 83
Lugosi (Bela), 98
Lune, 109, 155, 184, 193, 197, 201, 204

M

Mac-Mahon (Edme de), 137
Mages, 195
Maillot de bain, 36
Maison Blanche, 52
Mammifère, 252
Mariage, 109
Marignan, 125
Mars, 149, 155, 184, 204
Marshall (Îles), 36
Marsupiaux, 216, 252
Masse, 29, 167, 197, 201, 227
Masse cachée de l'Univers, 167
Masse volumique, 29, 227
Matière noire, 162, 167
Mayer (Louis), 95
Mayor (Michel), 184
Méchain (Pierre), 237
Médicis (Catherine de), 125
Mélanine, 279
Melchior, 195
Mercure, 149, 155, 184, 204
Météore, 188
Météorite, 188
Météoroïde, 188
Méthane, 188, 220
Mètre, 237
MGM, 95
Miami, 225
Michée, 195
Mitchom (Rose et Morris), 60
Modane, 167
Modène, 122
Moldavie, 98
Molécule, 188, 230
Molinaro (Édouard), 98
Monge (Gaspard), 237

Monokini, 36
Monotrèmes, 252
Mont-de-piété, 105
Montpellier, 105
Monty Python, 45
Morphée, 262
Mots croisés, 76
Murnau (Friedrich Wilhelm), 95

N

Nagasaki, 36
Naine blanche, 176, 178, 181
Naine brune, 176, 178, 181
Napoléon III, 137
Néolithique, 66, 211
Neptune, 149, 155, 184, 204
Neutron, 162, 211, 230
Newton, 29
New York, 62, 76, 80
Nice, 122
Nicolas Ier, 137
Noël, 122
Noir, 115
Nosferatu, 98
Nounours, 60

O

Oates (Titus), 62
Œuf, 252
Oignon, 260
Oldman (Gary), 98
Oort (Jan), 188
Oort (Nuage d'), 188
Ordre, 245
Ornithorynque, 252
Oscar, 95
Otto (Nikolaus), 40
Ours, 60
Oxyde nitreux, 220
Oxygène, 220, 230, 251

P

Pangée, 216
Panhard (René), 40
Panneaux de signalisation, 40
Parabole, 149
Paré (Ambroise), 125
Parsec, 152
Patin (Guy), 105
Pauli (Wolfgang), 167
Peluche, 60
Périhélie, 149, 197
Perpignan, 237
Peugeot (Armand), 40
Phobos, 204
Photosynthèse, 211, 245
Phylogénie moléculaire (ou biochimique), 245
Pierce (Oscar), 95
Pisseleu (Anne de), 125
Pixel, 273
Placenta, 252
Planck (Temps de), 211
Plasma, 251
Pluton, 149, 155, 184, 204
Pneumatique, 40
Poids, 23, 29, 167, 201
Poison, 56

Poisson, 211
Pôle Nord, 235
Pôle Sud, 235
Pompilius (Numa), 66
Porto Rico, 224
Potter (James), 102
Précambrien, 216
Primaire, 216
Primate, 211
Principe d'Archimède, 29, 227
Probst (Karl), 90
Procaryote, 245
Protiste, 245
Protolangue, 140
Proton, 162, 211, 230
Proxima, 152, 155
Pulsar, 178
Puy-Gorgon (Madeleine de), 125

Q

Qafzeh, 211
Quaoar, 204
Quark, 162, 230
Quasar, 176
Queloz (Didier), 184
Queue-de-morue, 102
Queue-de-pie, 102

R

Radiogalaxie, 176
Radiosource, 155
Rayonnement infrarouge, 220
Réard (Louis), 36
Réchauffement, 220
Règne, 245
Renaudot (Théophraste), 105
Renault (Louis), 40
Reptiles, 211
Rêve, 262
Révolution, 76, 184, 197
Rhum, 31
Richelieu, 105
Rio de Janeiro, 122
Rodez, 237
Rodinia, 216
Rois mages, 195
Römer (Olaüs), 152
Roosevelt (Franklin Delano), 52
Roosevelt (Theodore), 52, 60
Rouge, 251
Roumanie, 98
Ruminant, 256
Russel (William Howard), 137

S

Sacramento, 140
Saint-Sylvestre, 122
Saisons, 66, 149
San Francisco, 80
Sang, 251
Satellite, 152, 155, 162, 167, 204
Saturne, 149, 155, 184, 204
Scandale, 62
Schwarzschild (Karl), 181
Scorpion, 276
Scrabble, 76
Sébastopol, 137
Sedna, 204
Sel, 235, 270

Serre (Effet de), 220
Singes hominoïdes, 211
Skolsky (Sidney), 95
Smoking, 102
Snellius (Willebrod), 237
Sogisène (d'Alexandrie), 66
Soleil, 149
Solutré, 276
Sommeil, 262
Spam, 45
Spirale (Galaxie), 155
Stanlay (George), 95
Steiff (Margaret), 60
Stoker (Bram), 98
Stromatolithes, 213
Suicide, 276
Sumer, 211
Superamas de galaxies, 155
Superfluidité, 233
Supernova, 178
Supraconductivité, 233
Syracuse, 29
Système métrique, 237

T

Taxi, 80
Taylor (Frederick), 40
Teddy-Bear, 60
Température, 233
Tennis, 83
Tepes (Vlad), 98
Terre, 149, 155, 184, 197, 201
Tétraèdre, 230
Tétrapode, 211
Thanatos, 262
Titan, 204
Titanic, 235
Triangle des Bermudes, 224
Trinquer, 56
Triton, 204
Thrombocytes, 251
Trou noir, 181
Tuxedo, 102

U

Unité astronomique, 149
Univers, 149, 152, 155, 162, 167
Uranus, 149, 155, 184, 204

V

Valachie, 98
Varuna, 204
Végétal, 245
Vendosme (Louys), 105
Vénus, 149, 155, 184, 204
Vernon (Edward), 31
Viareggio, 122
Victor-Emmanuel Ier, 122
Vitesse de libération, 181
Vivonne (François de), 125
Voie lactée, 152, 155, 197

W

Washington, 52
Washington (George), 52
Waterman (Thomas), 140
Wellman (William), 95

Willys, 90
Wimbledon, 83
Wingfield (Walter Clopton), 83
Woese (Carl), 245

Y

Yahis, 140
Yanas, 140
Yellow cab, 80
Yeux, 279

Z

Zéro absolu, 233
Zwicky (Fritz), 167

TABLE GÉNÉRALE

VIE QUOTIDIENNE

Quelle est l'origine du caractère @ ?........................ 23
D'où vient l'exclamation « Eurêka ! » ?..................... 29
Pourquoi appelle-t-on grog le mélange d'eau chaude et de rhum ?.. 31
Pourquoi le fer à cheval est-il censé porter bonheur ?... 33
Pourquoi le maillot de bain deux-pièces s'appelle-t-il un bikini ?.. 36
De quand datent les premiers panneaux de signalisation routière ?.. 40
À quelle anecdote se rapporte l'expression *hat trick* utilisée dans le football ?.. 43
Pourquoi un courrier électronique intempestif s'appelle-t-il un *spam* ?.. 45
Pourquoi le golf se joue-t-il sur des parcours de dix-huit trous ?.. 48
Pourquoi surnomme-t-on Maison Blanche la résidence du président des États-Unis ?................ 52
Pourquoi trinque-t-on au moment de l'apéritif ?...... 56
Quelle est l'origine de l'ours en peluche baptisé Teddy-Bear ?.. 60

Quand fut créé le premier journal à scandales ?....... 62
Pourquoi a-t-on dans notre calendrier des années bissextiles ?................................ 66
Comment fut inventé le Scrabble ? 76
Pourquoi la plupart des taxis américains sont-ils jaunes ?.. 80
D'où vient cette étrange façon de compter les points au tennis ?.. 83
Qui a donné son nom à la célèbre Jeep ?................ 90
Pourquoi offre-t-on des hochets aux bébés ? 93
Pourquoi la célèbre statuette d'abord nommée *Academy Award of Merit* s'appelle-t-elle un Oscar ?.. 95
Comment naquit le personnage de Dracula ?.......... 98
Quelle est l'origine du vêtement baptisée smoking ?.. 102
Qui eut l'idée de créer les premières agences pour l'emploi ?.. 105
Pourquoi porte-t-on l'alliance à l'annulaire ?.......... 109
Pourquoi le chat noir est-il censé propager le malheur ? 115
Pourquoi lance-t-on des confettis lors d'un carnaval ?.. 122
Qui est l'auteur du célèbre « coup de Jarnac » ?..... 125
Qui fut le premier correspondant de guerre ?......... 137
Combien parle-t-on de langues à travers le monde ?.... 140

ESPACE

À quelle distance correspond l'unité astronomique ?.... 149
Que mesure-t-on en années-lumière ?.................... 152
Quels sont les principaux composants de l'Univers ? ... 155
Où s'arrête l'Univers ? 162

Qu'appelle-t-on masse cachée de l'Univers ? 167
Qu'est-ce qu'un quasar ?.. 176
Qu'est-ce qu'une supernova ? 178
Qu'est-ce qu'un trou noir ? 181
Existe-t-il d'autres planètes en dehors du système solaire ?... 184
Qu'est-ce qu'une étoile filante ?.............................. 188
Qu'appelle-t-on étoile du Berger ?.......................... 193
À quel phénomène céleste peut-on rattacher l'étoile de Bethléem ? 195
Quelle est la vitesse de rotation de la Terre ? 197
Quelle est la planète la plus massive du système solaire ?... 201
Combien dénombre-t-on de satellites naturels dans le système solaire ? 204

SCIENCES

Quelles sont les grandes étapes de l'évolution qui ont succédé au big-bang ? 211
Comment se sont formés les continents ?.............. 216
Qu'appelle-t-on l'effet de serre ?........................... 220
Existe-t-il un mystère du Triangle des Bermudes ?..... 224
Comment un bateau en métal peut-il flotter ? 227
Pourquoi l'eau occupe-t-elle davantage de volume en gelant ? 230
À quoi correspond le zéro absolu ? 233
Un iceberg contient-il de l'eau douce ou de l'eau salée ? 235
Combien mesure un mètre ?.................................... 237
Comment les biologistes classent-ils le vivant ? 245

Pourquoi le sang est-il rouge ? 251
Un mammifère peut-il pondre des œufs ? 252
Quelle taille peut atteindre une girafe ? 256
Pourquoi pleure-t-on en épluchant des oignons ?... 260
Pourquoi, quand et comment rêve-t-on ? 262
La dépression majeure peut-elle provoquer
un infarctus du myocarde ? 270
Qu'est-ce qu'un pixel ? 273
Les animaux peuvent-ils se suicider ? 276
Des parents qui ont chacun les yeux marron
peuvent-ils avoir un enfant aux yeux bleus ? 279

DU MÊME AUTEUR
(Ouvrages récents)

CHEZ LE MÊME ÉDITEUR

Milord l'Arsouille, Albin Michel, 1989.
Les Mots célèbres de l'Histoire, Albin Michel, 2003.
Le Pourquoi du Comment, tome 1, Albin Michel, 2004.
Les Mots canailles, Albin Michel, 2005.

CHEZ D'AUTRES ÉDITEURS

Les Conquérants de la Terre Verte, Hermé, 1985.
Danton, le Tribun de la Révolution, Favre (Lausanne), 1987.
Raimu, Ramsay, 1988.
Erik le Viking, Belfond, 1992.
Contes et légendes en terres de France, Éditions Ouest-France, 2000.
Peurs, croyances et superstitions, Éditions Ouest-France, 2001.
Contes et légendes des mers du monde, Éditions Ouest-France, 2001.
Danse avec le diable, Hachette Littératures, 2002.
Les Mystères du chat, France Loisirs, 2003.

Nombreux textes publiés dans *L'Humour des poètes* (1981), *Les Plus Beaux Poèmes pour les enfants* (1982), *Les Poètes et le rire* (1998), *La Poésie française contemporaine* (2004). Ouvrages parus chez Le Cherche Midi Éditeur. Et dans *Le Français en 6*[e], collection à suivre, Belin, 2005.

Composition Nord Compo
Impression : Imprimerie Floch, avril 2006
Éditions Albin Michel
22, rue Huyghens, 75014 Paris
www.albin-michel.fr
ISBN : 2-226-17260-2
N° d'édition : 24296. – N° d'impression : 65596
Dépôt légal : mai 2006
Imprimé en France